Popow erkundet in diesen Texten und Erzählungen ein geographisches Gebiet, das in der russischen Literatur bislang als Terra incognita galt: Sibirien. Die Industriestädte, die Kälte und Dunkelheit der Landschaften bilden den Hintergrund für eine Haltung der heiteren Verzweiflung, der Selbstironie und der lakonischen Geduld, die Popow in skurrile Bilder und absurde Situationen umsetzt. Burleske bis anarchische Fingerübungen, Bilder des fröhlichen Unsinns – Popow schreibt mit diesen Erzählungen eine Liebeserklärung an Sibirien und die Menschen, die dort leben, und wir erfahren, daß Sibirien nicht nur kalte Dunkelheit bedeutet, sondern auch Lebendigkeit und zarte Melancholie.

*Jewgeni Popow* wurde 1946 in Krasnojarsk (Sibirien) geboren. Er lebt in Moskau. Zusammen mit anderen Autoren gab er Ende der siebziger Jahre den unabhängigen *Almanach Metropol* heraus und wurde daraufhin aus dem Schriftstellerverband ausgeschlossen.
Im S. Fischer Verlag liegt von ihm vor: ›Vorabend ohne Ende‹.

Jewgeni Popow
*Erzählungen*

# Wie es mit mir bergab ging

Ausgewählt und aus dem Russischen
übersetzt von Rosemarie Tietze

*Fischer Taschenbuch Verlag*

Deutsche Erstausgabe

Veröffentlicht im Fischer Taschenbuch Verlag GmbH,

Frankfurt am Main, Dezember 1997

© Jewgeni Popow

Für die deutschsprachige Ausgabe:

© Fischer Taschenbuch Verlag GmbH, Frankfurt am Main 1997

Gesamtherstellung: Clausen & Bosse, Leck

Printed in Germany

ISBN 3-596-13840-X

Sibirische Idyllen

Ein Gast aus Moskau ist einmal sommers durch die Weiten Sibiriens gereist. Den Gast aus Moskau erstaunte alles und entzückte alles: die in den Himmel schießende fortschrittliche Bautätigkeit, die Bänder der Ströme und Straßen, die Gesichter der Menschen wie ihre Unterkiefer, die Zirbelharz kauten. Den Gast aus Moskau rührte auch manches: das Mädchen, das den Kopf an die staubbedeckte Feldblusenschulter des geliebten Mannes lehnte, die Jungens, die sich die Porträts von Paul McCartney oder den Rolling Stones auf ihre Trikots gemalt hat-

## Das Porträt
### des Tjurmoresow F. L.

ten, und die hellen Augen der sibirischen Greisinnen und Greise. Der Mann aus Moskau kannte das Leben.

Eines Tages verschlug es ihn auf den Kolchosmarkt eines sibirischen Bezirksstädtchens. Der Moskauer hatte was übrig für Märkte, wo Geschrei und Getöse herrschen, wo es lustig zugeht, wo der Georgier Wassermelonen in die Luft wirft, der Usbeke Allah zum Zeugen anruft und der russische Muschik friedlich Schlange steht am Bierausschank.

Der Reisende erkundigte sich nach den Preisen von Obst und Gemüse. Und vermerkte: Viktoria Erdbeeren 3 Rubel 50 Kopeken, Gurken 2 Rubel 30 Kopeken, Zwiebeln 1 Rubel 50 Kopeken. Dort auf dem Markt erblickte er auch das Porträt des Tjurmoresow F. L.

Direkt auf dem Markt dort hingen an einer Wand hinter Glas Fotografien, vereinigt unter der zugkräftigen Losung: SIE MACHEN UNS DAS LEBEN SCHWER.

Dies erregte des Gastes Neugier, wofür er mit dem Anblick einer Reihe garstiger, meistenteils aufgedunsener, trübäugiger Visagen reichlich entschädigt wurde. Eine allerdings hob sich deutlich von den anderen ab: die von Tjurmoresow F. L.

Tjurmoresow F. L. hob sich von den anderen durch ungewöhnlich klaren Blick und frohgemute Haltung ab. Er schien voll und ganz seinen Nachnamen zu rechtfertigen, den eines Menschen also, der Gefängnisgitter durchsägt. Alle übrigen Insassen der Fotovitrine standen nämlich krumm und bucklig da, standen da und reckten dem Kameraobjektiv flehentlich die Hände entgegen.

Tjurmoresow F. L. blickte dagegen ziemlich dreist auf die Welt, hatte einen frechen, sich kräuselnden Bart, sein mächtiger Leib steckte in einem Matrosenringelhemd, und über dem Matrosenringelhemd trug Tjurmoresow F. L. einen Sakko. Jawohl!

Unter Tjurmoresow F. L. stand ein Text, er erklärte, was es mit ihm auf sich hatte:

»TJURMORESOW F. L., GEB. 1939, GEHT SEIT JANUAR 1973 KEINER ARBEIT NACH, TRINKT UND FÜHRT EIN PARASITÄRES, ANTISOZIALES LEBEN.«

Der Gast aus Moskau geriet ins Grübeln.

Ganz in der Nähe entdeckte er zwei Milizionäre in grauen Blousonhemden. Sie unterhielten sich ausschließlich miteinander, beaufsichtigten das Handelsgeschehen ringsum und tippten von Zeit zu Zeit mit dem Finger an die unterm Hemd vorragende lederne Pistolentasche.

Der Gast aus Moskau überwand seine natürliche Scheu und sprach höflich die Ordnungshüter an:

»Genossen! Falls Sie für dieses Objekt zuständig sind, erlauben Sie, daß ich das Porträt des Tjurmoresow F.L. ein für allemal hier herausnehme.«

Die Milizionäre rangen um Fassung.

»Sind wir, ja, sind wir«, erwiderten sie nach kurzem Zögern, da sie einen anständigen Herrn mit Aktenmappe vor sich sahen.

»Aber wozu brauchen Sie das?«

»Wissen Sie, das will ich Ihnen zu erklären versuchen«, sagte der Gast aus Moskau. »Obgleich es sich bei dem Bürger Tjurmoresow offenbar um ein zutiefst negatives Subjekt handelt, strahlt er eine Art innerer Kraft aus, und irgendwie, im Endeffekt, überzeugt seine Person sogar irgendwo. Macht Mut.«

Die Milizionäre kamen in Bewegung.

»Alles, was recht ist«, pflichtete der eine bei, der dürr war und bleich. »Überzeugen, das kann der. Wenn der losschwadroniert, hört jeder zu. Der kommt dir sowohl mit dem Teufel wie mit dem Beelzebub. Und besonders hat ers mit dem lieben Gott, mit Jesus Christus. Eigentlich ist er Molokane, nicht? Meistens hat ers mit der Religion. Stimmt doch, Rjabow, oder?« wandte er sich an den anderen Milizionär.

Der blauäugige, schon ältere Rjabow nickte. »Mhm. Genau so ist es, Grischa. Der hängt seiner eigenen Lehre an. Aber Molokane ist er eigentlich nicht, weil er –« hier machte der Milizionär eine bedeutsame Pause – »weil er nämlich Judäer ist.«

So sprach Rjabow, dann nahm er die Uniformmütze ab, wischte das Mützeninnere mit dem Taschentuch aus und wiederholte:

»Judäer ist er, stammt aus Krepowka.«

»Aus Krepowka, na und?« ereiferte sich Grischa. »Wenn er aus Krepowka stammt, ist er Molokane. In Krepowka leben Molokanen.«

»Dort leben überhaupt keine Molokanen, dort leben Judäer.« Rjabow setzte sich die Mütze auf. »Die sind noch unterm Zaren dorthin verbannt worden. Die sehen alle aus wie Russen, aber ihr Glauben ist fast wie bei den Juden. Verbannt sind sie worden, und dann haben sie beim Zaren ein Gesuch eingereicht, daß er ihnen einen Namen geben soll. Was der Zar auch gemacht hat – Judino hieß das Dorf. Erst später hat Lenin sie umbenannt in Krepowka.«

»Sie gestatten«, mischte sich da der Reisende ein. »War das nicht zu Ehren jenes Bauern, der mit Lew Tolstoi in Briefwechsel stand? Und Lew Tolstoi hat ihn Bruder genannt. Und ein Buch hat er auch geschrieben, dieser Krepow. Über das Schmarotzertum und den Ackerbau. Hab ich in der ›Literaturzeitung‹ gelesen ...«

»Eben«, sagte Rjabow. »Bin selber aus der Gegend. Genau, das Dorf hat nach einem Bauern seinen Namen bekommen. Krepowka, also war der Bauer ein Krepow.«

»Und du denkst, Lew Tolstoi, der hätte mit einem Judäer einen Briefwechsel angefangen?« fragte Grischa giftig. »Ich sag dir doch, das halbe Dorf dort ist judäisch, das andere halbe molokanisch. Außerdem, wenn er Judäer wäre, hätt ers nicht dauernd mit Christus. Weil nämlich der Judäer nicht an Christus glaubt, der glaubt nur an den Samstag. Die bringst du am Samstag nicht ums Verrecken zum Arbeiten. Ich weiß doch Bescheid.«

»Aber der Molokane, meinst du, der glaubt an Christus? Geh doch mal in sein Haus rein, der hat doch keine einzige Ikone.«

»Keine Ikonen – na und?« widersprach der Opponent. »Der Molokane hat wirklich keine Ikonen, aber an Christus glaubt er. Tjurmoresow sagt ja auch, daß Christus Sozialist war, daß von Kain alle Schweinehunde auf der ganzen Welt abstammen und daß er selber Abelianer ist.«

»Jetzt hör aber auf! Erst Molokane, dann Abelianer. Weißt selbst nicht, was du daherfaselst!« Rjabow wandte sich ab und machte eine verächtliche Handbewegung.

Der Moskauer schaltete sich wieder ins Gespräch ein und deutete auf die Fotovitrine. »Überspannen Sie den Bogen da nicht ein wenig? Wenn hier steht, daß er ein parasitäres Leben führe, daß er trinke?«

»Nein«, erwiderten die Milizionäre bitter. »Ist alles die nackteste Wahrheit. Arbeitet nirgends und säuft wie ein Roß und kriegt von Dummköpfen noch Geld dafür.«

Der Gast gab sich noch nicht geschlagen. »Womöglich ist es bloß *Zufall*, daß er nicht arbeitet seit dem Januar 1973? Vielleicht hat der Mann einfach noch nicht die rechte Arbeit gefunden hier in der Stadt?«

»I wo!« Milizionär Grischa grinste ironisch. »Der hat auch im letzten Jahr nur ganze zwei Tage gearbeitet. Wie sie den zum ersten Mal aufs Revier gebracht haben, frag ich ihn: ›Familienname, Vorname, Vatersname?‹, drauf er: ›Rasin Stepan Timofejewitsch.‹ Und grinst über seine ganze gewissenlose Visage.«

Den Milizionär Rjabow packte auf einmal die Wut. »Der ist doch überhaupt kein Molokane und ein Judäer auch nicht. Ein ganz gewöhnlicher Herumtreiber, bloß daß er allen blauen Dunst vormacht. Würde denn ein Molokane, würde ein Judäer soviel Wodka schlucken? Für den ist doch eine Halbliterflasche durch die Gurgel jagen soviel wie für unsereinen zu dritt ein Viertelfläschchen. Habs selber gesehen, ein normaler Bürger hat mal im Laden 0,5 l ›Extra‹ gekauft, da kommt der Kerl reingestürmt. ›Sie entschuldigen meine Neugier.‹ Und reißt dem Bürger die Flasche aus der Hand, beißt mit den Zähnen den Flaschenhals ab und schüttet sich alles in seine dreckige Gurgel. Die ganze Flasche – und weg war er. Alle standen da wie die Ölgötzen.«

Der Milizionär spuckte aus.

»Wieso, was heißt ›schüttet‹?« fragte der Gast aus Moskau verdutzt.

»Schüttet heißt schüttet«, erläuterte Rjabow. »Sperrt den Schlund auf, schüttet sich die Flasche rein, spuckt das Glas aus und geht.«

»Nein, wirklich, der ist kein Judäer«, sagte Grischa. »Vielleicht auch kein Molokane, aber Judäer auf gar keinen Fall …«

Und wer weiß, wie dieses lange Streitgespräch bezüglich der Religionszugehörigkeit des Tjurmoresow F. L. noch geendet hätte, doch auf einmal lief ein Gemurmel über den Markt.

Die Milizionäre standen stramm und wurden förmlich. Zwischen den Marktreihen schob sich ein großer, feixender Muschik durch. Er schwenkte die Arme und rief etwas. Die alten Marktfrauen verbeugten sich ehrfürchtig vor ihm. Der Muschik griff sich eine Gurke und steckte sie sich in den Bart. Als er die Fotovitrine erreichte, war aus den Tiefen seines Bartes nur ein Knacken zu hören. Und man hätte kein Moskauer zu sein brauchen, um im Neuankömmling den Tjurmoresow F. L. zu erkennen.

Tjurmoresow F. L. betrachtete aufmerksam sein Konterfei.

»Hängt also noch?« fragte er streng.

»Ja«, erwiderten die Milizionäre wortkarg. »Haben Sie denn nun eine Arbeit aufgenommen, Falen Lukitsch?«

»Ich habs Ihnen doch gesagt!« Tjurmoresows Adlerauge blitzte. »Solang man mir nicht ein Gehalt gibt, das meinem Geist entspricht, nämlich 250 Rubel im Monat, nehme ich keine Arbeit auf.«

Das ging den Milizionären zu weit. »Unser Chef kriegt ja nicht mehr als 150! Was sich der Schlawiner einbildet!«

»Also hat er auch nur für 150 Rubel Grips. Ich will doch bloß, was ich für den Lebensunterhalt dieses Körpers brauche.« Und Tjurmoresow deutete auf seinen 250 Rubel benötigenden Körper.

»Lassen Sie Ihre Witze über Tischtschenko«, versetzten die Milizionäre streng. »Zum allerletzten Mal – drei Tage geben wir Ihnen noch, dann haben Sie es sich selbst zuzuschreiben!«

Tjurmoresow lenkte ein. »Was müssen Sie auch gleich so schreien. Einen Menschen darf man nicht anschreien. Jesus Christus hat nicht geheißen, daß wir jemanden anschreien. Ach, wenn Christus noch am Leben wär, der würd mir die 250 im Monat ohne weiteres zustecken. Den würden die nicht reuen. Sie aber, verehrte Bürger und vorerst im übrigen sogar noch Genossen, leihen Sie einem Mann eine Papirossa. Geben Sie mir bitte ein Glimmstengelchen.«

Die Milizionäre blickten verlegen, der Gast aus Moskau jedoch wollte auch an dem Geschehen teilhaben.

»Vielleicht rauchen Sie meine? Amerikanische, ›Winston.‹ Kennen Sie die?«

»Amerikanische gehen auch«, stimmte Tjurmoresow zu. »Angesichts der internationalen Entspannung gehen auch amerikanische. Gib mir gleich zwei, Bruderherz, wo du es so gut meinst.«

Er zog aus der Glanzpapierpackung des Gastes aus Moskau eine ganze Handvoll Zigaretten. Und verstaute sie hinter den Ohren und in seinem wuchernden Bart.

»Sie haben vielleicht einen Nachnamen!« sagte der Gast aus Moskau schalkhaft, während er Tjurmoresow die Flamme seines Gasfeuerzeugs hinhielt. »Schöne Eltern haben Sie wohl gehabt, oder? Einen Nachnamen haben die Ihnen hinterlassen!«

Hierauf wurde Tjurmoresow F. L. vor den Augen aller Anwesenden zum wilden Tier. Ihm sträubten sich die Haare, Blut schwappte in seine Augen, und sogar die Zigarette stand ihm aus dem Mund wie ein Kosakenspieß.

»Was sagst du da über meine Eltern, Schmalzblase?« stieß Tjurmoresow mit Macht hervor und reckte die Alabasterhand, um den Gast aus Moskau am Kragen zu packen.

»Paß auf deine Hände auf, Tjurmoresow!« riefen die Milizionäre und gingen in Positur, zur Verteidigung des Moskauers.

Der wiegelte ab. »Nicht doch, er meint das nicht so. Er verbirgt in der harten Schale einen guten Kern. Seien Sie bitte nicht gekränkt, Genosse Tjurmoresow. Das war – nur so …«

»Schwätz eben nicht ›nur so‹ ein derartiges Blech«, resümierte Tjurmoresow mit Wohlgefallen, stieß genüßlich den Rauch aus und blieb für immer und ewig in seinem Sibirien.

Der Gast aus Moskau hingegen kehrte bald danach in sein Moskau zurück. Dort ist er jetzt in seiner früheren Stelle tätig, einem progressiven Verlag, der viele gescheite und nützliche Bücher für die Jugend herausbringt. Seine Vorgesetzten sind sehr zufrieden mit ihm, und zu den Feiertagen hat er auch eigentlich eine schöne Prämie gekriegt. Aber die nahm ihm fast gänzlich seine Frau weg, weil sie sich nämlich einen Nerzmantel kaufen wollte. Hatte sich alle möglichen westlichen Filme angeschaut in nichtöffentlichen Vorstellungen, und da wollte sie das. So was kostet aber eine gehörige Stange Geld. Da hätten Sie ein typisches Beispiel, wie die bürgerliche Ästhetik auf eine ungefestigte Seele einen negativen Einfluß haben kann.

Es war einmal ein stilles junges Mädchen, das lebte nicht weit von der Station Ujar an der Ostsibirischen Eisenbahn. Ihr Vater hatte sich als rechter Dreckskerl erwiesen und sich eines Tages in unbekannter Richtung davongemacht, während ihre Mutter ständig krank und krank war und kränkelte. Sogar eine Kur bekam sie mal im Sanatorium am Schira-See. Krank und krank war sie und starb dann auch – still und unmerklich, bescheiden und ohne Qual.

**Elend**

Das Mädchen beerdigte seine Mutter und stellte ein Kreuz mit Foto aufs Grab. Die Mutter schaute wie lebendig vom Foto herab. Das Mädchen trauerte eine Zeitlang, nahm dann Abschied von ihrer weiter dort wohnhaft bleibenden angeheirateten Tante und fuhr in die Stadt.

Dort ging sie die Straße lang, und plötzlich sah sie an einem Mast ein schief angeklebtes Stück Papier:

»Näme ain Mädchen zum wonen auf. In Pokrowka.«

Sie begab sich zu der Adresse und landete bei einer durchtriebenen Alten von buckliger Statur. Die Alte knöpfte ihr für drei Monate im voraus die Miete ab und verbot ihr, Besuch mitzubringen, spät heimzukommen und »einen Sauladen aufzuziehen«. Sie selber betrank sich gleich am ersten Abend mit »Sonnengabe«, dem algerischen Portwein, ging in den Gemüsegarten und fing ein Gekeife mit der Nachbarin an. Die Nachbarin schmiß ihr eine Sonnenblume an den Kopf. Die Alte heulte auf, drehte der Nachbarin den Rücken zu und hob die Röcke. So eine Beleidigung hält wohl kaum einer aus – die Nachbarin stürzte sich ins Gefecht, und es kam der Gendarm, nahm ein Protokoll auf.

Das Mädchen hatte erst eine Ausbildung als Buchhalterin anfangen wollen, aber es stellte sich heraus, daß die Anmeldefrist für die Fachschule in diesem Jahr schon vorbei war. So nahm sie eine Arbeit bei der Post an und trug nun Briefe, Zeitungen und Geldüberweisungen aus.

Freundinnen hatte sie keine. Einmal ging sie in der Polytechnischen Hochschule tanzen, und dort forderte sie einer auf – so ein Langer, Zottelhaariger. Wie die »Pesnjari«, die so süß und wohlklingend zu ihren Elektroinstrumenten singen auf der Schallplatte gleichen Namens. Wowik hieß er. Er brachte sie heim bis ans Tor und ging nicht und rauchte, griff ihr unter den BH und holte sich eine Abfuhr, und am nächsten Tag stand er wieder da, und die Alte sagte:

»Laß dich bloß nicht mit dem Hallodri ein. Dem seh ichs doch an der Visage an, daß er dich ins Elend bringt.«

»Hab ich auch gar nicht im Sinn sowas«, sagte das Mädchen.

»Ob dus im Sinn hast oder nicht im Sinn hast, aber wenn du dich einläßt mit dem, bringt er dich ins Elend«, beharrte die Alte.

Aber das Mädchen schenkte ihr keinen Glauben. Sie gingen tanzen, gingen ins Kino, zweimal nahm er sie mit zu sich nach Haus, wo er arg zudringlich wurde. Aber beim ersten Mal kam sein Vater dazwischen. Er ließ laut das Türschloß einschnappen und rief munter in die Tiefe der riesigen Wohnung:

»Hallo, Leute! Der Ernährer kommt von einer Sitzung und hat Hunger wie vierzigtausend Wölfe!«

Beim zweiten Mal riß das Mädchen sich selber im letzten Moment los und lief davon. Wowik blieb bitterbös liegen und schickte ihr die letzten Schimpfwörter hinterdrein. Aber am nächsten Tag trafen sie sich wieder.

Ja, und bald gab sie, sogar ganz unmerklich für sich selber, zu sehr nach, und einen Monat später mußte sie sich, in Anwesenheit der Alten, im Hof übergeben.

»Hab zuviel Leberwurst in mich reingestopft«, sagte das Mädchen.

Die Alte sah sie durchdringend an.

»Wenn du bloß nicht auf Salziges und Kalkiges Lust kriegst von so einer Wurst«, sagte die Alte.

Das Mädchen begriff nicht, worauf die Alte rauswollte, aber später begriff sie.

Sie ging nun zu Wowik, und die Tür machte ihr Wowiks Mutter auf.

»Guten Tag«, sagte das Mädchen. »Dürfte ich zu Wowik?«

»Wowik ist nicht da«, erwiderte die Mutter und sah das Mädchen unfreundlich an.

»Und wo find ich ihn?« fragte das Mädchen.

»Suchen zwecklos«, erwiderte die Mutter. »Er hats satt, daß ihm eine nach der anderen die Bude einrennt. Wenn nötig, findet er dich von allein. Kein Grund, ihn vom Studieren abzuhalten. Wo er bald Semesterprüfungen hat!«

Und schlug die Tür zu. Das Mädchen ging hinüber zur Wand, schabte mit dem Fingernagel am Verputz und wartete. Aber Wowik kam nicht. Ins Haus traten andere Leute, schoben Kinderwagen, trugen Bündel, Taschen, Pakete. Grüßten, lachten. Von Wowik jedoch keine Spur. Das Mädchen ging nach Hause.

Von Wowik jedoch keine Spur. Das Mädchen sah ihn einmal durchs Fenster. Er fuhr auf der hinteren Plattform der Straßenbahn und erklärte etwas, heftig gestikulierend, seinen Freunden. Sein Blick glitt zerstreut über sie weg, und wahrscheinlich hatte er das Mädchen tatsächlich nicht bemerkt.

Sie aber ging ins Wannen- und Brausebad. Kaufte sich eine Eintrittskarte für 35 Kopeken und trat in eine Duschkabine. Sie holte den Taschenspiegel heraus und betrachtete ihren Bauch. Richtig, der Bauch wölbte sich. Das Mädchen drehte den Hahn auf. Geräuschvoll stürzte Wasser von der Decke. Das Mädchen brach in Tränen aus.

Einmal begegnete sie Wowiks Vater. Hochgewachsen, noch größer als Wowik, breitschultrig, mit Bürstenhaarschnitt, so stieg der Vater aus einem Auto und schwenkte die Aktenmappe.

»Tag, Zwiebelchen«, begrüßte er sie fröhlich. »Wieso kommst du nie mehr vorbei? Oder habt ihr euch gestritten, du und Wowik, der Lümmel?«

»Nein, nein«, sagte das Mädchen.

»Und warum bist du so bleich? Mit Ringen unter den Augen?«

»Ich hab einen Bauch«, sagte das Mädchen.

»Was?!« Dem Vater verschlug es die Sprache. »Was schwätzt du da?«

Da erzählte das Mädchen ihm alles. Und am Abend desselben Tages hatte der Vater ein ausführliches Gespräch mit dem Sohn.

»Was, mein Sohn, wirst du jetzt unternehmen?« fragte er schließlich.

Wowik zuckte die Schultern. »Lernen, lernen und nochmals lernen.«

»Und das Mädchen, was macht das, du Lump?«

»Der geb ich einen Zehner, dann geht sie und läßt sichs wegmachen«, erwiderte Wowik und bekam sogleich einen direkten Schlag auf den Unterkiefer.

Herein stürzte die Mutter, die gelauscht hatte.

»Untersteh dich, das Kind zu schlagen, Faschist!« schrie sie. »Zum Heiraten ist es für ihn noch zu früh. Und diese Person ist auch volljährig genug. Hat gewußt, worauf sie sich einläßt. Hast ihr doch nicht versprochen, sie zu heiraten, Wowik?«

»Natürlich nicht«, brummte Wowik und leckte sich das Blut ab.

»Und ich laß es nicht zu, daß mein Sohn die erste beste Landpomeranze heiratet ...«

»Du läßt es zu«, murmelte der Vater böse. »Du läßt es zu! Wowik wird dich schön bitten, und du läßt es zu. Stimmt doch, Wowik? Wirst doch schön bitten?«

»Im Ernst, Papa, wozu brauch ich die eigentlich? Ich muß noch drei Jahre studieren. Wirklich, wozu? Außerdem, wer weiß schon, ob das Kind von mir ist. Ist vielleicht gar nicht von mir.«

»Du Schuft!« Der Vater sah den Sohn voller Abscheu an. »Du Schuft! Und für so jemand hab ich im Krieg gekämpft, hab ich gebaut, gefroren, gehungert!«

»Jetzt geht das wieder los ...« sagte die Frau.

»Nichts geht los!« Der große Baumeister explodierte. »Hat er ein Kind gemacht, soll er heiraten. Da gibts nichts! Schluß! Ich laß mir nicht den Ruf ruinieren! Mich kennt die ganze Stadt.«

Wowik war auf einmal wieder bester Laune.

»Och, dann heirat ich eben. Ist mir doch Wurscht. Sie ist zwar nicht besonders hübsch. Da hatte ich schon bessere.«

Der Vater lächelte ebenfalls.

»Das macht gar nichts«, sagte er. »Kennst du das orientalische Sprichwort? Eine schöne Frau ist der anderen Frau.«

»Und hab ich sie satt, laß ich sie sitzen«, überlegte Wowik.

»Sitzenlassen, von wegen!« Der Vater drohte ihm mit dem Finger.

Wowiks Mutter schluchzte, und bald schon stand das junge Paar vor der Standesbeamtin des Bezirks Stadtmitte.

Die amtliche Eheschließerin sagte:

»Hand in Hand, Glück und Unglück teilend, werdet ihr durchs Leben gehen. So sei euer Bund denn fest! Fest sei diese neue Keimzelle unserer Gesellschaft – eure junge Familie! Hurra, Genossen!«

Die Genossen sagten »Hurra!« und setzten sich ins Auto, das ganz mit bunten Bändern verziert war. Die Passanten sahen auf das Auto. An der Windschutzscheibe des schwarzen Wolga hatte jemandes fürsorgliche Hand eine riesige Zelluloidpuppe festgebunden.

Danach kam das Hochzeitsfest. Die Tische bogen sich unter den Speisen. Sogar roten Kaviar gab es. Von seiten der Braut gab es keine Verwandten. Dafür hielten von seiten des Bräutigams viele Gäste Reden und wünschten dem jungen Paar alles nur erdenkliche Wohlergehen. Die Braut hatte die Augen niedergeschlagen.

Jemand rief: »Soll doch die Junge auch mal was sagen!«

Die Braut stand auf, umfing die Tafel und die Anwesenden mit glücklichem Blick und sagte, zu Wowiks Eltern gewandt: »Liebe Mama, lieber Papa! Laßt mich euch bitte von nun an so nennen! Daß ich in eurer Familie Aufnahme fand und eure Schwiegertochter wurde, ist nicht zuletzt euer Verdienst. Glaubt mir, ich bin sehr arbeitsam, außerdem werde ich das immer zu schätzen wissen und es euch nie vergessen.«

Da hielt sie nicht mehr an sich und brach in Tränen aus. Der Bräutigam lächelte herablassend, aber viele an der Tafel weinten ebenfalls. Es weinte die Mutter und tupfte sich mit dem Spitzentaschentüchlein die Augen. Es weinte der Vater und biß sich, streng blickend, auf den frisch gestutzten Schnurrbart. Viele weinten! Und weinten, versteht sich, vor Freude. Weshalb auch sonst?

»Daheim, wie gehts mir da gleich unbedingt gut! Katja rührt mit dem Schöpflöffel den Borschtsch um. Und der ist wie unsre Fahne so rot. Was setzt mir mein Goldstück als nächstes vor? Schmorfleisch vielleicht, Hühnchen oder Hämmelchen ... mit frischem Kohl ... dazu Kartöffelchen, Tomätchen – mmh! Hat sie aber bloß ein Rührei in die Pfanne gehauen mit Wurst dazu – auch schön. Herrgott! Womit hab ich einfacher Mann bloß soviel Glück verdient? Witja krabbelt mir auf den Schoß. ›Papa, Papa! Komm, wir bauen den Lunochod zusammen und schicken ihn auf den Mond!‹ Aufgeweckt, der Lausbub, hoffentlich verwöhnt ihn das nicht, all der Überfluß. Wir in seinem Alter haben ja hochgradig anders gelebt! Ewig Kohldampf geschoben ... oder höchstens ein Brot mit Salz verschlungen ... Herrgott! Womit hab ich das verdient, soviel Glück? Und alles mir, mir allein, einem einfachen Mann!«

## Elektronische Harmonika

So oder ungefähr so sinnierte auf dem Heimweg nach schwerem Arbeitstag der ehrliche Mann und erfahrene Facharbeiter mittlerer Kategorie Pjotr Matwejewitsch Paltschikow, siebenunddreißig, Familienvater, wie Sie sehen.

Sein Haus befand sich, genauso wie das Dutzender anderer Arbeiter- und Angestelltenfamilien, auf dem rechten Ufer des

Flusses Je., hübsch eingebettet zwischen den Ausläufern des Sajangebirges, ziemlich weit weg vom Zentrum und folglich auch von Pjotr Matwejewitschs Arbeitsplatz, von wo er mit Straßenbahn und Bus heimfahren mußte.

Das eigentlich war auch das einzig Unangenehme, die Fahrerei. Ansonsten gab es, den heutigen Anforderungen an Planung und Städtebau entsprechend, in ihrem Neubauviertel rundherum alles, was ein moderner Mensch zu einem ausgefüllten, interessanten, in jeder Hinsicht gehaltvollen Leben braucht.

Urteilen Sie selbst: Trotz der Badezimmer in den Häusern dampfte im Frost stets noch das wunderschöne große Schwitzbad mit Wäscherei und Annahmestelle für die Chemische Reinigung, nach »Trikotagewaren«, »Bäckerei-Konditorei«, »Gastronom« oder »Fische« zu fragen, wäre ein Witz gewesen – da standen die Läden, vor jedermanns Nase. Und gar nicht weit weg befand sich ein ordentlicher Kolchosmarkt mit maßvollen Preisen, für Spiele und Lustbarkeiten der Jugend gabs den Klub der Gummiwarenfabrik, es existierte sogar eine Bierbar im Neubauviertel, und Musikliebhaber hatten eine echte Musikschule zu ihrer Verfügung. In so einem Neubauviertel hält mans ja tausend Jahre aus – und möchte immer noch nicht unter die Erde!

Nun, in die Bierbar schaute Pjotr Matwejewitsch, versteht sich, nicht rein. Dreckig ists dort, verraucht, geschrien wird. Irgendwelche Saufköpfe hauen dich an, betteln um zwanzig Kopeken. Und zu allem Überfluß machte sich Pjotr Matwejewitsch nichts aus Bier, auch wenn er viel gehört hatte von dessen wundersamen Eigenschaften. Daß es für dies und jenes gut sei, munter mache, stimuliere. Ihn machte Bier schläfrig, dösig, Pjotr Matwejewitsch aber wollte immer leben, nicht schlafen. Gerade hatte er im Geschäft ein Viertelliterfläschchen Wodka mitgenommen. So ging er auf knackender Eiskruste durch die immer dämmrigeren Straßen, wo in den Häusern schon die gelben Lichter angezündet wurden, und die blauen Berge wurden schon duster, und schon verschmolz mit ihnen der Himmel.

So ging er seinen gewohnten Weg, aber der war von vielen

Füßen schlimm zertrampelt, und der Matsch war, trotz der Eiskruste, noch nicht überall festgefroren.

Pjotr Matwejewitsch brach ein erstes Mal ein, ein zweites Mal, fluchte und beschloß, übers Gelände der Musikschule zu gehen. Dort fing gleich hinterm Lattenzaun ein Asphaltpfad an und endete erst am gegenüberliegenden Lattenzaun. Dort mußte er über den Zaun springen, und sein Haus – da wars auch schon, gleich nebenan.

Eigentlich sah Pjotr Matwejewitsch diese Abkürzerei übers Schulgelände gar nicht gern. Jedenfalls schärfte er das seinem Sohn Witja ein, und dessen Spielkameraden predigte ers auch. »Gehört sich nicht, Burschen«, redete er ihnen ins Gewissen. »Seid doch schon erwachsene Kerle, oder? Da hat der Schuldiener Arbeit reingesteckt. Spielt woanders, Burschen, lernt, fremde Arbeit zu achten …«

Nein, gern sah er das nicht. Aber jetzt brachte er es nicht übers Herz, die neuen braunen Halbschuhe endgültig zu verdrecken. »Über Stock und über Stein«, trällerte Pjotr Matwejewitsch, »kommt man schließlich doch noch heim.«

Wenngleich ihn die Sorge um die Aufrechterhaltung der persönlichen Sauberkeit sowie die Gedanken an das bevorstehende Familienglück gänzlich gefangenhielten, fiel ihm trotzdem plötzlich auf, daß die Fenster der Schule für solch späte Stunde auf ziemlich unnatürliche Weise leuchteten, nämlich alle auf einmal und sehr hell. Gewöhnlich war zu solcher Stunde – na, eins vielleicht hell, zwei vielleicht, wo sie auf der Geige fiedelten oder auf dem Klavier klimperten oder auch den Mund aufsperrten, doch durchs Glas war nicht zu hören, was für ein Lied aus den Mündern quoll.

Neugierig geworden, setzte sich Pjotr Matwejewitsch die Brille auf die Nase und entdeckte nahe bei der Tür auf einem weißen Blatt Papier den folgenden handgeschriebenen Text:

*Elektronische Harmonika*
*Es spielt Kudschepow*
*Werke der Klassik und sowjetischer Komponisten*
*Der Kartenverkauf hat begonnen*

»Der Kartenverkauf hat begonnen!« unkte Pjotr Matwejewitsch. Und spuckte wütend aus: »Sowas, wer denkt sich einen solchen Bockmist aus – eine elektronische Harmonika! Die haben doch nicht mehr alle!«

Trotz seiner Mißbilligung wich er keinen Schritt von der Stelle.

Weil er nämlich in seinem Leben schon arg viele Ziehharmonikas gesehen hatte und Akkordeons in hochgradigen Mengen kannte, aber daß es eine elektronische Harmonika gibt, also, das hätte er sich beim besten Willen nicht vorstellen können. Und mit dem Geschimpfe fachte er bloß seine Neugier an. Deshalb beschloß er auch, trotz allem mal reinzuschauen, um auf jeden Fall auch über diesen Gegenstand eine eigene Meinung zu haben. Wie man so sagt: Besser einmal was sehen als hundertmal davon hören. Außerdem würde er nachher auch der Familie diese interessante Erscheinung beschreiben und in der Arbeit über ihren praktischen Nutzwert oder Schaden disputieren können.

So daß Pjotr Matwejewitsch trotz allem mal reinzuschauen beschloß und, Ausgaben nicht scheuend, einen Rubelschein zückte.

Als er jedoch ins Foyer trat, sah er, daß erstens gar keine Karten verkauft wurden und es auch gar keine Kasse gab. Und zweitens drang hinter einer weißen Tür schon der Klang wohlgeordneter menschlicher Rede hervor.

Pjotr Matwejewitsch steckte seine Mütze in die Tasche, machte vorsichtig die Tür auf und befand sich in der letzten Reihe eines kleinen Sälchens.

Ihn trafen abwesende Blicke. Eine Karte wollte niemand sehen, es wurde bloß »Ruhe!« gezischt, als sein Stuhl knarzte. Alles lauschte dem Mann, der auf dem Podium stand.

»Somit ist die elektronische Harmonika, liebe Freunde, eine höchst interessante Neuerung in der Musik. Und wir alle hoffen, daß unsere Industrie in Bälde mit der Serienfertigung dieser großartigen Instrumente beginnt, welche wir bislang noch im Ausland kaufen, und zwar leider, Genossen, gegen Devisen.« Der Sprecher schüttelte seine Mähne. »So daß der Tag nicht mehr fern ist, Genossen, da die riesige Zahl unserer Zuhörer, unserer Musikliebhaber, sich ergötzen wird an den tiefgehenden Tönen dieses Instruments, welches, ich sagte es schon, an Klangreichtum der Orgel und dem Cembalo nahekommt, dies jedoch mit Kompaktheit verbindet und sogar einer völlig ordinären Handhabung beim Musizieren.«

Das war offensichtlich Kudschepow. Aus der Ferne konnte Pjotr Matwejewitsch sein Gesicht nicht genau erkennen. War aber schon zu sehen, daß der Mann wohl nicht mehr der Jüngste war, hatte einen Glatzenansatz, trotz der Mähne, einen schwarzen Anzug an, ordentlich, na, wie es sich bei denen gehört.

Auch die Ziehharmonika war einfach eine Ziehharmonika. Mit nichts Elektronischem dran, fast nichts. Höchstens daß ein Kabel sich hinter die Kulissen schlängelte. Ansonsten – eine ganz gewöhnliche Ziehharmonika.

»Elementare Gaunerei!« brummelte Pjotr Matwejewitsch. »So was, wer denkt sich einen solchen Bockmist aus!«

Während er brummelte, verpaßte er den Rest. Kudschepow hatte nämlich noch was gesagt, sodann zog er behend den Balg auseinander.

Und plötzlich – ein Schlag! Das packte, wirbelte herum, riß mit, ging ans Herz, erfüllte, machte frösteln, erwärmte – süße Benommenheit, Taumel im Kopf. Die Melodie, und süßes Weh, und Jugend, Alter – alles zusammen!

»Was ist das?« flüsterte Pjotr Matwejewitsch. »Was ist das bloß?«

»Muß man eben kennen, junger Mann«, erwiderte ihm würdevoll seine Nachbarin, eine verhutzelte Alte mit einer Brille, die von Bindfäden umwickelt war.

»Davon red ich nicht. Was ist mir mir los?« flüsterte Pjotr Matwejewitsch.

Die Alte wurde ärgerlich. »Stören Sie nicht!«

Pjotr Matwejewitsch war das peinlich. »Ich mein ja nur.«

Und plötzlich liefen ihm lautlos die Tränen über die Backen, und er schämte sich seiner Tränen nicht und weinte gleichmäßig, vollkommen lautlos, den Blick geradeaus gerichtet. In seinen Augen verschwammen der kleine Saal und der schwarze Musiker und sein wundersames Instrument. Und die Musik strömte und strömte.

Pjotr Matwejewitsch griff nach dem Taschentuch und stieß dabei auf das Viertelliterfläschchen. Mit einemmal überkam ihn solche Erbitterung, daß er, zur endgültigen Verwunderung seiner Nachbarin, vom Platz aufsprang, unschlüssig auf der Stelle trat, albern mit dem Arm fuchtelte, etwas schrie und wie von der Tarantel gestochen nach draußen schoß.

Draußen war es Nacht wie zuvor, quietschte die Straßenlaterne im Wind und leuchteten die bewohnten Fenster in gleichmäßigem Licht, ringsum herrschten nur Nacht, Ruhe und Frieden.

Der in Wallung geratene Pjotr Matwejewitsch wollte schon das Viertelliterfläschchen auf den Asphalt knallen, überlegte es sich dann aber anders, seine Miene verdüsterte sich, er zog entschlossen die Mütze in die Stirn und schritt nach Hause, ohne auf den Weg zu achten.

»Herrgott! Hast dich im Morast gesuhlt wie ein Schwein? Die ganzen Hosen verdreckt!« stöhnte die Frau. »Wo hats dich Teufelskerl bloß hin verschlagen?«

Schweigend, doch mit verhaltener Wut zog Pjotr Matwejewitsch sich aus.

Die Frau sah ihn prüfend an. »Hast wohl mit wem was getrunken?«

Da explodierte Pjotr Matwejewitsch.

»›Getrunken‹! ›Getrunken‹!« brüllte er. »Was anderes fällt dir nicht ein! Was anderes als saufen und fressen! Spießbürgerin! Lebst wie die Karausche unterm Eis! Und mich willst du auch in dein Grab runterziehen? Weißt du überhaupt, wie andere Leute leben? Na, wer kommt denn heut in deinem Fernsehen? Der Spion Stirlitz? Oder wer?«

»›Familie Thibault.‹ Aus Frankreich«, antwortete die Gattin mit versagender Stimme. »Gleich essen wir, dann schauen wir alle fern.«

»Dumme Kuh!« schrie Pjotr Matwejewitsch, als er wieder Luft holen konnte, und wiederholte es noch: »Dumme Kuh!«

Die Frau stand da mit offenem Mund, während Witja seinen »Lunochod«-Baukasten liegenließ, sich in die Ecke verdrückte und schluchzte:

»Papa! Papa! Was machst du? Was schimpfst du mit Mama?«

»Scher dich raus!« Der Vater stampfte mit dem Fuß.

Der Sohn weinte schon lauthals. Das brachte Pjotr Matwejewitsch gleichsam zur Besinnung, brachte ihn gleichsam zur Vernunft. Langsam blickte er um sich. Ein ganz gewöhnliches Heim. Eine gewöhnliche Wohnung. Gewöhnliche Möbel. Gewöhnliche Menschen.

»Also wirklich ... irgendwie ... ich bin wohl ...« Er tippte sich mit dem Finger an die Stirn. »Katja, sei mir nicht böse. Eine solche Hektik in dieser verfluchten Arbeit, ein solches Nervengezerre ... Heute auch wieder: Haben uns Aluminiumblech zugeteilt, und wie ich ins Materiallager komme, heißt es – keines da. Bis ich das losgeeist hatte ... Nerven dich den ganzen Tag, bist selber ganz entnervt. Und dann komm ich noch an der Musikschule vorbei – weißt du, was die sich für einen Bockmist haben einfallen lassen? Der reinste Zirkus: eine elektronische Ziehharmonika, kannst dir das vorstellen?!«

»Na, du hast mich vielleicht erschreckt mit deinem Auftritt, Artist!« Die Frau lachte erleichtert. »Was ist, denk ich, ist wohl blau, oder wie. Oder hat einen Hau abgekriegt, wie der Mischka bei uns im Betrieb, der als Hilfsarbeiter gearbeitet hat ...«

Pjotr Matwejewitsch lachte ebenfalls. Sie lachten beide und hieben sich gegenseitig auf die ausladenden Rücken.

Bloß Söhnchen Witja blickte noch bärbeißig. Die Tränen auf seinen Backen waren schon getrocknet, aber seine Lippen waren fest zusammengepreßt.

Opa Pronja hatte ein Messingkochtöpfchen, in dem er Hirsebrei kochte und Erbsensuppe.

Dieses Kochtöpfchen mochte Opa Pronja sehr gern. Er scheuerte es mit Flußsand, solange in der Stadt nicht alles unter Asphalt lag. Danach mit der Paste »Skaidra« zum Preis von 60 Kopeken das Plastikfläschchen.

## Das Feldkochtöpfchen hat ein Loch

Und ausgerechnet das Feldkochtöpfchen bekam ein Loch.

Opa Pronja hatte Wasser eingegossen und die Elektroplatte eingeschaltet, doch die Elektroplatte unter dem Kochtöpfchen zischte. Zischte und zischte und zischte.

Opa Pronja besaß aber auch ein Telefon. Er wählte eine Nummer, die sich »Dienstleistungen aller Art« nannte.

»Hallo!«

Worauf die Antwort kam:

»Dienstleistungen aller Art.«

»Ich hätte da … ein Kochtöpfchen. Müßte verzinnt werden«, erläuterte Opa Pronja.

Die »Dienstleistungen aller Art« dachten hörbar nach.

»Wie sagten Sie?«

»Verzinnt. Verzinnt müßte es werden. Es ist … es ist durchgescheuert. Hat auf dem Topfboden ein kleines Löchlein. Müßte verzinnt werden.«

»Das heißt, Sie möchten, Opa, daß wir das Löchlein sozusagen zuflicken?« Die »Dienstleistungen« lachten mit dienstbereiter Freundlichkeit.

»Mhm.«

»So etwas machen wir nicht. Wir flicken Nylonmäntel und Täschnerwaren. Ansonsten ... Na schön, geben Sie mir Ihr Telefon. Ich rufe zurück.«

Zufrieden rieb sich Opa Pronja die alten Hände, schritt zum Kühlschrank und schnitt sich ein Stück von der Fischpirogge ab, die er bei »Fertiggerichte« gekauft hatte. Zu der Pirogge trank er ein paar Schluck sauer-süßen Kwas; den wiederum hatte er an derselben Ecke beim Tankwagen erstanden.

So gestärkt, setzte er sich zum Telefon und machte ein Nickerchen, in Erwartung weiterer Signale.

Als sein altes Haus abgerissen wurde, hatten sie ihm eine Einzimmerwohnung zugeteilt. Seine Oma war längst gestorben. Seine Kinder in alle Winde zerstreut.

Ein reinlicher Opa also, der sich penibel in Ordnung hielt. Das Hemd, die Unterhosen – aus der Wäscherei. Von dort auch die frischen Leintücher. Opa Pronja nähte immer selbst sein persönliches Nümmerchen ein. 3 S 625.

»Du solltest heiraten, Pronja«, sagten die Freunde zu ihm. »Allein ist das nichts.«

»Ich bin nicht allein. Mir zur Seite steht das ganze Sowjetvolk, und die Wäscherei ist nebenan«, antwortete Pronja dann immer. Und seine Augen blickten, als könnte sie kein Wässerchen trüben.

»Du stirbst noch, und keiner merkt es«, verhießen die Freunde.

»Nach meinem Tod interessiert mich mein Tod nicht mehr. Kommt, singen wir lieber.«

Und sie sangen, die drei Freunde – Pronja, Wanja und Nikolaj.

*Fließt das Flüßchen, und im Sa-and*
*wäscht es blinkend' Gold ...*

Klingeling! Ihn weckte das Telefon.

»Sie haben doch wegen des Kochtöpfchens angerufen? Eigentlich nirgends. Muß Sie enttäuschen. Dienstleistungen solcher Art werden nicht erbracht.«

»Und was mach ich nun?«

»Woher soll ich das wissen? Ha-ha-ha. Kaufen Sie sich einen neuen Topf, einen emaillierten.«

»Mach du dich bloß nicht lustig, Frollein!« Opa Pronja war gekränkt.

»Verzeihung, ich mein ja nur … Ein alter Mann«, erklärte das Frollein jemandem flüsternd. »Ansonsten, versuchen Sie es mal an der Ecke Sassuchin- und Kriwzow-Straße, da arbeitet einer, Senja heißt der.«

»Habe Sie verstanden. Danke sehr. Habe Sie verstanden.«

»Euch hab ich schon längst alle verstanden«, murmelte Opa Pronja, als er aus dem Haus trat.

Ein reinlicher Greis in Schwarz, lang der Rock aus dickem Tuch. Um den Hals ein warmer Schal. Schwarz das Schirmmützchen. 3 S 625.

In der Werkstatt durchschaute er sofort, wer von allen Senja war. Der saß ganz ungezwungen da, sah aber tüchtig aus. Ein robuster junger Bursche mit lockigen Koteletten. Mit Nylonhemd und grellfarbiger, breiter Krawatte.

»Senja, he, Senja, komm doch mal her«, sagte der Opa.

»Meinen Sie mich?« Senja, der sich in seinem Verschlag mit zwei pompösen Dämchen unterhalten hatte, erhob sich. Die eine haute Senja scherzhaft mit ihrem Wildlederhandschuh auf die behaarten Finger.

»Wenn du Senja bist, mein ich dich.«

»Ich bin Senja.«

Die Dämchen blickten gar nicht zu dem Bittsteller hin. Opa Pronja machte gerade den Mund auf, um sein Anliegen vorzubringen, da röhrte plötzlich direkt neben ihm ganz gräßlich ein Tonband los, und eine Zwitterstimme heulte:

> *Und*
> *Ich*
> *Wart am Meer, ich wart am Meer –*
> *Komm zu mir …*

Dazu stießen verschiedene Elektro- und sonstige Instrumente ein solches Elektro- und sonstiges Geheul aus, daß es dem Opa vor den Augen flimmerte. Sein weiteres Gespräch mit dem Alleskönner Senja verlief folgendermaßen:

»Also!«

»Was?«

»Also, da ...«

»Was ist da?«

»Das Kochtöpfchen.«

»Ja, und?«

»Müßte verzinnt werden.«

»Nö.«

»Was heißt nö?«

»Können wir nicht.«

»Ich zahle.«

»Zahlen tun alle.«

»Schaltet doch dieses Geplärre aus!« brüllte Opa Pronja da die Tonbandleute an.

Die wunderten sich und schalteten es aus.

»Senja, sei so lieb, mach mir das«, sagte der Opa bekümmert.

»Ich werd mich auch nicht lumpen lassen.«

»Ist aber wirklich so, Großvater. Ganz ohne Faxen. Ich kann das wirklich nicht. Hab für so etwas auch gar nicht das Werkzeug.«

»Sicher nicht?«

»Ganz ohne Faxen. Sag ich doch.«

So verließ Opa Pronja die fröhliche Werkstatt, wo Senja unverzüglich sein Patschhändchenspiel mit dem Wildlederhandschuh fortsetzte.

Ziemlich lange zog er überall herum, konnte jedoch kein positives Ergebnis erzielen. Nicht mal Versprechungen bekam er: In der Russakowskaja wurden Messingknöpfe für Sakkos gestanzt, in der Jerjomin-Straße Trockenrasierer repariert, in Nikolajewka gar die Namen Verstorbener auf Täfelchen graviert.

An einer Ecke blieb Opa Pronja stehen. Leute gingen hierhin und dorthin. Ein Muschik trug einen alten Fernseher, der in ein Leintuch gewickelt war.

»Wohin schleppst du den?« wollte Opa Pronja wissen. »Zur Reparatur?«

»Nö!« Der Muschik wies mit dem Kopf auf ein Geschäft. »Ich liefer ihn ab, zahl was drauf und kauf einen neuen.«

»Einen mit Farbe, was?«

»Nö!« Der Muschik erschrak seltsamerweise. »Einen mit Farbe brauchen wir nicht. Für einen mit Farbe sind unsere Einkünfte noch zu geringfügig.« Er lachte nervös.

»Kauft sich bestimmt einen mit Farbe, der Hund«, sprach Opa Pronja, während er ihm nachsah. »Dabei, was ist an einem mit Farbe schon dran? Bloß, daß er Farbe hat, im übrigen – ein ganz gewöhnlicher Fernseher.«

So sprach Opa Pronja und begab sich zur Brücke.

Die Brücke – ein luftiges Gebilde aus Stein und Beton – verband den alten Teil der Stadt mit dem neuen.

Zu sehen waren: das weite Panorama der bis in Himmelshöhen sich entfaltenden Bautätigkeit, das Stadion mit seinen zehntausend Plätzen, die Kuppeln der Kirche Mariä Schutz und Fürbitte, der Fernsehturm »Orbita« sowie die endlose, zurückweichende Taiga – die zurückweichende, dahinschwindende, vergehende Taiga.

Unter der Brücke floß der Jenissej. Er war grau. Der Jenissej floß aus Tuwa zum Nordpolarmeer.

»Unglaublich – soviel Wasser, und alles ist zu was nütze«, murmelte Opa Pronja, beugte sich übers Geländer und ließ das Kochtöpfchen los.

Das Kochtöpfchen flog hinab. Es flog hinab und verwandelte sich, hell in der Sonne blinkend, in einen Punkt. Es verwandelte sich in einen Punkt, doch aufs Wasser traf es mit einem Platschen.

Platsch! Und weg war das Kochtöpfchen!

*Der Schukow war als Kind schon halbstark*
*und hatte Röhrenhosen an.*
*Die schönen Mädchen im Kulturpark*
*die lud er ein ins Restaurant.*

AUS DEM LYRISCHEN WERK VON N. N. FETISSOW

## Der Halbstarke Schukow

An einem Herbstabend des Jahres 1959 fand bei uns in der Schule ein Bunter Abend der Schülerschaft statt. Schon morgens machte sich eine gehobene Stimmung in der Schule bemerkbar: Auffallend laut läutete die Schulglocke, beeindruckend laut antworteten wir auf die Fragen der Lehrer, und sogar die alte Fenja unten am Schuleingang war an jenem Morgen erstaunlich nüchtern!

Das war auch kein Wunder. Ein Fest ist nun mal ein Fest! Alle waren richtiggehend erregt. Sinaida Wonifantjewna, die Schuldirektorin, hielt eine erregte, doch warmherzige Ansprache, danach begann der Bunte Abend mit Darbietungen der Laienkunst.

Es wurden Lieder von Matussowski und Bogoslowski gesungen, Szenen und Sketche von Dychowitschny und Slobodski aufgeführt und Gedichte von Majakowski vorgetragen, und ich spielte auf der Domra einen Tanz aus der Oper »Iwan Sussanin« von Michail Glinka. Begleitet wurde ich vom Schulorchester der Blas- und Unterhaltungsmusikinstrumente, also von Ziehharmonika, Trompete, Klavier und Kontrabaß. »Unser Jazz«, so nannten wir es im Flüsterton in der Künstlergarderobe (auf der Toilette).

»Und jetzt – darf getanzt werden!« verkündete Sinaida Wonifantjewna feierlich.

Und los gings: Es drehte sich der Walzer, es stampfte der Hopak, anmutig wechselten die Figuren der Quadrille. Alle tanzten: Sinaida Wonifantjewna selbst mit dem Physiklehrer, den wir Sawman nannten, die stellvertretende Direktorin Anastassija Grigorjewna, ganz von üppigen Spitzen umhüllt, die gerade der Hochschulbank entronnenen Junglehrerinnen mit ihren langen Röcken und sogar der Komsomolorganisator Kostja Motschalkin, genannt »Schwamm drüber«, der ein militärisches Blouson anhatte, aus dessen Brusttäschchen das Stahlköpfchen eines Kulis lugte. Es regnete Konfettikreise, ein Sackrennen fand statt, und mit verbundenen Augen durfte man Süßigkeiten abschneiden, die an Fädchen hingen. Uns gegenseitig an den Händen fassend, kreisten wir zum Spaß in fröhlichem Reigen um unsere geliebten Schulmeister.

Plötzlich wurde es still.

Es wurde still, denn in den Saal trat der Halbstarke Schukow.

Der Halbstarke Schukow hatte ein langes Sakko an, und über der pickelübersäten Stirn ragte eine pomadisierte Haartolle.

Der Halbstarke Schukow führte zwei dick angemalte Mädchen mit gelb gefärbten Frisuren am Ellbogen herein.

Das Dreiergespann bahnte sich seitwärts einen Weg und nahm nebeneinander auf Stühlchen an der Wand Platz. Schukow ließ die Ellbogen seiner Freundinnen los und zog sich die engen und kurzen Hosenbeine hoch, unter denen auffällig und mißtönend rote Socken hervorblinkten.

Still war es geworden.

»Sagen Sie mal, Schukow, wer hat Sie eigentlich hier hereingelassen in so einem Aufzug?« fragte Sinaida Wonifantjewna laut.

»Tante Fenja hat mich hereingelassen, weil ich nämlich Schüler bin«, antwortete Schukow leise und sah zu Boden.

»Und wer sind diese beiden ... Personen?« erkundigte Sawman sich drohend.

»Das sind Inna und Nonna. Das ist Inna, und das ist Nonna«, erklärte Schukow genauso schüchtern. »Aus der Berufsschule.«

»›Nonna‹!« knurrte Sawman verächtlich.

»Und wie, Sascha«, wollte Schukows junge Klassenlehrerin mit schiefem Lächeln wissen, »wie gefällt das deinem Papa und deiner Mama, wenn du rumläufst in einem Aufzug wie ein Affe?« Darauf schwieg Schukow.

»Antworten Sie, Schukow! Sie sind, glaube ich, etwas gefragt worden!«

Doch Schukow schwieg erneut.

»Was schließen wir daraus, mein Freund? Frech wie Oskar, aber feige wie ein Hase?« sagte Sawman gereizt. Er zog einen Kamm heraus und striegelte sich die wenigen verbliebenen Haare. Schukow jedoch gab erneut nichts zur Antwort. Dafür legten, zur Verwunderung aller, seine forschen Freundinnen los.

»Was motzt'n den Kerl an!« blaffte, der Direktorin mitten ins Gesicht, Inna oder Nonna, welche, war unklar, weil sie nämlich beide vollkommen gleich aussahen.

Sinaida Wonifantjewna erstarrte.

»›Papa und Mama‹! Papa und Mama liegen, heute am Zahltag, stockbesoffen auf der Matratze. Ha-ha-ha!« amüsierte sich das zweite Mädchen.

»Ach, du lieber Gott!« stöhnte die Direktorin und sah sich verstört nach dem hinter ihr sich drängenden Schülerhaufen um. »Wie es zugeht in diesen zerrütteten Familien!«

»Der liebe Gott sagt nicht hüst und nicht hott ...«, muffelte die erste. Und zu Schukow gewandt: »Du, Schuk, komm, gehn wir, die öden einen vielleicht an hier!«

»Gehn wir«, stimmte Schukow zu, und vor aller Augen gab er dem Mädchen, das ihm bereitwillig die roten Lippen hinhielt, einen Kuß.

Sie gingen. Der Fröhlichkeit tat das, nach einem leichten Dämpfer, jedoch keinen Abbruch, die Wogen gingen sogar noch höher. Es wurde »Stille Post« gespielt und »Die Reise auf dem Meer«. Ich weiß noch, ich gewann eine Tröte aus Karton.

Aber es spielten nicht alle. Hinter den Kulissen, am verstaubten Hintergrundprospekt, der einen Kolchosbauern mit Ährengarbe, einen Stahlwerker mit Schutzfilzhaube, einen Kavalleristen hoch zu Roß und einen MG-Schützen am MG darstellte, weinte

Walja Kon, Komsomolorganisatorin der Klasse 9a. In ihrem ordentlichen Schuluniformkleidchen mit weißem Krägelchen und Schürzchen, aschblonde Löckchen ums sauber gewaschene Gesichtchen, am Handgelenk ein vergoldetes Ührchen, so lag sie weinend in Sinaida Wonifantjewnas Armen und sagte zu ihr: »Ach, Sinaida Wonifantjewna! Ach! Dabei steckt trotz allem viel Gutes, Reines und Lichtes in ihm. Er macht Laubsägearbeiten. Er hat einen kleinen Hund, den er Freundchen nennt. So darf man nicht mit ihm …«

»Versteh doch, mein Kind«, sprach Sinaida Wonifantjewna mit weisem Lächeln, »zu so etwas greifen wir gewöhnlich als letzter Maßnahme. Besser, man haut ein krankes Organ gleich ab, als daß man es weiterfaulen läßt. Das kommt dem Körper zugute und dem Organ auch«, sprach Sinaida Wonifantjewna mit weisem Lächeln.

Und ganz in der Nähe drückte sich Sawman herum.

Einmal kam Galibutajew heim und hatte in der Innentasche seiner Wattejacke eine Halbliterflasche Wodka.

Bei den heutigen Preisen für Wodka und andere harte Sachen ruft der Gedanke daran bei einem trinkenden Menschen bitteren Spott hervor, was Galibutajew auch seiner Frau Maschka mitteilte.

## Gaunerin

Die gab zur Antwort:

»Spuck keine großen Töne, setz dich lieber, Fressen ist fertig.«

»Kusch, Gaunerin!« fuhr Galibutajew ihr streng über den Mund und stellte die Halbliterflasche auf den Tisch. Und lächelte dabei.

Nun legte er erst die Wattejacke ab, zog sich die Stiefel aus, wickelte die Fußlappen auf und wusch sich dann.

Und barfuß, gewaschen, im Unterhemd, setzte er sich an den Tisch, wo die Kohlsuppe dampfte und der Wodka lebendigen Auges aus den Gläsern blickte.

»Ja. Wodka«, sagte Galibutajew und trank.

Es trank auch Maschka.

Und legte los: »Du immer mit deinem ›Gaunerin‹. Wie oft soll ich dir noch sagen, daß du so nicht reden sollst. Ich bin eine arbeitende Frau!«

»Weiß ich. Galibutajew weiß alles. ›Gaunerin‹, das soll dich beleben. Kapiert?«

»Ich weiß nicht«, sagte die Frau.

»Dann weißt dus jetzt! Ich möchte einen belebten Gegenstand sehen. Einen unbelebten Gegenstand möchte ich nicht sehen und sehe ich auch nicht. Dich jedoch möchte ich in belebter Form sehen, darum nenn ich dich ›Gaunerin‹. Kapiert?«

»Lebhafter, oder wie?« sagte Maschka unsicher.

»Nein, belebt. Verstehst du?«

Maschka war gekränkt.

»Ja, ja. Ich versteh eins, daß ich dich bei solchen Redereien bald vor die Tür setz. Hau ab, hau doch ab! Hat sich was mit seinem ›belebt‹!«

Und vor lauter Verdruß leerte sie auf einen Zug noch ein halbes Glas.

Galibutajew wurde nachdenklich. Und hatte auch allen Grund dazu. Das war ja der Haken, daß er keinen eigenen Wohnraum hatte. Maschka, sicher, die war seine Frau, aber ohne Standesamt. So daß sie das Recht hatte, ihm jeden Moment die Tür zu weisen.

»Nun mach hier nicht solchen Zoff«, meinte Galibutajew versöhnlich.

»Ich schmeiß dich aber raus«, versprach Maschka. »Kommen die Kinder zurück, schmeiß ich dich raus! Wirst es noch erleben.«

Das war der Haken – die Kinder. Maschka hatte vier davon, aber die zwei Töchter hatten, Gott sei Dank, entlassene Soldaten geheiratet und waren mit ihnen fortgezogen.

Dann Mischka, der Sohn, die schlimmste Pestbeule. Er arbeitete im selben Betrieb wie Galibutajew und triezte ihn dauernd. Mal stellte er irgendeine gemeine Frage, mal schubste er ihn, dann wieder nötigte er Galibutajew sogar, laut aus der Zeitung vorzulesen, obwohl er wußte, daß dieser die Zeitung überhaupt gar nicht lesen konnte aufgrund seiner krankhaften Schieläugigkeit und mangelhafter Bildung. Er setzte ihm zu. Galibutajew war auf der Hut vor der Pestbeule, durchgehen ließ er ihm aber auch nichts. Zahn um Zahn!

Der allerjüngste, Serjoschka, der war eigentlich völlig harmlos, einfach infolge seines Jungpionieralters, aber potentiell war auch er eine Bedrohung für Galibutajew, seine Liebe und die Wohnung, insofern er mit zunehmendem Alter ebenfalls anfing, sich zu schämen wegen Mamas Lebenswandel, über den die ganze Straße Bescheid wußte.

Nach dem Essen hatte sich die Stimmung der beiden Gatten beträchtlich gebessert, und sie schalteten Maschkas Fernseher ein.

»Der bourgeoise Professor aus Amerika legt in diesem Fall eine völlige Unkenntnis der Grundlagen des Marxismus-Leninismus an den Tag«, sagte der Ansager.

Und so weiter. Dann kam ein Konzert und dann der Film »Unter Einsatz von mehr als dem Leben«. Über einen unverwüstlichen Hauptmann. Danach war das Fernsehen zu Ende und erlosch.

Auch der Tag erlosch. Zu Ende war der Tag. Zu Ende war auch der Abend. Die Nacht brach an, nach der sowohl Galibutajew als auch Maschka wieder los mußten, Geld verdienen.

»Kohlen scheffeln«, sagte Galibutajew und reckte und streckte sich.

»Hä?« Maschka, die gerade schlafen gehn wollte, hatte nicht recht gehört.

»Kohlen scheffeln, sag ich! Bist du taub?!« brüllte Galibutajew und ging nach draußen.

Draußen war es ebenfalls Nacht. Der Vollmond leuchtete. Es schimmerten im Finstern die Schuppen. Die Fenster der Wohnbaracke waren fast alle erloschen. Es war Nacht, und Galibutajew kehrte zurück nach Haus, ins Bett. Da, im Bett, war er nun wirklich der absolute Herr und König.

»Maschka, komm, ich werd dich heut mal quasi vergewaltigen«, sagte er.

Maschka war interessiert:

»Und wie geht das?«

»Das geht so: Du tust, als wehrst du dich mit aller Kraft, aber ordentlich, und ich versuch dich aufs Kreuz zu legen.«

»Au ja, komm«, freute sich Maschka …

»Ich werf mich also auf sie wie ein wildes Tier«, erzählte Galibutajew. »Reiß ihr alles vom Leib. Und sie windet sich, sie kratzt,

sie kreischt. Jeder andere Vergewaltiger hätte längst den Rück-
zug angetreten. Nicht so Galibutajew. Ich reiß ihr also alles vom
Leib und will gerade, da pfeffert die mich vielleicht runter! Und
ich fall schlimm aus dem Bett.«

»Und was war?«

»Daß ich mir den großen Zeh am rechten Fuß gebrochen hab,
das war. Ich war auf den Zeh gefallen.«

Galibutajew fluchte ausgiebig.

»Und was dann?«

»Hör zu.«

Am nächsten Morgen kam Galibutajew hinkend zur Arbeit, rief
den Brigadier beiseite und schilderte ihm sämtliche Umstände.
Der Brigadier sagte kein Wort, und sie gingen arbeiten, Gur-
kenfässer ausladen.

Der Brigadier stellte sich neben Galibutajew auf die Laderampe
und senkte ganz, ganz vorsichtig, äußerst behutsam, den Rand
eines Fasses auf Galibutajews Fuß. Und dazu noch auf den lin-
ken.

»Au-au-au!« schrie und jaulte Galibutajew. »Au, mein Fuß! Mein
armer, armer Fuß! Au-au-au!«

Danach wurde ein Protokoll aufgenommen über den Unglücks-
fall. Galibutajew ging ins Krankenhaus, wo ihm der große Zeh
geröntgt wurde. Das Röntgenbild bestätigte voll und ganz den
Arbeitsunfall, und Galibutajew bekam hundertprozentige Ar-
beitsunfähigkeit bei voller Lohnfortzahlung bescheinigt.

Galibutajew kam nach Hause, wo Maschka furchtbar lachen
mußte, als er ihr alles erzählte.

»Was, *dafür* zahlen sie dir auch noch Geld? Nein, so was!«

»Einen ganzen Monat bin ich daheim gesessen«, erzählte Galibutajew mit blitzenden Augen. »Hab nichts getan. Und mit
Maschka hab ich solche Nummern abgezogen, das kann sonst
keiner.«

»Und dann?«

»Was dann war? Dann hat sie mich trotzdem rausgeschmissen.
Mischka, der Schuft, kehrte von der Dienstreise zurück. Und
Serjoschka aus dem Pionierlager. Hat mich rausgeschmissen,

aber geweint. Ich kann so nicht, hat sie gesagt, und so kann ich auch nicht. Hab schließlich Kinder. Diese Gaunerin! Hat mir den Zeh gebrochen! Weißt du, wieviel sie wiegt? Sechsundneunzig Kilo. Zehn Jahre ist sie älter als ich.«

»Allerhand!«

»Nein, nicht nur zehn« – Galibutajew rechnete nach. »Ich bin zweiunddreißig, sie ist dreiundvierzig. Elf Jahre ist sie somit älter als ich ... Alles hat sie mir gegeben«, fuhr er mit der Geschichte seiner unglücklichen Liebe fort. »Alles von dem, was mir gehört, hat sie mir gegeben, sogar die Lederjacke von ihrem ersten Mann. Der war Techniker auf dem Flugplatz. Alles – die Wattejacke, die Monteurskluft, den DDR-Mantel, die Filzstiefel, die Pelzmütze. Bloß mein Pechöl, das hab ich bei ihr gelassen.«

»Was denn für ein Pechöl?«

»Ich hatte ein Fläschchen Pechöl, zum Stiefelschmieren. Das hab ich bei ihr gelassen. Werd Mischka mal bitten müssen, daß ers mitbringt. Oder selber hingehen.«

»Und wo wohnst du zur Zeit?«

»Zur Zeit wohn ich nicht, ich nächtige. Ich nächtige hier, in der Garage. Aber sie haben mir ein Zimmer versprochen. Direkt auf dem Werksgelände ... Ist ja bald Winter. Eigentlich hab ich keine Angst vor dem Winter, weil sie mir alles gegeben hat, auch die Filzstiefel, die Pelzmütze. Jedenfalls, Nummern hab ich mit ihr abgezogen, sowas kann sonst keiner. Weißt du ...«

Und Galibutajew lachte fröhlich.

Als er sich ausgelacht hatte, fuhr er fort:

»Eines sag ich dir. Ich war von Kind auf krankhaft kurzsichtig. Darum haben sie mich den Schieler genannt, und zwei Klassen hab ich nur abgeschlossen. Weil ich nicht lernen konnte. Oh, mich hätten sie mit Feingefühl unterrichten müssen! Bei spezieller Beleuchtung, zu bestimmten Zeiten, je nach meiner Stimmung. Aber woher nehmen, wo sie mich doch im Waisenhaus aufgezogen haben.«

»Wars schlimm im Waisenhaus?«

»Wieso schlimm? Es ist mir noch heute wie ein Elternhaus. Sie haben mich sogar zu Filatow gebracht, dem obersten Augenarzt, bloß hat der dann gesagt, sie hätten mich zu spät hingebracht, und wollte der Direktorin die Verdienstmedaille vom Jackett reißen.«

»Was denn für eine Verdienstmedaille?«

»Woher soll ich das wissen? Sie hatte an ihrem Jackett eine Verdienstmedaille, und Filatow wollte sie ihr runterreißen. Sie haben den Jungen verdorben, sagte er. Aber was konnten sie dafür? Sie haben sich um mich gekümmert. Hatten bloß nicht gewußt, daß sie mich gleich hätten zu Filatow bringen müssen. Deshalb seh ich auch nur belebte Gegenstände. Unbelebte Gegenstände seh ich nicht. Unbelebte Gegenstände, das ist alles, was geschrieben steht, und alles, was es ringsum gibt.«

»Ein belebter Gegenstand, das war meine ›Gaunerin‹!« setzte Galibutajew noch hinzu und wünschte sich nicht länger mit mir zu unterhalten, da er meinte, alle weiteren Fragen würde ich ausschließlich zu dem Zweck stellen, um mich über ihn lustig zu machen.

Lieber erzähle ich euch die kurze Geschichte von der Liebe des buckligen Nikischka, der Verkäufer war im Süßwarengeschäft »Leckermäulchen« und eine Zeitlang in der Sassuchin-Straße, nah bei der Kirche Mariä Fürbitte, auf unserem Hof gewohnt hat. Im

## Der bucklige Nikischka

efeuumrankten Hinterhaus, mit einem schattigen Faulbaum vor dem kleinen Fensterchen.

Als Verkäufer war Nikischka eine einmalige Erscheinung, nicht nur in unserer Stadt, sondern bestimmt auch weit über sie hinaus. Nikischkas Höflichkeit kannte keine Grenzen.

Tritt da zum Beispiel die verkalkte alte Marja Jegipetowna an seine Ladentheke, und er, der doch kaum über die Vitrine hinausreicht in seiner weißen Kittelschürze und dem stocksteif gestärkten Verkäufermützchen von bläulichem Weiß, er sagt, er zwitschert sogar, wobei aus dem großen Mund das Perlenlächeln reiner kleiner Zähne blitzt:

»Einen schönen guten Tag, Verehrteste, freue mich, Sie wieder in unserem Geschäft zu sehen …«

Die Alte starrt ihn aus tränenden Augen lange an und weiß nicht, wie sie die entstandene Situation beurteilen soll. Worauf er selbst ihr zur Hilfe kommt:

»Dürfte ich Ihnen etwas Passendes aus unserem reichhaltigen

Sortiment vorschlagen? Hier etwa Bonbons aus der Produktion der Konditoreiwaren- und Makkaronifabrik, ›Erdbeer mit Sahne‹, absolut frisch, weich, hab mir selber gestern zum abendlichen Tee was genehmigt davon, he-he-he. Oder hier – ›Schwälbchen‹, ›Pilot‹, ›Glückliche Kindheit‹. Absolut frisch, weich …«

»Wieg mir Karamellchen ab für zehn Kopeken«, sagt schließlich die Alte.

»Bitte sehr, meine Beste!« versetzt Nikischka augenblicklich.

Er wiegt ab, trällert ein modisches Liedchen dazu, faltet geschickt das Tütchen zusammen, schwenkt es mit langem Arm und ruft der Kundin hinterdrein:

»Wir danken für den Kauf! Beehren Sie uns wieder, vergessen Sie uns nicht!«

Die Leute kamen sich Nikischka anschauen.

»Es ist unvorstellbar, liebste Schura. So bedient worden sind wir zwei das letzte Mal, weißt du noch, da an der Ecke gab es den roten Kaufmann Jerofejew im Jahre fünfundzwanzig …«

Eine Alte stupft unentwegt mit vertrocknetem Finger auf den abgeschabten Pelzmantel ihrer Gesprächspartnerin. Und Schura stimmt zu – ja, tatsächlich. Tatsächlich waren sie in ihren Marineköppis und Leinenblusen immer zu Jerofejew gekommen, hatten, den kleinen Finger abgespreizt, an seinem kleinbürgerlichen Caffee genippt und waren sogar häretischerweise ein klein wenig traurig gewesen, als schließlich sein privates Etablissement im Zuge der Veränderung der gesamten wirtschaftlichen Situation des Landes zugemacht wurde …

Nikischka hatte aber auch Feinde.

»Der Schweinehund!« Mit Abscheu den Verkäufer musternd, zog der Sanitärinstallateur Jeprew, ein nicht ganz nüchternes Mannsbild sibirischer Kulturprägung, dieses Resümee seiner Eindrücke. »Der Schweinehund, kann der nicht anders, was muß der sich so ranwanzen?«

»Aber wieso? Immerhin, eine gewisse Höflichkeit, Serjoscha … Bei den alten Weibern macht er damit doch keinen Reibach«, widersprach Jeprew sein ewiger Opponent und Saufkumpan Wolodja Schenopin.

»Woher hat er dann seine ganzen Goldringe?!« schrie Jeprew hysterisch.

»Vielleicht ist ihm ja im Leben mal eine Erbschaft zugefallen? Mir ist da nämlich folgendes passiert ...«

Und Schenopin begann eine lange Lügengeschichte über irgendeinen Brief aus Frankreich, über einen Silberlöffel mit den Initialen W. SCH., den er im Holzschuppen gefunden hatte, und über ein geheimnisumwittertes Treffen in der Metrostation »Leninbibliothek« in Moskau. Eins fügte sich nicht zum anderen, Jeprew runzelte die Stirn, und bald mußten die Freunde sowieso das Etablissement verlassen, denn Nikischka rief schon mit dünnem Stimmchen zu ihnen herüber:

»Genossen! Genossen! Wollen wir doch nicht an Orten trinken, die dafür nicht geschaffen sind. Sonst könnten wir noch mit der Miliz Bekanntschaft schließen müssen.«

»Der kompensiert, der Mistkerl, mit Höflichkeit seine Körpernatur«, sprach daraufhin der gebildete Schenopin, und die Freunde begaben sich zum Ufer des Jenissej, wo sie sich endgültig betranken und gemeinsam weinten, aus Mitleid mit dem armen Flußwasser, das so rasch und unwiederbringlich zum kalten Nordpolarmeer fließt, aus Mitleid mit Nikischka und mit sich selbst, aus Mitleid mit der ganzen weiten Welt.

Bald tauchte er dann bei uns im Hof auf, weil sich nämlich die Verkäuferin Ljalja Bolschucha in ihn verliebt hatte und er zu ihr zog, in ihr völlig efeuumranktes Hinterhäuschen mit dem schattigen Faulbaum vor dem kleinen Fensterchen.

Diese Ljalja Bolschucha war in der Stadt dadurch berühmt, daß sie seinerzeit in der epochemachenden Glosse mit dem Titel »Schimmel«, die der Welt das Auftauchen der ersten Halbstarken in unserer Stadt verkündete, eine der Hauptakteurinnen war. Damals war sie ein zugereistes junges Ding von auffälliger südlicher Schönheit, aber bald war von ihrer Schönheit der Lack ab – vielleicht vom unmäßigen Lebenswandel, vielleicht vom sibirischen Klima, vielleicht auch, weil die Schönheit eben einfach verblaßt war und Schluß. So daß sie zum Zeitpunkt ihrer Bekanntschaft mit dem alleinstehenden Nikischka zwar ihre

Figur noch nicht verloren hatte, aber eine recht spillerige, vogelhafte, grell geschminkte dreißigjährige Dame darstellte. Mit Ohrringen und übrigens auch, wie ihr Auserwählter, über und über mit Gold behängt.

Die Vorgeschichte ihrer Liebe kennt niemand. Ljalja zog später bald nach Norilsk, und Nikischka hatte sich trotz seiner Redseligkeit nie über dieses Thema ausgelassen. Wenn er nach Derartigem gefragt wurde, schob er entweder verächtlich die Unterlippe vor und schwieg, oder er lachte dem Frager offen ins Gesicht, wodurch der irritiert wurde und verstummte.

Ich habe aber trotzdem einmal ein abendliches, auf dem Bänkchen beim efeuumrankten Hinterhäuschen stattfindendes, unsichtbares Gespräch zwischen Ljalja Bolschucha und ihrer Busenfreundin mitgehört, die in der Stadt unter dem Spitznamen Swetka, die Schlampe, bekannt war, auch einer Akteurin aus der erwähnten Glosse.

»Hör mal, sag doch mal, aber sei ehrlich – schämst du dich nicht mit ihm? Hm?«

»Also, ich sag dir, daß mir das vollkommen … (hier benützte Ljalja ein unflätiges Wort), ob ich mich schäme oder nicht. Er ist nun mal so, er ist, sag ich dir, so, daß ich – ich jedenfalls, ob dus glaubst oder nicht, aber Ehrenwort, ich brauch keinen anderen. Und außerdem, wenn du wüßtest, wie interessant es mit ihm ist. Was er mir alles für Geschichten aus der Wissenschaft erzählt … Der braucht mir nur zu befehlen, dem küß ich die Füße, sag ich dir, wirklich wahr. Du kennst mich doch?«

Die Freundin ließ ein kurzes Kichern hören.

Nikischka hatte außerdem ein Auto, einen kleinen, noch und noch geflickten Moskwitsch der ersten Serie. Jeprew und Schenopin unterzogen den Süßwarenverkäufer einmal einem strengen Verhör zu dem Behuf, die Herkunft seines privaten Verkehrsmittels zu klären.

»Sie haben doch gewiß schon die Couplets der Sänger Schurow und Rykunin im Radio gehört«, sagte Schenopin mit zusammengekniffenen Augen.

Und Jeprew sang vor:

*Ein schlichter Verkäufer kanns nicht mehr erwarten*
*Und kauft sich zwei Autos, ne Datscha mit Garten.*
*Gibts doch nicht, daß der das von seinem Lohn hat –*
*Bei fünfhundertfünfzig Rubel im Monat!*

»Wobei fünfhundertfünfzig von vor der Währungsreform gemeint sind«, stellte Schenopin klar.

Nikischka feixte. »Ihr seid offenbar die Freiwilligen vom Komsomol?«

»Wieso, was für Freiwillige?« fragten die Freunde verdutzt.

Aber Nikischka ließ sich auf keine Erklärung ein. Er sagte:

»Die Wissenschaft berichtet uns, daß es einen Franzosen namens Charles Maurice de Talleyrand gab und daß der ebenfalls über gewisse körperliche Gebrechen verfügte, was ihn aber nicht hinderte, ein äußerst geschickter Diplomat zu sein, wie in der Enzyklopädie geschrieben steht ...«

»Nein, davon reden wir doch nicht, von körperlichen Gebrechen«, protestierten die Freunde. Aber Nikischka stieg in sein geflicktes Auto und fuhr wichtigtuerisch von dannen, ging seinen privaten Geschäften nach.

Dann war es mal Nacht. Wir saßen auf dem Bänkchen und hörten fast alles.

»Ich verlasse dich!« kreischte Ljalja. »Du hast mich betrogen!«

»Also, das müßte, erstens mal, bewiesen werden«, widersprach Nikischka ruhig.

»Ich mein jetzt nicht, daß ihr geklaut habt wie die Raben, du und Schirnow. Das ist mir wurstegal – die Unterschlagung, das gleichen wir aus. Aber daß ihr zwei regelrecht ein Bordell betrieben habt, also das – ein Schuft bist du, Nikischka, ein Schuft!« schrie Ljalja.

»Sei doch leise!« Nikischka trat ans Fenster. »Dort draußen ist anscheinend jemand.«

»Ist mir doch egal, ob da jemand ist. Ein Krüppel, aber trotzdem: nichts als Weiber im Sinn!«

»Ein Krüppel?« fragte Nikischka mit unguter Stimme. Und wir hörten eine saftige Ohrfeige klatschen.

»Ooh, verprügeln willst du mich auch noch?« heulte Bolschucha.

»Sei leise, schrei nicht!« fuhr Nikischka sie an.

Aber Bolschucha kam in Unterwäsche auf den Hof herausgerannt. Nikischka ihr nach. In dieser Reihenfolge rannten sie bis zur Wasserpumpe, wo er sie erwischte und die Heulende ins Haus zurückbrachte. Derartige Szenen gab es oft in unserer stillen Straße, und sie riefen keine besondere Verwunderung hervor. Na ja, die Weiber hatten eine Zeitlang was zu tratschen – überhaupt, später verurteilten die Leute Ljalja auch, indem sie ihr mystischerweise zur Last legten, was später passiert war.

Passiert war folgendes. Am nächsten Tag dachten wir uns einen Spottvers aus, mit dem wir Nikischka empfingen, als er auf dem Hof auftauchte.

> *Der bucklige Nikischka*
> *Betrügt die Bolschucha.*
> *Nikischka ist ein Hutzelmann,*
> *Hutzelmann,*
> *Hutzelmann …*

»Na, na, ihr bösen Kinder, gehört sich doch nicht, einen lebendigen Menschen so zu verspotten. Was bringen sie euch bloß in der Schule bei?« Nikischka schien überhaupt nicht beleidigt zu sein.

Am Morgen darauf hatte er sein großspuriges Gehabe verloren. Seine Haare waren zerzaust, das Gesicht aufgedunsen, die Wangen unrasiert, die Augen verquollen. Ich glaube, bestimmt hatte er die ganze Nacht nicht geschlafen, sondern geweint oder getrunken. Wer begreift einen Menschen schon?

»Nikischka ist ein Hutzelmann, Hutzelmann, Hutzelmann!« schrien wir.

Nikischka drohte uns träge mit der Faust und brach völlig unerwartet in Lachen aus.

»Böse Kinder«, sagte er. »Ihr betragt euch schlecht, böse Kinder. Aber ich nehm es euch nicht übel. Ich fahr euch heute mit dem Auto spazieren.«

»Hurra!« schrien wir und kletterten in seine Karre.

Wir fuhren zur Stadt hinaus, fuhren weit fort. Weit hinter uns blieb unser Hof zurück, unsere Stadt mit dem Friedensprospekt und dem Süßwarengeschäft »Leckermäulchen«, wo ein Stück Papier mit dem Wort »Inventur« an der Tür steckte. An der Kirche Mariä Fürbitte waren wir abgebogen, am Friedhof, der Müllhalde, dem alten Flugplatz und dem Birkenhain waren wir vorbeigefahren und hinausgefahren in die offene Steppe, ins freie sibirische Feld.

Ach, wie schön es da draußen war! Ich weiß es noch wie heute! Heiß wars. Hoch stand die Sonne. Ein heißer Wind kam auf, trug uns einen Hauch von Kiefern, Wiesen, erhitztem Gras zu. Es zirpten die Heuschrecken, schwirrten kleine Mücken. Unter Gelächter wälzten wir uns im Gras, rempelten uns gegenseitig, hüpften und schlugen Purzelbäume. Nikischka beobachtete uns lächelnd. Warf auch mal mit einer Klette, krähte zur Belustigung wie ein Hahn, schlug einen Purzelbaum und blieb unbeweglich liegen, starrte in den Himmel.

Er riß eine Margerite ab, zerrieb sie in seinen dünnen Fingern.

»Ach, wie schön«, sagte er.

Dann erhob er sich rasch und ging zum Auto. Eh wir begriffen, was los war, hatte er sich ans Steuer gesetzt und war davongefahren.

Wir dachten erst, er würde Spaß machen und bald zurückkehren. Aber die Zeit verging, und Nikischka kam und kam nicht.

»Der Schweinehund, Papa hat ganz recht, ein Schweinehund ist er!« schimpfte Jeprews Sohn Witka.

»Der hat uns mit Absicht hergebracht«, kombinierte Ljubka Luchs.

»Och, und wie kommen wir heim?« plärrte Wolodka Tichonow.

»Dem werden wir ganz schön das Leben schwermachen, dem Geißbock!« sagte der Rabauke Gera, der Anführer unserer Bande.

Und den ganzen Rückweg zu Fuß schmiedeten wir die unterschiedlichsten Pläne zur Rache an dem verdammten Betrüger.

Doch als wir verstaubt, erschöpft und böse schließlich in unserer stillen Straße auftauchten, stellte sich heraus, daß der bucklige Nikischka vor einer Stunde gegen einen Fünfundzwanzigtonnenkipper geprallt war und, ohne das Bewußtsein wiedererlangt zu haben, auf der Jenissej-Überlandstraße gestorben war. Ljalja hatte einen hysterischen Anfall. Die Frauen flößten ihr Baldrian ein.

Zu Trauergottesdienst und Leichenbegängnis kamen ziemlich viele Leute. Mürrische Einzelhandelsangestellte. Eine Vielzahl alter Frauen. Die weinten und bekreuzigten sich. Es weinten auch zwei oder drei schöne Frauen, die Bolschucha gehässige Blicke zuwarfen. Jeprew und Schenopin tranken nach der Leichenfeier noch eine Woche ununterbrochen weiter. Ljalja Bolschucha ließ sich bald darauf für eine Arbeit im hohen Norden anwerben. So verödete das völlig efeuumrankte Hinterhäuschen mit dem schattigen Faulbaum vor dem kleinen Fensterchen.

Bei uns an der Bahnstation lebte ein Muschik, Wassja Metus hieß er, der hatte eine Frau.

Na und, werdet ihr sagen, an so einer Station leben viele, und eine Frau, die haben auch fast alle.

Bloß, daß er seine Frau wahnsinnig haßte und sie loswerden wollte.

## Ich warte auf die treue Liebe

Na und, werdet ihr wieder sagen, auch solche, die ihre Frau wahnsinnig hassen und loswerden wollen, gibts viele.

Ja. Aber jetzt paßt auf. Viele – meinetwegen. Aber der Metus hat sich eines schönen Tages, zu seiner leibhaftigen Frau, noch eine ins Haus gebracht.

Mitgebracht und in der Diele gelassen. Er selbst ist reingegangen.

In der Stube saßen seine sozusagen ja noch vorhandene Frau Galina und die alte Mutter, Makarina Sawlejewna, die ihren Sohn für einen Dummkopf hielt, obgleich er ihr Essen und Trinken gab und Kleider aus Kattun.

Also, die Frauen kauten Sonnenblumenkerne.

Das Radio war an. Die Wanduhr tickte. Die Mieze schnurrte, und da fielen die beiden über Wassja her, weil der betrunken war.

»Wo hast du dich rumgetrieben, Dreckskerl?«

»Wo?« wiederholte Metus und gab ihnen Bescheid.

Und die Frauen auf und durch die Küche, weil sie meinten, daß der Wassja gleich auf sie loswill.

Aber prügeln will der gar nicht, im Gegenteil. Er setzte sich an den Küchentisch, ein Wachstuch war drauf, und sagte mit schwerer Zunge:

»Gl-glina! Ich muß was klären mit dir. Eine wichtige Frage.«

»Frage. Frage. Was denn für eine Frage. Wozu? Geh lieber ins Bett, Wassja, reden können wir morgen«, antwortete Galina weinerlich, sichtlich auf der Hut vor Wassjas Schlägen.

»Sitz! Sitz hin, Weib!« sagte Wassja streng und gebieterisch und fing an zu singen:

> *»Ich warte auf die treue Liebe,*
> *Die voll gewaltig großer Triebe.«*

Und dann fragte er:

»Klar?«

»Nein, nichts ist klar«, antwortete Wassjas Frau Galina, die in einem Kiosk beim Viehhof Lebensmittel verkaufte.

»Na, dann wirds dir gleich klar. Ich klär dich auf«, versprach Wassja.

Und klärte Galina auf, sie möge sich gefälligst wegscheren, nach Haus oder sonstwohin, weil er sie nämlich nicht nur nicht liebe und in ihr weder sein noch überhaupt irgendein Ideal sehe, sondern sogar bereits eine neue Kandidatin für ihren Platz habe.

»Das wärs. Basta. Zusammen gegangen, in Frieden geschieden.« Wassja gebrauchte diese Wendung, die er wer weiß woher hatte, und meinte, die Sache sei gelaufen, sozusagen in Butter.

Aber nichts war in Butter.

»Oh-oh-oh! Oh, daß ich das erleben muß!« heulte Galina auf. »Wo wir ... wo wir ... wo wir doch Mann und Frau sind. Wa-assja!« Geschrei, Weinen.

»Ich und du, wir sind nie Mann und Frau gewesen. Du lügst. Zusammengetan haben wir uns, ja, das stimmt, wir haben uns zusammengetan, aber jetzt geb ich dir die Scheidung«, klärte Wassja die formale Seite der Angelegenheit.

Ob es nun klar war oder nicht, jedenfalls machte er dabei die Tür auf, hinter der seine neue Kandidatin lauerte, und rief:

»Nun komm mal rein!«

Die Neue war gar nicht so übel, und überhaupt, in der Dunkelheit der Diele sah sie gewissermaßen sogar wie eine Schönheit aus. Galina, die das bemerkte, heulte noch lauter, und die Dielenschönheit trat ein.

Boshaft schaute sie auf Galina, dann in die Ecke, wo die Ikone hing, und rumps! lag sie Makarina Saweljewna zu Füßen.

»Verzeiht, Mama! Verzeiht uns. Komm, knie du auch, Wassja!« heulte sie los.

Alle heulten sie und schluchzten. Sogar Metus produzierte eine Träne. Aber auf die Knie fallen, nein, das tat er nicht. Er umarmte seine alte Verflossene, gab ihr zum Abschied einen Kuß und drängte sie dann zur Tür hinaus.

Alle heulten sie und schluchzten, nur die alte Mutter blieb vollkommen ruhig.

»Du bist ein Dummkopf«, sagte sie zu ihrem Sohn.

»Wieso?« fragte der beleidigt zurück.

»Ein Dummkopf. Ein Dummkopf. Auf die Knie, Wassja, auf die Knie!« stimmte die neue Frau zu und verbeugte sich dabei immer wieder bis zum Boden.

Und so lebten sie also zusammen. Prima ging das. Bloß in der ersten Nacht waren die obenerwähnten Unannehmlichkeiten aufgetreten, infolge der Veränderungen und Umstellungen. Aber dann regelte sich alles bestens: Galina machte sich davon, heim ans andere Ende der Ortschaft, wo ihre Eltern wohnten. Machte sich davon, und dann soll sie bald einen Soldaten aus dem Pionierbataillon geheiratet haben, der in ihrem Haus einquartiert war. Jedenfalls hatte der Soldat versprochen, sie gleich nach der Militärzeit zu heiraten. Wenn sie Metus traf, schaute sie absichtlich weg.

Und das neue junge Paar Metus lebte zu aller Staunen in Frieden und Freuden, obwohl Walja, so hieß die Kandidatin, blatternarbig war. Als Kind hatte sie mal die Pocken erwischt und davon Narben im Gesicht behalten.

»Was heißt da Pocken?« sagte dann Wassja heftig und erregt zu seiner Mutter. »Als obs sonst keine gäbe, denen der Teufel Erbsen auf die Visage gedroschen hat!«

Und die Makarina Saweljewna darauf immer bedächtig:

»Dummkopf, du bist wirklich ein Dummkopf!«

»Sieh doch mal, wie sie arbeitet«, prahlte Wassja.

Und die Walja war wirklich sehr arbeitsam. Sie schaffte ein Ferkel und ein Kalb an und fütterte sie bestens mit Spülicht und Speiseresten, die sie aus der Kantine mitbrachte. Sie arbeitete nämlich in der Kantine. Wusch Geschirr ab.

Sie fütterte und tränkte, striegelte und schniegelte Ferkel und Kalb, und die gediehen wie vitamingepäppelt.

Und sie schaffte es auch noch, sich um Metus zu kümmern, und um Makarina Saweljewna. Kurz und gut, sie nahm das Haus in die Hand. Selbst Metus wußte manchmal nicht mehr, wie und was. Was da war und was nicht. Und Makarina Saweljewna wußte es auch nicht. Aber Walja, die wußte Bescheid.

Prima ging es ihnen. Und alles lief wie am Schnürchen. Nur ab und zu kam Wassja wieder mit seinem alten Lied:

> *»Ich warte auf die treue Liebe,*
> *Die voll gewaltig großer Triebe.«*

»Hör doch lieber auf damit, Wassja, sonst vertreibst du noch unser Glück«, sagte dann die Frau und lehnte sich einschmeichelnd an die mächtige Brust ihres Unangetrauten.

»Ich singe aber. Weil ich will – und punktum«, antwortete Wassja störrisch. »Ich singe, weil das Leben viele Seiten hat, da ist alles möglich. Auch wir können uns wieder trennen, sogar sehr einfach. Wie die Schiffe auf dem Meer.«

»Nicht doch«, erschreckte sich die Frau.

»Ja. Ich singe eben. Alles ist möglich. Und daß du es weißt, mein Ideal bist du noch lange nicht.«

Und wirklich, er hatte recht.

Kommt doch eines schönen Tages auf den Hof so ein Muschik und verlangt Ferkel und Kalb, weil »Walentina Iwanowna mir diese Tiere durch den Notar übereignet hat«.

Und der Kerl fuchtelt dem Metus mit so einem Papier mit Amtssiegel vor der Nase herum.

»Na, dir werde ich was husten.« Und Metus stürzt Hals über Kopf zum Arbeitsplatz in der Kantine, aber da zeigte sichs, daß sie, also seine Frau gewissermaßen, bereits gekündigt hatte.

»Nicht bekannt, wo sie hin ist«, kicherten ihre frechen Gefährtinnen.

Nicht bekannt. Zu Anfang war es nicht bekannt. Kalb und Ferkel mußte er abgeben, denn gegen ein Amtssiegel ist nichts zu machen, da kann man sich nur die Hörner anrennen, und der Kerl brachte beim nächsten Mal noch einen von der Miliz mit. Sonst war er übrigens ganz passabel. Er besaß ein Haus – das Streckenwärterhäuschen – und hatte beschlossen, sich ein bißchen Wirtschaft zuzulegen. Er sagte, daß er Metus vielleicht sogar verstehen könne, aber das Geld sei nun einmal bezahlt, und darum ließe sich da nichts machen.

So mußten sie also hergegeben werden. Und erst später kam die ganze Gaunerei heraus, nämlich, daß Walja mit dem Streckenwärter unter eine Decke steckte. Es stellte sich heraus, daß sie schon längst alles verabredet und offenbar nur gewartet hatten, bis das Kalb ausgewachsen war. Jetzt taten sie sich zusammen, im Wärterhäuschen, und auf diese Weise endete Wassjas Liebe und zerbrach wie eine Glaskugel.

Wassja geriet ganz außer sich und sagte zur Mutter:

»Da siehst du es, Mama.«

Und die Alte darauf nur:

»Das kommt alles davon, daß du ein Dummkopf bist.«

*»Ich warte auf die treue Liebe ...«*

fing da Metus wieder an zu singen und steckte Kartoffeln auf dem Acker, weil nämlich Frühling war. Ganze zehn Ar Kartoffeln und dazu noch im Garten bald einen Sack.

Außerdem wollte er noch einen Prozeß anstrengen gegen seine ehemalige Frau Walentina in der Angelegenheit, daß sie ihm das ganze Vieh gestohlen hatte. Die aber besann sich, bekam einen Schrecken und gab ihm von selber nach Absprache einhundertfünfundzwanzig Rubel.

Für dieses Geld kaufte sich Metus ein Motorrad. Das Motorrad war sehr alt, eine rostige Mühle, aber einen wesentlichen Vorzug hatte es: Hinten war für den Beifahrer ein schicker, weicher, schwarzer, wunderschöner gefederter Sattel von einer erbeuteten BMW.

Bald fanden sich auch Beifahrer, weil Metus nämlich wieder heiratete. Wie er diesmal heiratete, ist ganz egal und hat auch weiter keinerlei Bedeutung. Eins aber muß man sagen – daß die letzte Frau um kein bißchen schlechter war als die beiden ersten. Und weder pockennarbig noch schieläugig, nur ein ganz klein bißchen glich sie einem Besen.

Nun, so ging es also weiter mit Wassja. Und er sang ganz unverdrossen sein »Ich warte auf die treue Liebe«.

Na ja. Dann kam der Monat August, wo das gelbe Laub fällt und die Luft klar wird, wo die Zugvögel sich aufmachen, die Kartoffeln schon gehäufelt sind und man überlegen muß, wie man sie erntet und woher man den Laster kriegt, um sie einzufahren.

Den Laster fuhr ein Soldat vom Pionierbataillon namens Rafail, einer aus dem Osten.

Einmal kamen die beiden, Rafail und Metus, zu Metus nach Hause und fingen an zu trinken und zu disputieren.

Sie tranken, die Frau mischte sich nicht ein, weil sie gar nicht zu Hause war, und die Alte schwieg, weil ihr sowieso alles egal war.

Sie tranken und disputierten, und dann begann Wassja sich zu beklagen, daß das Motorrad ganz rostig sei und immer quietsche.

»Und der Auspuff ist verbogen«, bemerkte er bitter.

»Kolben, Akku, Dichtungsringe – muß alles neu sein, aber dann – los!« Rafail spaltete die Luft mit der Handkante.

> »Sie läuft nicht, die Maschine,
> Der Starter will nicht mehr.
> Da springt aus der Kabine
> Der wütende Schafför«,

sang Metus.

Und sie tranken noch eins.

»Kolben, Auspuff, Dichtungsringe – gibts alles«, sagte Rafail.

»Wo denn?« Wassja war verwundert. »Nirgends gibts was.«

»Eh, du Hornvieh!« Der aus dem Osten verzog das Gesicht. »Ich hab da in der Kreisstadt einen Landsmann, der hat Dichtungen, Kolben, – ich sag dir – Kölbchen – einfach Zucker. Alles hat der.«

»Da sieht mans, immer schafft ihrs«, begeisterte sich Wassja.

»Überall habt ihr Brüder einen Landsmann.«

Und wurde gleich geschäftig.

»Mama«, erklärte er in offiziellem Ton, »sagt meiner Frau, sie soll sich nicht aufregen, wir fahren nämlich in die Stadt, wegen Ersatzteilen.«

Die Mama schwieg.

»Ist ja alles nur für euch. Da schafft man und müht sich«, sagte Wassja und zog die Familienersparnisse von vierzig Rubeln aus der Kommode. »Gegen Abend sind wir zurück.«

»Wir fahren mit dem Laster«, fügte der Soldat Rafail hinzu.

Und so fuhren sie los, aber am Abend kamen sie nicht zurück.

Sie kamen auch nicht am Morgen.

Da sagte die neue junge Frau zur alten Makarina:

»Mama, vielleicht hat sie die Verkehrsstreife geschnappt.«

»Nein, Tochter, die Verkehrsstreife kann sie nicht schnappen, wo der Rafail doch beim Militär ist. Höchstens die Feldjäger, aber dann hätten sie den Wassja laufen lassen, weil der ein Zivilist ist«, antwortete die weise Alte. Und fügte hinzu: »Die sind bestimmt irgendwo versackt, Parasiten das.«

Und wirklich waren sie versackt, und wie. Gegen Abend kam der Soldat Rafail angetrottet. Angetrottet und nicht angefahren. In der Hand hielt er eine Gitarre an einem feuerroten Band und wandte sich gleich an Makarina Saweljewna:

»So ists, Mamachen. Nun weint mal nicht, aber euren Sohn haben sie in U-Haft, und da kriegt er wohl ne volle Spule.«

Und er erzählte die Geschichte, wie es den Metus mal wieder reingeritten hatte mit seinem »Ich warte auf die treue Liebe«.

Sie hatten natürlich keinerlei Ersatzteile bekommen, weil nämlich die Frau des Landsmannes, ein Schrank von einem Weib, gesagt hatte, daß ihr Mann wohin gefahren sei.

»Ja aber, wohin kann er denn gefahren sein? Wieso muß er jetzt gerade wegfahren?« fragten die Freunde mißtrauisch.

»Wie soll ich das wissen«, sagte das Weibsstück und ließ sie nicht ins Haus.

Sie warteten also und gingen in den Kultur- und Erholungspark, wo eine Blaskapelle spielte, ein Vortrag über den Mars und die

Kosmonauten gehalten wurde und wo man auch ein Gläschen rosa Perlwein kaufen konnte. In einem Pavillon, der von Efeu umrankt war.

»Ich warte auf die treue Liebe«, fing Metus schon bald zu singen an und rüttelte Rafail an der Schulter, der machte ein Auge auf und brummte:

»Ach hör doch auf, du Papagei. Ich will mich erholen.«

Und legte den Kopf auf den Tisch.

Da ging Metus auf den hübschen, kiesbedeckten Parkweg, spazierte herum und freute sich an der ihn umgebenden Kultur und auch an der Erholung.

Plötzlich – ja, eben plötzlich und nicht irgendwie so nebenbei – erblickte er diejenige, auf die er offenbar sein ganzes Leben gewartet hatte.

> *»Ich warte auf die treue Liebe«,*

begann er wieder, als er sich der Frau näherte.

»Ja?« fragte die heiser, ein Veilchen hatte sie unter dem Auge, schwarzes Haar, Ohrringe, die Lippen geschminkt und darin ein Zigarettchen. Die Strümpfe waren heruntergekrempelt, sehr gut sah sie aus und graziös, wie ein Reh. »Ja?« fragte die Frau noch einmal und sagte: »Du, mach mich nicht an, verstanden?«

»Kläff doch nicht, ich liebe dich. Ach du, Allerschönste!« Metus umarmte sie.

»He, du!« Die Frau lachte auch, als ob sie bellte. »Du möchtest wohl mal, aber ham wir auch Piepen?«

»Hab ich«, sagte Metus treuherzig. »Da.«

Und zeigte der Frau einen Zehner.

»Oh, sieh mal an!« Die Frau wurde ganz zugänglich und fing an zu singen:

> *»Sagt der Alte zu der Alten:*
> *›Kauf mirn Gläschen Offnen, Kalten,*
> *Kaufst du mir nicht, was ich will,*
> *Geh ich zu ner andren Alten.‹*
> *Haha‹ –«*
> *»die voll gewaltig großer Triebe«,*

echote Metus.

Dann tranken sie ein Gläschen in dem Pavillon, der von Efeu umrankt war, und wo Rafail sich bereits erholt hatte und mit irgendwelchen Leuten redete und dabei heftig mit den Händen fuchtelte. Er beglückwünschte Wassja, schnalzte süß angesichts der Dame und trank auf ihr Wohl.

Dann blieb er im Pavillon, während die beiden über die hübschen Wege schlenderten, sich umarmten, rauchten und die sich erholende Jugend mit ihrem Anblick erheiterten.

So verging einige Zeit. Und auf die Erde senkte sich die Nacht und übersäte den dunklen Himmel mit feinem Sternenstaub, und der Mond leuchtete. Leuchtete, leuchtete und beleuchtete mitten im Park, im Gebüsch, unmittelbar neben einem Hirsch aus Gips, wie Wassja Metus und die schwarzhaarige Bürgerin ihr schlichtes Liebesfest feierten.

Doch da – ein Milizionär. Offenbar hatte die Parkwächterin gepetzt. Der Milizionär schritt ein. Er spürte die Verliebten auf, zog Metus heraus, stellte ihn auf die Beine und gab ihm ziemlich friedfertig den Rat:

»Du, komm, troll dich, ich sag dirs im guten.« Und der Bürgerin sagte er: »Und du, Tanja, daß ich dich hier nicht noch mal erwische, sonst scher ich dir den Kopf, du Luder.«

»Immer ich«, jammerte Tanja.

Hätte doch Wassja auf den erfahrenen Mann gehört; hätte er Rafail aufgesucht und sich getrollt, nichts wie weg und die Finger davon. Er aber brüllte los wie ein Irrer, stürzte sich wie ein Stier auf den Milizionär und zog ihm eins über mit seiner verliebten Faust. Der Milizionär pfiff, da langte Wassja noch mal zu. Auf das Pfeifen tauchte Rafail auf und hielt Wassja von weiterer unbedachten Handlungen ab.

Aber wie er auch auf den Milizionär einredete, wie er ihn bat, ihm Berge von östlichem Geld versprach, der blieb unerbittlich, und Metus wurde abgeführt.

»Er war eben sehr gekränkt«, erklärte Rafail. »Nun, ihr wärt sicher auch gekränkt, Mamachen, wenn man euch bei der Ausübung eurer dienstlichen Pflichten für euren wohlmeinenden Rat eines mit der Faust über den Kopf gegeben hätte.«

Die Alte fing an zu weinen und sagte:

»Hab ichs nicht gesagt, daß er ein Dummkopf ist? Vielleicht stecken sie ihn in die Anstalt und nicht ins Gefängnis?«

»Wenn ich das wüßte. Trocknet lieber schon mal Zwieback. Was soll man da machen.«

Und Rafail ging und sagte noch vorsorglich und halb im Spaß:

»Weint nicht, Mamachen, sonst schicke ich euch keine gedörrten Aprikosen.«

Und damit ging er weg mit seiner Gitarre. Von seinem LKW erzählte er rein gar nichts, wo der abgeblieben war.

Weint nicht, so sagt er, aber wie soll man da nicht weinen?

Und die Alte weinte. Sie weinte, aber schon sammelte sie das erste Päckchen zusammen: Kartoffeln, Gurken, Zwieback.

»Was meinst du, Marja, Gurken werden sie ihm doch erlauben?« fragte sie die Junge.

Doch die war wie versteinert. Als sie gehört hatte, was vorgefallen war, wurde sie zuerst ganz rot und dann starr und stumm.

Sie schwieg einige Tage, dann spuckte sie aus und fing an, aus Leibeskräften Heu und Holz fürs Haus einzufahren und die Kartoffeln auszumachen. Danach fuhr sie in die Stadt und ließ sich von einem Weber für die Insel Schikotan anwerben, Fische ausnehmen. Zur Verhandlung ging sie nicht.

»Verzeiht, Mama«, sagte sie, als sie sich von der Alten verabschiedete, »ich schick euch ein bißchen was, aber mit Wassja ist es aus, weil der ein Parasit ist.«

»Ein Dummkopf ist er«, sagte die Alte.

Zu der Zeit war schon alles bekannt. Die Verhandlung hatte stattgefunden. Und Wassja hatte anderthalb Jahre bekommen. Aber sie hatten versprochen, bei guter Führung könne er schon nach der halben Zeit entlassen werden.

»Und wer weiß, vielleicht gibts auch noch eine Amnistie«, trösteten die Leute Makarina Saweljewna.

Da sitzt jetzt also Wassja hinter Stacheldraht. Die Frauen wer weiß wo. Rafail hat die Militärzeit abgeleistet und ist weggefahren.

Wassja haben sie anderthalb Jahre gegeben, und keiner weiß,

was wird, wenn er zurückkommt. Sicher fängt er damit an, daß er sich wieder eine Frau sucht.

Aber jetzt – braucht ihn keiner. Ja, ist doch so? Wer braucht ihn schon? Frauen hat er keine. Rafail ist weggefahren. Ist doch so?

Nein, so nicht.

Denn die alte Mutter Makarina Saweljewna wartet stumm und beharrlich auf ihren Dummkopf, den sie geboren hat, aufgezogen und im Trog gebadet, wo der »blublu« gesagt hat, den sie gehegt und gepflegt, dem sie ein Abc-Buch gekauft und den sie wegen einer Fünf in der Schule mit dem Riemen verdroschen hat.

Sie wartet und hofft auf Geld von der fernen Insel Schikotan, auf die gedörrten Aprikosen und auf den Herrgott.

Sie wartet, nährt sich von Kartoffeln, Salzgurken, roten Rüben, Kohl und Pilzen – kurz, von all dem, wofür man keine Kopeke zahlen muß und was unsere Erde ihren wahren Herren umsonst bereithält.

Deutsch von Barbara Conrad

**Wilder Osten**

Damals war unsere Straße noch nicht gepflastert, vielmehr, sie wurde gepflastert, aber nicht gleich. Erst war sie noch nicht gepflastert, dann kam ratterndes Kopfsteinpflaster drauf, und dann rollten die Asphaltwalzen an, blubberten die Asphaltkessel.

## Schlitten und Pferde

Alles wurde zugekleistert, zugewalzt, glattgebügelt wurde die Straße und winters wurde sogar Schnee geräumt. Was es nicht alles für Veränderungen gab in unserem stillen Sträßchen.

Damals war es Sommer. Und sommers lag damals überall gelber und grauer Staub, der von Wagenrädern, Hühnern und Jungensfüßen aufgewirbelt wurde.

Staub, in dem sich unsichtbare kleine Glassplitter versteckt hielten, die einem die Ferse aufrissen, und dann kullerten Kügelchen, Staubtröpfchen. Das Blut wurde dick vom gelben und grauen Staub, also, erst floß schmutziges Blut, das wurde dick, und schon war alles wieder weg, immer verheilte alles spurlos.

War Schnee gefallen, preßten die Schlittenkufen erst eine Gerade hinein, aber es knirschte noch nicht. Das Pferdchen setzte die Beine ein wenig seitwärts auf, weil es so schnell ging; heiß dampfte es aus dem Pferdemaul, und ein Spiralwölkchen stieg in die Luft. Selten, daß mal ein Anderthalbtonner durchkam oder ein Dreitonner, sonst bloß Schlitten und Pferde.

Schlitten gabs verschiedenartige. Mir die liebsten waren die von der Stadtreinigung, mit viereckigen Kästen aus Holz hintendrauf. In denen Straßenmüll lag, schmutziger Schnee – Unnötiges, das raus mußte aus der Stadt. Hältst dich hinten fest, ist vorne nichts zu sehen, und bequem ist es auch. Fährst mit als Kutschenlakai.

Die »Brot«- und »Post«-Schlitten dagegen waren widerlich.Glatt, mit lauter Vorhängeschlössern, kalt.

Die Fuhrschlitten, die waren soso lala; mitfahren konnte man, aber wenn sie einen da entdeckten, verprügelten sie einen nach Strich und Faden mit der Knute.

Die Schlitten, die Pferde seh ich vor mir, aber die Gesichter der Fuhrmänner, der Kutscher, die sind ausradiert. Vollkommen. Eine – verallgemeinerte – Gestalt. Halblanger Pelz. Gegürtet. Filzstiefel. Pelzmütze. Wattierte Fäustlinge.

Nur ein Hallodri, an dessen Fresse erinnere ich mich immer und ewig. Wie lebendig flimmert sie mir vor den Augen. Und feixt auch noch, hundsgemein.

Es war ein Reiseschlitten, von einem Vorgesetzten. Um die Ecke kam er gleichmäßig und langsam, obwohl das Roß tänzelte, mit dem Kopf ruckte, auf das Eisen biß. Sein Herr wickelte sich die Zügel um die Hand, und »Brrr!« – das Roß zeigte gelbe Zähne. »Brrr!«

Da schaut der Kutscher zu mir her und weiß, daß ich schon zum Sprung ansetze, die Beine abgefedert. Und weiß auch, daß ich nie im Leben seinen Schlitten anfassen werde, weil ich begriffen habe, daß auch er von mir alles begriffen hat.

Und da –

wobei er folgendermaßen aussah: Zweireiher, der Biberlammkragen als Schal, Walkstiefel, bis zum Knie ins Stroh gesteckt, unter der Papacha kringelt sich eine weizenblonde Locke, und in die Visage geschrieben stehen ihm Kraft, Jugend und Schönheit – da ruft er:

»Junge«, ruft er, »halt dich fest, ich laß dich mitfahren, was ist denn, Jungchen …«

Ich schweige.

»Hab keine Angst, Dummerjan, halt dich fest, wir fahren ein Stückchen.«

Na ja, halt ich mich eben fest, Dummerjan.

Drauf gibt er dem Roß die Knute.

Und – uh, wir rasen. Ich steh auf dem hinteren Tritt, er schiebt die Papacha keck in den Nacken. Und singt: »Flieg mir aus dem Wege, Vogel.«

Vor lauter Tempo meint man, der Schlitten saust nicht über die ebene Straße, sondern über eine verhexte, gewellte Fläche.

Es reißt ihn zur Seite und reißt ihn hoch, und senkt man den Kopf, flirrts vor den Augen, flirrts schneeig grau. Und nichts zu sehen.

»Flieg mir«, singt er, »flieg mir aus dem Wege, Vogel …«

»Tier, auch du«, singt er, »geh mir aus dem Weg …«

Dann dreht er sich um, und plötzlich spuckt er mir direkt – aufs Maul, ins Gesicht? Weiß gar nicht, wie ich es danach noch nennen soll, so bespuckt.

Na ja, ich wisch mich ab, und wir fahren weiter. Ich allerdings schon mit beklommenem Herzen, gedrückt, geduckt. Müßte abspringen, fürcht mich aber. Der Fuhrmann, die Giftspritze, schaut nicht mal zu mir her. Auch kein »Ha-ha« und kein »Hi-hi«.

Dann aber dreht er sich um, das Ungeheuer, und noch einmal – spuckt er mich an, und das hat ihn dann zur Strecke gebracht in seiner Unvernunft.

Weil ich nach dem zweiten Mal nämlich Gewandtheit erlangte, und Kühnheit erlangte ich auch.

Ich ließ mich vom Schlitten plumpsen. Griff nach einem Eisbrocken, schmiß und traf den Kerl genau. Mit unheimlicher Kraft. Und sah, daß ich ihn genau an der Birne getroffen hatte.

Er bremste, der verwundete Kerl, ich drauf ab in eine Toreinfahrt. Renne eine Oma um, die entgegenkommt, stoß sie in den Schnee, und – husch über den Zaun, das Mäntelchen flattert. Beugen von Brennholz. Ein Schuppen. Drück mich in die Ecke.

Ich höre schwere Schritte durch den Schnee stapfen, Zähne-
knirschen, Husten und Fluchen, doch bin ich klug, still und unbeweglich und darum nicht zu finden.

Als die Gefahr ausgesessen ist, tret ich wieder hinaus auf unsere
Straße und da seh ich –

Schnee,

Schnee, schon fallen neue Schneeflocken, und auf dem alten
Schnee, dem klumpigen, gelblichen – rote Flecken. Und neue
und immer neue Flocken rieseln sie zu. Bald haben sie sie ganz
bedeckt.

Meine Mutter blieb damals allein zurück in unserer Heimatstadt, die während des letzten Weltkriegs aufgrund des Zustroms von Fabriken aus dem europäischen Landesteil stark gewachsen war.

Ich dagegen fuhr zum Aldan, wo »nach Gold sie graben im Gebirg«, wie es im Lied heißt. Ich wollte viel Geld verdienen, damit Mutter und ich im eigenen Häuschen am Stadtrand still vor uns hinleben könnten, und das so lange, bis erst sie sterben würde und später ich.

## Daheim ist keiner

Am Aldan führte ich eine unauffällige Existenz. War die Arbeit zunächst auch schwer für mich, so gewöhnte ich mich mit der Zeit doch daran und nahm die Schinderei nicht mehr wahr. Ich hob Schürfgräben aus bei einer geologischen Expedition, mittels Sprengung. Erst wurde vorgebohrt, dann der Untergrund weggesprengt, dann mit Hacke und Schaufel vertieft, verbreitert, abgeräumt – du bohrst, sprengst, vertiefst, verbreiterst, räumst ab, und fertig ist die Laube.

Aber das sieht jetzt nur so leicht aus, wie ich das auf dem Papier festhalte, in Wirklichkeit ist es, und das sagen viele, eine mörderische Arbeit, und viele gehen auch wieder, wegen der völligen körperlichen Erschöpfung jeden Tag, trotz des guten Verdienstes.

Ich hatte die Schule mit dem Abitur abgeschlossen, und ge-

wohnt hatten wir in immer demselben Kommunalwohnungs-
bau, in dem meine Mutter auch allein wohnen blieb, ohne
mich.

Ich selber hatte gewußt, daß aus mir irgendwas, na, Besonderes
werden würde, anders als alles, was mich umgab, und es umgab
mich die Einsamkeit meiner Mutter, die Leute in unserer kleinen Stadt, die während des letzten Weltkriegs aufgrund des Zustroms von Fabriken aus dem europäischen Landesteil stark gewachsen war, kein einziger eindrucksvoller Verwandter und die
Bücher von Paustowski an den Abenden, wenn das Deckenlicht
aus war, und mitten im Lichtoval der Tischlampe die dem Herzen so teuren Seiten, und im Hals des Jungen ein Kloß vor lauter überirdischer Zärtlichkeit.

Ich streunte durch die Stadt, warf Steinchen in den Fluß und
wußte, daß es nicht hier sein würde und anders sein würde, aber
wann, wo und wie, darüber dachte ich nicht mal nach und wußte es nicht, und niemand auf der ganzen Welt, nicht einmal Paustowski, niemand hätte mir irgendeinen Rat geben können.

Ja, die Schule. Der Abschlußabend. Mit Ball. Ich war außer
Atem. Es gab zu essen und zu trinken, ich tanzte Charleston, was
ich nicht kann und bestimmt nie lernen werde. Rannte hinaus
auf die Treppe, blähte die Nüstern und warf sogar mein letztes
Schülergedicht zum Fenster hinaus – ein Blatt aus einem Schul-
heft, kariert. »So flieg denn, flieg! Dies ist ein Brief ins Leben,
und schon bald komme ich selbst, schon bald, schon bald folge
ich meinem Brief auf dem Fuß, klug werde ich sein und bedeu-
tend, auf einem Pferd werde ich sitzen, auf einem weißen Pferd,
in dessen Mähne rote Bändchen eingeflochten sind ...« Widerwärtig, die Erinnerung.

Danach war alles nicht das Rechte, nicht die rechte Richtung:
Ging an die Hochschule, studierte, wurde krank, fiel zurück,
steckte auf, obwohl, wenn man es genau nimmt, wieso mußte es
überhaupt Ingenieur sein? Trieb mich auf verschiedenen, geistig wenig anspruchsvollen Stellen herum, als Laborant, Zeich-
ner, geologischer Kollektor, technische Hilfskraft, und das an
den unterschiedlichsten Hochschulen. Ob ich wohl hoffte, auf

diese Weise, über die Hochschulen, wenigstens als Externer einen Abschluß zu kriegen?

Bis ich endlich zu dem Schluß kam, zu dem alle, die nicht fortgegangen, nicht ausgebrochen sind, früher oder später kommen, zu dem ganz schlichten Schluß, daß es so keinen Sinn hat.

Eingesehen hatte ich das, als ich mal nach Mitternacht über die Hauptstraße heimtrottete. Mir entgegen kam ein Strom weißzahniger Jugendlicher. So um die siebzehn. Gitarren hatten sie dabei und spielten laut, die Zigarette klebte an der Unterlippe, und wenn der eine das Spielen satt hatte, schmiß er die Gitarre durch die Luft rüber zu seinem Freund, und der Freund setzte die Melodie genau an der Stelle fort, wo der erste aufgehört hatte.

Wie grau und unscheinbar ich war, sprang angesichts dieser Parade neuer Formen derart ins Auge, daß ich nicht mal die Nacht schlaflos verbrachte, im Gegenteil – schlief mich gut aus und schlief mich auch am nächsten Tag gut aus, und schon eine Woche später ungefähr verkündete ich meiner Mutter, wie wir zwei von jetzt an leben würden, daß wir zu Geld kämen und zu einem Häuschen kämen, einem eigenen, einem Häuschen in zweifacher Einsamkeit, und daß ich dafür nicht lange, aber kräftig schuften müßte.

Meine Mutter hatte ganz schön viele Bücher gelesen, bis sie dann endgültig krank wurde. Und obwohl in der Zeit, als sie noch nicht krank war, fast nur Bücher zu bekommen waren, die heute keiner mehr kennt – ohne Abenteuer, menschliche Schwächen und weltpolitische Halunkereien, trotzdem hätte sie mich nicht gerne als sowjetischen Kleinbürger mit eigenem Häuschen am Stadtrand gesehen, trotzdem hatte sie von mir »irgendwas« erwartet, was »Besonderes«, na, bißchen höher hinaus als Vater und Mutter, ein interessanteres Leben, und jedenfalls nicht so.

Ja, und damals, als ich zum Geldverdienen wegfuhr und sie allein in unserer Stadt zurückblieb, da hatte sie nicht direkt ihre Ansichten geändert, sondern hatte einfach keine mehr, glaube ich, sie wollte bloß, daß das Leben irgendwie besser und ruhiger würde.

Mein Zug ging abends, und den ganzen Tag aß und trank ich mit meinen Gästen, nahm ich Abschied von meinen Freunden, von denen ich gar nicht mehr so viele hatte. Es ist gut, daß mir jetzt meine Freunde eingefallen sind, denn ich habe meine Freunde sehr gern. Aber sie sind daheim, ich bin fort, und worüber werde ich mit ihnen reden, wenn ich zurückkehre? Werde ich eben den Sack tragikomischer Situationen der geologischen Art aufmachen und von Patronen, Sprengungen, Bären und der Unterbindung ungesetzlicher Handlungen durch Milizbeamte erzählen – all die Geschichtchen, die ein junger Mann meines Alters eben erzählt, wenn er aus dem Norden zurückkehrt.

Ich aß mit den Gästen, trank mit den Gästen. Dann nahm ich von meiner Mutter Abschied, küßte sie rechts und links auf beide Wangen, die Freunde waren rauchen gegangen hinaus auf den Flur, um nicht zu stören, und Mutter, die schon bettlägrig war zu der Zeit und immer krank – aber da stand sie auf und trat auf schweren Beinen vor die Haustür, als ich schon beim Tor war, und rief etwas mit leiser Stimme, so daß ichs nicht aushielt und vom Tor noch mal zurückkehrte, als sie einfach nur noch weinte, die Haare schon ganz grau. »Warum? Warum nur?« Und ich küßte sie noch mal, fest, auf die Stirn, und da spürten meine Lippen, daß ihre Haut schlaff war und krank – von den Krankheiten, vom einsamen Zimmer, vom Leben, in dem nicht für alle Lebewesen Platz ist …

Damit hätte ich euch die wichtigsten Wegmarkierungen meines Lebens bis zu dem Punkt erzählt, als meine Mutter dort zurückblieb, während ich am Aldan lebte, still vor mich hinlebte, mich eingewöhnte – kurz gesagt: ranklotzte und Kopeken hortete.

Schürfgräben riß ich auf unter Volldampf, zusammen mit Fedja Alexandrow, einem Tramp aus Nowosibirsk. Abends spielte ich Karten, »Tausender« und »King«, las irgendwelche Bücher, zum Beispiel »Direkt an der Grenze«, »Das Geheimnis des weißen Flecks«, »Don Quijote« oder die Nummern 4 und 5 der Zeitschrift »Junost« von 1965, und unterhielt mich mit Fedja über weltpolitische Probleme – nun, lebte still vor mich hin und dachte über nichts nach.

Fast alles Geld überwies ich Mutter, große Summen, behielt selber nur was fürs Essen, für mal einen Wodka und ein bißchen was an Kleidung. So also hab ich gelebt. Winkt ein Rubel am Grund des Schürfgrabens, setzt du ihm nach mit Hacke und Schaufel, ein Rubel aber, der winkt, dann verschwindet er, und du scharrst und scharrst wie ein Hund, hackst und schaufelst, sprengst und räumst ab.

Mal hatte ich die Nase gestrichen voll von dem Dreck und beschloß, ich müßte mal raus, in die Siedlung, in die Zivilisation, wo man ein Bier trinken kann und Kino schauen und in der Banja schwitzen und auf der Post vorbeigehn. Ließ mir vom Boß eine Stange Geld auszahlen, fuhr bei einer LKW-Fuhre mit und traf morgens in der Siedlung ein.

In der Siedlung wars still. Wer dort arbeitet, der ist bei der Arbeit. Wer trinkt, der bekämpft den Kater, und so geh ich in die Kantine, wo ich ein Rührei esse aus richtigen Eiern, ich esse also, trink was und begebe mich zur Post, um wieder eine Überweisung heimzuschicken.

Dort sitzen schon Dascha und Wera, zwei siedlungsbekannte »dufte Bienen«, die in der Modezeitschrift »Riga-66« blättern, und ein Muschik, den ich nicht kenne, der vor lauter Kater richtig bibbert, und der hat vor sich ein Stück Papier liegen, voll mit Krakeln, die alle so etwas wie die Unterschrift »I. Iwanow« darstellen sollen.

Wie er merkt, der Muschik, daß ich ihn ganz mitleidig ansehe, erklärt er mir, daß er selber dieser Iwan Iwanow ist und daß er »vorderntags« gekommen sei und alles erarbeitete Geld »auf die hohe Kante gelegt« hätte, dabei aber »fürchterlich zu« gewesen sei und deshalb mit einem verrückten Krakel unterschrieben hätte, den er heut einfach nicht mehr hinbrächte, so verzwickt wäre er, aber hinbringen müßte er ihn unbedingt, sonst gäben sie ihm vom Geld »keinen Tropfen«, ganz nach Vorschrift, obwohl er der Iwan Iwanow selber ist in eigener Person und mit seinem Geld tun und lassen kann, was er will.

Mich interessierte der Muschik jedoch nicht mehr, weil ich mich um meinen eigenen Kram zu kümmern hatte, um mein eigenes Leben und meine eigene Planung. Ich mußte die Überweisung ausstellen, um später ein Häuschen zu kaufen am Rand unserer Stadt, die während des letzten Weltkriegs aufgrund des Zustroms von Fabriken aus dem europäischen Landesteil stark gewachsen war.

In der Zeit, während ich das Postanweisungsformular ausfüllte, kam mir eine schöne Idee in den Sinn, die ich unverzüglich in die Tat umsetzte. Wie wärs denn, dachte ich mir, wenn ich einen ganzen Haufen Zeitschriften und Zeitungen unterschiedlichster Art abonniere, und zwar auf Mutters Namen. Für ein ganzes Jahr, besser noch für zwei. Und ihr schreibe, daß sie die Literatur Heft für Heft aufhebt. Nicht extra binden läßt natürlich, wozu auch, sondern einfach so, nur aufhebt.

Später komm ich dann zurück und verzieh mich aufs Sofa in unserem Häuschen am Stadtrand, verzieh mich nach meinem leichten Arbeitstag an jener Arbeitsstelle, die ich mir dann aussuche, die ich mir bloß besorge, um nicht als »Parasit« zu gelten, verzieh mich und lese und rauche gemütlich. Glatt, nicht? Und Mutter wird in der Zeit fernsehen und mir alles erzählen, was dort passiert, und wenn es was ganz besonders Interessantes gibt, steh ich selber auf und schau mal, und das Abendessen lassen wir aus der Frei-Haus-Garküche bringen, im Essensträger.

»Für zwei Jahre«, sag ich, »möcht ich abonnieren.«

»Nur für ein Jahr«, sagen sie, »geht das.«

»Und für zwei auf einmal«, frag ich, »geht das nicht?«

»Nein«, sagen sie.

»Und warum nicht?«

»Wissen wir nicht.«

»Na, meinetwegen«, sag ich, »macht mal.«

Und bestelle sozusagen ihre Speisekarte rauf und runter.

Dann, nach der Post, besuchte ich das Kino, und dort mißfiel mir sehr der französische Film »Wie der Vater so der Sohn« – über ein widerlich verzogenes französisches Kind, das mit dem Riemen verdroschen gehört hätte, aber alle Welt tat nichts anderes, als es hätscheln und verwöhnen. Na, meinetwegen. Gegen Abend luden sie mich dann auf den LKW und verfrachteten mich zurück an meine Arbeitsstelle, damit ich weiterhin sprenge, hacke, abräume.

Am nächsten Tag dann, morgens, ich mach gerade eine Rauchpause, da seh ich, es kommt Kolja Starostin, der Tramp, derselbe, der bei Saufgelagen immer einschläft. Andere lassen erst richtig die Sau raus, finden keine Ruhe, er dagegen schläft derweil schon, ungerührt, und schnarcht. Es kommt also schwankend Kolja Starostin, der Tramp, und jammert kläglich: »Ach-ach-ach!«

Da haben wir zwei ein Gespräch angefangen, und Starostin hat die grauenhafte Geschichte erzählt, wie er auf dem Heimweg war vom eigenen Geburtstag, den er nicht bei sich daheim gefeiert hat, sondern bei den Bohrarbeitern, und wie er dabei unter den Kreuzen eingeschlafen ist, daß er wirklich diese Nacht unter den Kreuzen geschlafen hat, die zur Erinnerung an die umgekommenen Topographen an der Bachmündung stehen, dort am Pfad, eingeschlafen ist er, weil Starostin ja immer schläft bei Saufgelagen, das Aufwachen aber sei grauenhaft gewesen – Sternenhimmel, überm Kopf Kreuze, drei Stück, ringsum keine Menschenseele, und zu alledem klagt auch noch der Uhu …

Ich schau ihn an, und es wird mir schwarz vor den Augen. Ob nun aus Angst oder ob aus einem Vorgefühl heraus, weiß der Teufel warum.

Und tatsächlich, da händigt mir Starostin ein Telegramm aus, in dem schwarz auf weiß geschrieben steht, daß es meiner Mutter sehr schlecht geht und daß ich auf der Stelle gleich kommen soll, so schnell als möglich.

»… ich schlaf, da geht nichts!« teilt mir Kolja mit. »Du wirst mich bald nicht mehr sehen. Ich werd bald wo erfrieren.«

… und ich laß mich jetzt auszahlen und fahr heim, aber daheim ist keiner, ich geh zum Friedhof, aber jetzt ist Herbst, darum ist dort noch kein Bänkchen, keine Einfassung, kein Strauch, nicht schön, Wind weht dort auf dem Friedhof, Raben kreisen über der Kirche, und ich hab niemand mehr und werd auch nie mehr jemand haben, wer wird dann mit mir die Zeitungen und Zeitschriften lesen? Alles ist dahin, absolut alles, niemand mehr da, nichts mehr, niemand und nichts, wird auch nicht mehr. Niemals.

Ich warf die Schaufel hin.

»Ich komm mit dir, Kolja.«

»Was ist?«

»Mit meiner Mutter gehts zu Ende.«

»Liegt sie im Sterben?«

»Ja.«

»Meine ist auch ohne mich gestorben. Ich werd auch sterben, du wirst sterben.« Der Tramp fing an, albern zu grölen: »Ach, Aldan, mein Aldan, nie ein schöner Land wir sahn!«

»Aber vielleicht schaff ichs noch?« sagte ich.

»Vielleicht schaffst dus ja noch«, antwortete der Tramp.

Also, ich weiß nicht – mag ja Leute geben, die besser *gar nichts wissen*, wie die alten Philosophen schreiben, von denen mir Witja mal bei einer Sauferei erzählt hat, ich aber *weiß* jetzt, und ich bin absolut ruhig, ich bin haargenau so ruhig, wie ihnen nach der Mensch ruhig sein soll, der, wie diese alten Philosophen behauptet, *nichts wissen* soll, und davon wird sein Leben angeblich ruhig, weise und grandios. Aber ich *weiß alles*! Was wäre mir das eine Schmach gewesen, ja, es schüttelt mich richtig vor Schmach und Schande, daß ich hätte *nicht wissen* können! Wie wär ich da schwach gewesen ...

**Der Spiegel**

Ich arbeite jetzt auf einer festen Stelle am Forstwirtschaftlichen Institut – muß die Tierchen zählen, damit die Wissenschaftler dann bestimmen können, wieviel in der Taiga im Schnitt noch übrig sind, vor ihrer vollständigen Ausrottung. Das mach ich jetzt. Früher gabs in meinem Lebenslauf wechselhafte Fakten. So war ich, auf Vertragsbasis, in Ewenkien jagen, auch hab ich 1 Jahr und 7 Monate, die U-Haft nicht gerechnet, aufgrund eines Mißverständnisses in ungefähr dem gleichen Landstrich gesessen, wo ich jagen gewesen war.

Kommt so manches vor im Leben.

Dieses »manche« sah so aus, daß Kassym und ich, wie wir in die Stadt K. geflogen kamen und zu seinem Schwesterherz an der

Station Je. zum Übernachten gingen, nicht wußten, ob sie daheim war oder nicht. Da haben wir unsere Abalakow-Rucksäcke unten im Hausflur abgestellt, um sie nicht die Treppe rauf wuchten zu müssen und von Pennern beklaut zu werden. Haben sie also abgestellt und gingen rauf zur Wohnung, aber das Schwesterherz war nicht daheim, und als wir wieder runterkamen, steht dort schon ein Ziviler und fragt uns honigsüß:

»Sagen Sie, sind das nicht Ihre Sachen?«

»Von wem denn sonst?« antworten wir. Uns geht zwar schon der Arsch auf Grundeis, wie man so sagt, aber was solls, denken wir, das kriegen wir hin.

»Binden Sie mal bitte Ihre Rucksäcke auf«, sagt dieser Genosse freundlich und hält uns seinen roten Dienstausweis hin.

Wir fahren auf wie von der Tarantel gestochen. »Na, schön, ein Ausweis! Aber mit welchem Recht?« Es war jedoch zu spät.

Weil er darauf bloß zwinkerte, und seine Einsatzgruppe schleifte uns an beiden Armen zu ihrem gelben Auto. Auf dem Revier griffen sie in unsere Rucksäcke und wunderten sich sehr.

»So was aber auch«, sagen sie. »Man weiß doch nie, wo man was findet und wo was verliert. Habt ihr zum Beispiel einen Schein für dieses Jagdmesser?«

»Nein«, sagen wir. »Wir kommen doch aus der Taiga.«

»Und für diesen Stutzen? Und für diese Pistole, diese TT?«

»Nö«, sagen wir. »Wir kommen doch aus der Taiga.«

»Tja, die werden wir euch wohl demnächst wieder bescheren«, unken sie.

Als ob sies geahnt hätten. Wie sie nämlich unsere Abalakow-Rucksäcke gründlich ausschüttelten, da bildete sich vor ihnen auf dem Linoleum ein richtiger rutschender Berg – kniehoch Zobelfelle, ohne Stempel.

Tja, und? Aufstehn! Es kommt das Gericht! Uns hat vor allem gefuchst, daß sie gar nicht hinter uns her waren. Dort war jemand die Wohnung ausgeräumt worden, die haben sie gesucht. Hätten sie doch die Richtigen gesucht, was müssen sie von uns was wollen?

Seis drum! Was soll ich mich groß erinnern! Saßen wir eben,

Kassym und ich, und kamen raus »nach der Halbzeit«. Mein Knastschwager machte sich gleich davon nach Tschukotka. Kann mich mal, diese Stadt K., sagte er, wenn das Glück hier nicht ist.

Ich aber bin hier hängengeblieben, ich ja, gründlich bin ich hier hängengeblieben.

Ihr müßt wissen, die Tanja, das Schwesterherz von Kassym (sie war von einem anderen Vater, von einem Russen), diese weißhäutige, rundliche, gutmütige Tanja, die hat mir nicht nur ins Lager immer alles das Beste geschrieben, sondern mir sogar ein paar sehr nahrhafte Päckchen geschickt, dabei war sie noch Studentin an der PH. Dann haben wir zwei uns so gut getroffen, als ich rauskam, daß ich geblieben bin dort bei ihr an der Station Je., wo sie bei einer Alten ein Zimmer gemietet hatte.

Bloß, was heißt – geblieben? Geblieben bin ich natürlich, eine Zeitlang, aber dann mußt ich ja wieder. Ich singe immer: »Zwölf Monate Taiga im Jahr, die übrige Zeit in der Stadt!« Ohne Taiga kann ich nicht sein. Ohne Taiga erstick ich. Ich hab mich damals gleich in dem Forschungsinstitut hier beworben. Die nahmen mich auch, was juckts die, daß ich vorbestraft bin, ein handfester Muschik wird überall gebraucht. Und ich sofort wieder ab in die Taiga. Was hab ich dort nicht alles erlebt! Ging fast drauf im Sajangebirge, als ich den Professor Fedotow rausgeholt habe aus dem Gebiet Dschoikut-Taskyl, auch Meister Petz bin ich ein paarmal Aug in Aug gegenübergestanden, aber davon red ich jetzt nicht.

Davon red ich, daß Tanja sich merkwürdig an mich angeschlossen hat und mich jedesmal zurück erwartet hat. Und bin ich in der Stadt, mein Gott, da ist niemand glücklicher als sie! Nicht daß sie mir ständig am Hals hängt, bloß daß sie mal so – sich an mich drückt und was murmelt, sowas wie »Ist mein Kleiner wieder da, mein Gutester ...«, oder daß sie mich mit den Lippen anstupst, direkt auf dem Flugplatz. Ist mir peinlich irgendwie, aber andrerseits – ha, das ist was! Gar nicht zu begreifen. ›Womöglich lieb ich dich auch, oder?‹ denk ich.

Jedenfalls, bei einem meiner Besuche sind wir dann kurz entschlossen aufs Standesamt. Zaster hatte ich ja. Zaster hab ich immer. Opa Zaster haben mich die anderen immer genannt. Sie hat mich aber, ganz klar, natürlich nicht deswegen, Ehrenwort. Was hätte sie mir, fragt sich, dann solche Briefe ins Lager schreiben müssen, wenn nur deswegen? Also, wie ich damals gedacht hab, so bin ich auch jetzt noch der festen Ansicht, daß es richtige Liebe ist, damals wie heute. Und nichts sonst.

Wir haben also geheiratet. Und ich hab eine Zwei-Zimmer-Kooperativwohnung gekauft, damit sie endlich von jener Tante Fenja wegziehen konnte und unserer Familie ihr Nest bauen. Alles, wie man das so hat. Wir ergatterten eine finnische Möbelgarnitur – Bänkchen, Ottomanen, der Tisch poliert, ein Spiegel über die halbe Wand und was sonst noch dazugehört an derartigem Zeug. Bloß hab ich nun mal diese Arbeit, daß ich in die Taiga muß. Und vor allem möcht ichs selber auch. Ich weiß doch, ich liebe Tanja und streite auch gar nicht ab, daß ich gern Shampoo in die Badewanne gebe, um in dem Schaum zu planschen, bloß – wie ist mir behaglich, wie ist mir wohl, wenn ich zwischen Steinen ein kleines Feuerchen anmache und das Wasser im Kochgeschirr blubbert, und ringsherum kein Mensch, viele Werst im Umkreis, kannst schreien, kannst schießen – keiner, der es hört.

Ich mach auch Witja da absolut keinen Vorwurf. Witja kann da absolut nichts dafür. Manchmal denke ich, vielleicht kann Tanja »was dafür«. Andrerseits kann man auch ihr nicht die Schuld geben. Wie sie mich damals geliebt hat, so liebt sie mich noch jetzt. Das hat sowohl sie mir gesagt, und ich sehe es auch selbst.

Trotzdem, in derartigen paradiesischen Verhältnissen hat sie sich erst nicht zurechtgefunden, dann aber, unverblümt gesagt, sind sie ihr ein bißchen in die Krone gestiegen.

Früher, als wir die Wohnung noch nicht hatten und überhaupt noch nichts hatten, früher also – wir hatten nichts, und das war auch recht. Einen Stempel vom Standesamt hatten wir auch nicht, und nicht mal das hat sie mir hingerieben. Umarmt hat sie mich manchmal und geflüstert:

»Mir gehörst du!«

»Wem denn sonst?« flüstere ich drauf.

Und da muß sie … Da weiß ich nun nicht – natürlich, die Frau muß man auch verstehen. Jetzt kommts mir so vor, als hätte sich damals in ihrem Kopf festgesetzt, daß ich an allem schuld bin. Wie das bei ihr … na ja, wir sollten ein Kind kriegen, und dann hatte sie eine Fehlgeburt. Und lag anschließend noch einen Monat im Krankenhaus, und keines von ihren dreißig Telegrammen hat mich erreicht, gibt eben in der Taiga zum Verrecken kein Telegraphenamt. Und in die Siedlung kam ich haarscharf erst nach diesem verdammten Monat wieder zurück.

So daß ich ihr keinen Vorwurf mache. Und Witja – wir haben uns zufällig kennengelernt, als ich diese dreißig Telegramme aufs Mal gelesen hatte und dann sofort – ein Hubschrauber nahm mich mit in die Stadt. Geschüttelt hats mich richtig während dem Flug. Wie wir uns treffen, da seh ich, sie zittert zwar noch ein bißchen, ist aber schon quasi drüber weg. Heute begreif ich, daß eben damals in ihr was zerbrochen ist, aber seinerzeit fand ich, sie wär schon drüber weg über diese ganzen furchtbaren Geschichten. Empfangen hat sie mich freundlich, zärtlich, hat natürlich bißchen geweint, und dann sind wir beide in die Kneipe gegangen.

Dort haben wir ihn dann kennengelernt, den Witja. Ich kam ja direkt von unterwegs – Riesenbart, verwildert, hatte bloß gebadet. Und Tanja – ganz weiß, ganz zerbrechlich war sie geworden. Er entschuldigte sich, setzte sich zu uns, sie erkannte ihn, weil er ja Maler ist, und er hat gleich haben wollen, daß er uns für ein Bild malen darf: »Junge Sibirier erschließen die Reichtümer Sibiriens.« Daß wir auf einem steilen Felsen stehen und daß ringsherum die unendliche Taiga, daß sie aber durchschnitten wird von einer langen, silbrigen Hochspannungsleitung. Für eine Ausstellung.

Ich will ihn erst zum Teufel jagen, aber dann seh ich, daß Tanja es nicht übel findet, und der Bursche ist auch ganz umgänglich, gebildet, netter Kerl. Auch war ich dann, zugegeben, selber neugierig, was für ein Bild draus wird.

Nun, auf einen Felsen sind wir natürlich nicht geklettert, doch am nächsten Tag kamen wir zu ihm ins Atelier im »Haus des Künstlers«, dort hielten wir uns anderthalb Stunden umarmt, und er malte uns ab. Dann machten wir kräftig einen drauf, direkt im Atelier. Noch andre Burschen waren dabei, und die erzählten sehr viel Interessantes über Künstler, Maler und Schriftsteller. Mich plagten sie, daß ich ihnen immer neue Schoten aus der Taiga vorsetzte, verglichen mich mit diesem Hemingway und noch einem anderen Amerikaner, der viele Jahre lang in so einer amerikanischen Hütte dort an einem Bach gelebt hat. Tanja hat es sehr gefallen, daß ich ihnen gefallen hab. Und sie sagte zu mir, die Sauferei hätte sie im Endeffekt sehr bereichert in kultureller Hinsicht.

So haben wir uns angefreundet. Bald wurde auch tatsächlich die Ausstellung eröffnet, und da hing das Porträt von Tanja und mir auf dem Fels. Ich wollte es Witja abkaufen, aber der sagte, das ginge jetzt absolut nicht, er müßte es erst auf die nächsthöhere, die Regionalausstellung schicken, und wenn es von dort zurückkäme, würde er es uns für umsonst schenken.

Die Zeit verging und verging, und dieser Tage, wie ich wieder aus der Taiga komme, wollte Witja gern haben, daß ich ihm diesen neusten Schnellfeuerkarabiner zeige. Kam mir gleich die Idee, vielleicht spekuliert er auf einen Tausch, er mir das Porträt, ich ihm den Karabiner – topp! Meinetwegen, schauen wir mal, denk ich, denn ich war wieder frohen Muts. Haben wir also was zum Trinken geholt, dann zu uns. Ich hatte Tanja davor bloß angerufen, daß sie den Tisch deckt. Hatte sie auch, ganz prima, hatte schwach gesalzene Äsche hingestellt, Kaviar, dies noch und das.

Wir trinken also, unterhalten uns. Von dem und jenem. Kommen schließlich auf den Karabiner. Ich klettei im Flur auf den Zwischenboden, spring wieder runter, schau in den Spiegel – und trau meinen Augen nicht.

Denn was seh ich dort in diesem Spiegel?

Ich seh dort nichts Besonderes.

Ich seh bloß das eine, daß die beiden *ganz unnatürlich dasitzen und vermeiden, einander anzuschauen!*

Ach, Männer! Was denkt man sich schon in so einem Fall? Euch frag ich das, Männer! Was wohl? Was brauchts da noch für Beweise? Als hätt mich was verbrüht, als hätt mir das sämtliche Augen geöffnet für deren Lotterei! Kaum hab ich begriffen, daß ich jetzt alles *weiß*, da bin ich gleich, also, absolut, also, absolut ruhig geworden. Stand noch mit dem Rücken zu ihnen. Und so, noch mit dem Rücken zu ihnen, hab ich meinen treuen Karabiner gehoben und hab direkt auf den Spiegel gefeuert.

Was weiter war, versteht ihr von allein.

Ein Riesengeklirre. Der Spiegel in tausend Stücken. Die Kugel war abgeprallt und zack – zum Fenster raus, ihnen direkt an der verdatterten Nase vorbei. Die Nachbarn bummerten gegen die Wand.

»Ach, herrje«, sag ich. »So ein dummer Zufall.«

Und dreh mich um. Halt den Karabiner in der Hand und seh, die beiden sind kreidebleich. Witja probiert zu lächeln, aber ein bißchen flattern ihm die Lippen. Tanja ist weiß wie der Tod – jedes Blutströpfchen ist ihr aus dem Gesicht gewichen.

Und ich denk mir: ›Jetzt herrscht wieder Ordnung. Hauptsache, daß ich jetzt *weiß*, und sie *weiß*, daß ich *weiß*, und er *weiß*, daß sie *weiß*, daß ich *weiß*. *Und alle wissen alles!* Darum ist mir das jetzt keine Schmach, weil ich *alles weiß!* Was wär mir das sonst eine arge Schmach gewesen! Es schüttelt mich richtig vor Schmach und Schande, daß ich hätte *nicht wissen* können! Wie wär ich da schwach gewesen!‹

Schließlich kreischte Tanja: »Was ist, bist du völlig blau, Parasit?«

»Mhm, hab einen Zacken weg«, stimm ich zu, ohne zu schwanken.

»Also, ich geh dann mal«, sagt Witja, ohne mir in die Augen zu schauen.

»Geh nur, geh, mein Sohn«, sag ich.

Er zuckt bloß so mit der Schulter zur Antwort, und ich schließ hinter ihm die Tür.

»Du lieber Herrgott«, sagt Tanja, schaut mir aber auch nicht in die Augen. »Was hast du denn?«

Drauf ich zu ihr:

»Keine Angst, Tanja, keine Angst. Wird uns schon irgendwas einfallen. Hauptsache, daß ich jetzt *weiß*. Und wenn ich schon mal weiß, wird uns bestimmt irgendwas einfallen. Noch mal laß ich nicht zu, daß du gekränkt wirst.«

Tanja wirft mir einen schnellen Blick zu. »Was denn, was weißt du denn?«

»Schon gut. Was ich weiß, das weiß ich. Und einen Spiegel kaufen wir zwei, einen neuen, dann wird unser Leben wieder wunderschön ...«

»Das ja, einen Spiegel müssen wir kaufen.« Tanja verzieht die Mundwinkel.

Und steckt sich langsam eine Zigarette an, eine »BT« aus einem schönen Päckchen.

»Hat Witja die dagelassen?«

»Ja.«

»Die werf ich zum Fenster raus, ja?«

»Wirf sie raus, ist mir nicht leid drum«, sagt sie.

Wenn Sie, lieber Leser, irgendeinen Dorfbewohner fragen würden in Newswidowo, das im Gebiet K. liegt, am Ufer des Katscha-Flusses, der in unseren schönen Je. mündet, wenn Sie einen fragen würden: »Genosse, wie ist der Name des Sees, der sich nordwestlich von Ihrem Dorf befindet?«, würde Ihnen keiner, kein einziger irgendwas drauf zur Antwort wissen, weil es diesen See nämlich seit Urzeiten nicht mehr gibt.

## War einmal ein See

Daß es hier einen See gegeben hat, das ist allen klar. Und entstanden ist er, wie alle Seen auf der Welt entstanden sind – erst war da der Weltozean, und übriggeblieben davon sind Seen.

Erinnern können sich die Dorfbewohner deshalb an nichts, weil es anscheinend mal eine Unstetigkeit in der Generationenfolge gegeben hat – die Älteren haben es gewußt, aber vergessen, während die Jüngeren es weder gewußt haben noch hat es ihnen wer erzählt, und außerdem ist im Dorf immer viel Selbstgebrannter und Hirsebier getrunken worden.

Schad drum, wirklich schad. Denn nicht wenige verwunschene Geschichten waren mit dem See verwoben in den uralten Zeiten, und unverwunschene Geschichten noch viel mehr.

Vielleicht hat gerade hier die Nymphe gehaust, die einem Schneider zu Willen war und mit ihm ein Eheleben führte in seiner Dienstwohnung, ihn dann aber zu sich in die Tiefe zog, so daß er verloren war, der Schneider, für immer und ewig.

Vielleicht hat sich hier zunächst das gigantische Tier aus dem Mesozoikum retten können, jenes, das sich gegenwärtig im Ausland befindet, in Schottland, in dem See Loch Ness.

Vielleicht hat hier schließlich auch das allseits bekannte goldene Fischlein gewirkt, das dem unglücklichen, verschüchterten Greis mit Hilfe seiner Alten endgültig das Leben sauer machte und ihn zurückbrachte an seinen Bettelstab.

Vielleicht ist das hier gewesen, obwohl es im Märchen ja heißt, das Ganze hätte sich irgendwo an einem »blauen Meere« abgespielt, vielleicht aber hier, denn was ist ein See anderes als der ausgetrocknete Teil des Weltozeans?

Vielleicht, vielleicht, vielleicht – daß in dem namenlosen See jedoch Leute und Viehzeug in rauhen Mengen umkamen, ist eine so eindeutige und unbestreitbare Tatsache, eine historisch und statistisch so zutreffende Information, daß man sie wohl kaum wird außer acht lassen können ...

Sowohl im Winter sind sie ertrunken wie im Sommer, sowohl im Frühjahr wie im Herbst.

Bekannt ist, daß geheimnisvolle Wirbel in diesem See das Wasser strudelten.

Geheimnisvoll waren die Wirbel deshalb vor allem, weil sie einfach nie an Ort und Stelle blieben: Heute strudelts hier, morgen dort und übermorgen weiß der Teufel wo.

Hat auch keiner versucht, es rauszukriegen. Die Hosen ins hohe Gras geworfen und ab ins Wasser zum Baden, und später bringt wer Fremder die Hosen ins Haus und zieht schon vor der Türschwelle die Mütze. Und alle in der Familie sind in Tränen aufgelöst.

Und wenn ein Fischerboot (Fischer gabs nämlich viele früher am See) kräftig leckgeschlagen war, so hieß das ebenfalls – aus und vorbei! Zum Ufer rudert der Fischer, aber es geht nicht, geht auf wundersame Weise nicht. Und das Wasser im Boot schwillt an. Eh du dichs versiehst, fängt der Nachen an zu sinken. Die Fische, die lebendig gefangenen, schwänzeln geradewegs in die Tiefe, und die krepierten schwimmen den Bauch nach oben, und der Fischer – frisch drauflosgekrault aufs Ufer zu, aber da tritt erneut ein Wasserwirbel in Kraft, und gnadenlos kommt er um, der Mann, mit Haut und Haar.

Auf den Herbst zu brachten eher die Enten den Tod. Besonders den Hunden. Der Jäger mit der Flinte – paff. Die Ente – pflup ins Wasser. Der Hund – schwups ihr nach. Und – weder Ente noch Hund da. Bloß der Jäger, völlig verdattert, in seinem Versteck auf dem Floß, und aus seinen Flintenläufen steigt in blaugrauen Ringen der Rauch.

Der Ente kanns gleich sein, weil – die ist sowieso tot, versinkt schon wie ein Gegenstand, der Hund aber geht für nichts und wieder nichts drauf, der kommt bei Ausübung seiner dienstlichen Pflichten um, und viele Hundeköpfe haben voller Gram ein letztes Mal senkrecht zum Himmel aufgeblickt und zu ihren Herrchen, die verstört dasitzen und Trübsal blasen auf ihren kläglichen Flößen.

Auch der Winter bringt nur Unglück. Angenommen, mit Holzschlegeln gehn welche raus aufs Eis, Welse fangen, tun das auch eine Zeitlang mit Erfolg, weil es nämlich, muß man dazu sagen, Fische tonnenweise gab im See. Die verschiedensten Arten: Hechte und Welse und Karauschen und Karpfen und Alande mitsamt Unterarten – die könnte man natürlich alle aufzählen, würde aber arg viel Platz kosten, diese Aufzählung, und ist ja auch nicht das wichtig, schließlich und endlich.

Also. Mal angenommen, winters gehn welche raus mit Holzschlegeln, Welse fangen auf dem durchsichtigen Eis, das schwarz ist vor lauter Stille und Wassertiefe. Da kommt auch schon, grau und bärtig, der Wels angeschwommen, der gute, kommt zur Wuhne, um bißchen Luft zu schnappen, drückt von unten sein bärtiges Maul gegens Eis und schaut aus vorstehenden Generalsaugen, und genau da haut ihm der Muschik durchs Eis durch mit dem Schlegel eins auf den Dez, und der ganze Trupp von Frischfischliebhabern saust augenblicklich in die Tiefe, weil sich nämlich ein künstliches Eisloch gebildet hat an der Aufschlagstelle, und von dem aus laufen Risse übers Eis. Um kommen sie, die Leute, packen noch die Eiskanten, um kommen sie, die Hände vom Eis zerschnitten!

Frühjahrs dann ertranken vor allem Frauen und Mädchen. Wegen der Unklarheit der Uferlinie im Frühjahr und auch, weil Wäschewaschen ausnahmslos das Privileg des Weibergeschlechts ist, auch war das Waschen früher was anderes als heute, wo man – klack, auf den Knopf drückt, den Hebel verstellt, und bitte schön, sauber sind die Fußlappen. Ach woher! Früher, da wurde die Wäsche gekocht. Durchgekocht. Auf dem Waschbrett gerubbelt, und danach mußte sie gespült werden. Wo? Im See natürlich.

Der Schlitten wird beladen und ab zum See, dort aber ist das Eis fast weg, ist ja Frühjahr. Die Wäscherinnen hocken sich hin, breitbeinig, vermeintlich in Sicherheit, breiten ihr Zeug aus im Wasser, kriegen rote Hände, und dann, eh du dichs versiehst, schwimmen sie schon auf einer Eisscholleninsel hinaus auf den See. Nun müssen sie natürlich sich aufrichten, sich geradebeugen, aufstehen, die Eisscholle aber ist eine kleine Insel, die mag das nicht, die dreht sich um ihre Längsachse und verpaßt auch noch ihren Opfern, den Weibsbildern, zur Beschleunigung einen Hieb auf den Kopf, damit sie unverzüglich in die Tiefe fahren.

Klar, daß ein solcher See denen von Newswidowo bald zuwider war, allmählich wollten sie gar nichts mehr mit ihm zu tun haben, und als alle freien Fischer aus dem Dorf fortgezogen waren, die einen nach Ulan-Ude, andere noch weiter, nach Tschukotka, da vergaßen die Leute dieses natürliche Gewässer vollends, und eben da brach jene längere Unstetigkeit zwischen den Generationen an.

Indessen wurde der See, vor den Augen und Gedanken der Menschen hinter einem Schleier von Desinteresse verborgen, immer seichter, immer kümmerlicher, und allmählich verflüchtigte er sich endgültig, wie sich ja allmählich auch der ganze Weltozean verflüchtigt.

Und eben da zeigte sich zuletzt noch eine weitere Merkwürdigkeit, merkwürdiger noch als jene Merkwürdigkeit, die dem See während der ganzen Zeit seiner Existenz angehaftet hatte. Diese Merkwürdigkeit, die dem See während der ganzen Zeit seiner Existenz angehaftet hatte, bestand darin, daß die Leichen verunglückter Menschen und Tiere niemals aufzufinden gewesen waren und der See auch keinen Grund gehabt hatte, denn kein Bootshaken oder Seil mit Gewicht hatte je den Grund erreicht, und Taucher, die messen wollten, ertranken selber, so daß bald, nachdem es angefangen hatte mit den Unfallopfern, eine Tradition aufkam: Verunglückte wurden im See nicht gesucht und automatisch für verschollen gehalten.

Wenn man sich den Umstand überlegt, daß der See nie, gar nie wen freigegeben hat und letzten Endes ausgetrocknet ist, so müßten doch, wenn man sich das mit Verstand überlegt, auf dem ausgetrockneten Grund allerlei Knochen zu finden sein, Kohle, unbekannte Ablagerungen und vielleicht sogar eine kleinere Lagerstätte von einem Bodenschatz aufgrund von diesen Knochenresten.

Nichts dergleichen. Ich bin dort gewesen.

Dem Blick des letzten Menschen, der sich mit Absicht zu dem ehemaligen See begeben hat (und ich sag Ihnen ja, daß ich dort war) und der gewußt hat, daß das ein ehemaliger See war und nicht sonstwas Ehemaliges, bot sich ein unansehnliches, nicht gerade schönes und wenig anziehendes Bild. Ein einförmiges, monotones, leicht konkaves Becken mit einem Neigungswinkel der Wände zwischen einem und drei Grad, in dessen Mitte, im Nabel, ein kleiner, aus der Ferne nicht zu erkennender Gegenstand kaum merklich blinkte.

Ich bin natürlich hingegangen und hab ihn mir natürlich angeschaut, und da sah ich, daß es nichts anderes bloß war als ein gelber Unterhosenknopf, ein gelber, mit vier Löchern und sogar mit Fäserchen vermoderter Fäden dran, mit denen der Knopf an obenerwähnter zu vermutender Unterhose festgemacht gewesen war.

Ich hab mich natürlich gar nicht erst gefragt, was hier vorgefallen ist und warum, wenn mans vom Standpunkt der Wissenschaft aus betrachtet, sondern fing schlicht und einfach an, diese Geschichte allen Leuten zu erzählen, Ihnen zum Beispiel, und zwar zu dem Sinn und Zweck, daß Sie ein bißchen aus dem Konzept geraten, wenn Sie in Ihrer klaren, transparenten, wunderschönen neuen Welt leben.

Einer hat mir schon mal nachweisen wollen, DIE hätten sich alle in Waldschrate, Hexen und Trolle verwandelt und seien in den Wald gezogen, aber das ist eindeutig eine Unwahrheit, weil nämlich der Wald rings um den See vor Urzeiten abgeholzt worden ist, noch vor den ganzen Unglücksfällen.

So beschloß ich, diese dunkle Geschichte aufzuschreiben, weil – ich erzähle sie ja, erzähle sie Leuten, und wie die heutzutage so sind: Womöglich geht einer hin und veröffentlicht die ganze Seetragödie in Zeitungen und Zeitschriften und, vor allem, bekommt auch noch das eindeutig mir zustehende Honorar, natürlich nur, wenn auf unserem Sechstel des Planeten oder gar auf den übrigen fünf Sechsteln überhaupt noch Geld gezahlt wird für solche Schauergeschichten, obwohl ja, wie ich extra hervorheben möchte, die ganze vorstehende Geschichte die reinste Wahrheit ist bis zum letzten Buchstaben und kein bißchen erlogen.

Ein Mann mit Bildung trat einmal in eine Bäckerei. Dort bekam er Lust, zwei Mädels zu hänseln, die züchtig in der Nähe des Aluminiumtischs standen, auf dem Kilolaibe in zwei oder vier Teile geschnitten werden. In der Hand hielten sie eine große Flasche Wein.

## Eine stolze Iljuschin

Eigentlich waren die Mädels zu dritt, nicht zu zweit. Aber die dritte stand hibbelig in der Warteschlange und blickte, die grauen Äuglein zusammengekniffen, unbestimmt über die Köpfe hinweg.

Der Mann mit Bildung hatte sich auch in die Warteschlange stellen wollen, überlegte es sich dann aber anders. Er ging zu den Mädels und sagte:

»Ha-ha-ha!«

Die Mädels lächelten undefinierbar und betrachteten sich den Mann mit Bildung, der eine Wildlederjacke aus künstlichem Wildleder anhatte. Im übrigen hatten sie selber auch gar keine schlechten Sachen an. Bloß war bei der einen der Absatz an der roten Sandale runtergetreten und bei der anderen im Mund ein Zähnchen schwarz geworden, von der Mitte aus das dritte. Würde sie das wegmachen und eine Goldkrone einsetzen lassen – nichts würde ihrer Schönheit mehr Abbruch tun!

Der Kontakt war somit hergestellt. Sogar die in der Warteschlange, sie schaute zwar nach wie vor über die Köpfe hinweg, dennoch war in ihrem Blick schon was zu lesen – für den, der zu lesen versteht.

Rote Sandalen, Nylonblusen. Schön! Bloß der Anblick der Flasche Wein flößte Entsetzen ein, denn diese Flasche gigantischen Ausmaßes hatte ein schwarzweiß-farbenes Etikett mit einem gelben Fleck drauf.

›Einen Fusel trinken die Hübschen‹, dachte der Mann mit Bildung.

Und fuhr fort mit seiner Hänselei, indem er die Flasche an sich zog. Die Hände der Mädels lösten sich, und sie starrten den Mann mit Bildung mit aufgerissenen Augen an. Die Dritte bezichtigte unterdessen die Kassiererin des Unterschleifs dreier Kopeken. Und stellen Sie sich vor – sie wies sogar nach, daß sie im Recht war.

»Ich laß das Fläschchen mitgehn«, kündigte der Mann mit Bildung an.

Die Mädels schwiegen.

Darauf nahm der Mann mit Bildung endgültig die Flasche in die Hand.

»Weißwein stark. Preis 1 Rubel 20 Kopeken (ohne Flaschenpfand)«, las er und verließ triumphierenden Schrittes das Geschäft.

Alles in Erwartung, gleich kämen sie ihm nachgestürzt, und dann ergäbe sich mit den Mädels ein konkreteres und vergnüglicheres Gespräch.

Doch niemand stürzte ihm nach.

Da verwirrte sich der Geist des Mannes mit Bildung. Er sah auf die Flasche, wurde sich bewußt, daß sie in seiner Hand war, und setzte sich in raschen Trab. Bog um die Ecke und rannte bis zur Bushaltestelle.

Aber es kam lange kein Bus, und die Verwirrung verflüchtigte sich wieder. Weshalb der Mann mit Bildung, als ein Bus auftauchte, ihn gar nicht mehr brauchte. Der Mann mit Bildung stand da und sah entsetzt auf die entsetzliche Flasche.

»Ich hab ja gestohlen!« flüsterte der Mann mit Bildung. »Mein Gott, was hab ich getan!«

Und er drehte um. Trollte sich mit hängendem Kopf. Er sah niemanden an. Aber als er von neuem in die Bäckerei trat, waren die Mädels nicht mehr da.

Ihnen war es folgendermaßen ergangen.

Als die Dritte mit Brot und Lebkuchen aus der Warteschlange zurückkehrte, traf sie auf totale Fassungslosigkeit und Schreckensstarre.

Sie wunderte sich. »Wo ist denn die Flasche?«

»Die hat einer mitgehn lassen, ein Arsch mit Brille«, erklärten ihr die Freundinnen.

»Und ihr haltet Maulaffen feil? Wo warst du, Manka?«

»Ich denk, er macht Spaß. Sonst hätt ich ihn eingeholt«, rechtfertigte sich Manka.

Aber sie schwindelte. Ihr Absatz war schiefgetreten.

»Und du, Olka?«

»Ich wollt schreien, hab mich aber geniert«, schwindelte Olka, die mit dem schwarzen Zähnchen.

»Ihr Schlampen«, resümierte ihre Freundin, die Aleftina hieß oder, einfacher gesagt, Alka. »Los, holen wir noch eine.«

»Wie schaffen wir das, wo es fünf vor sieben ist!«

Sie schafften es. Brachen durch die Säuferscharen mit dem Ruf: »Laßt die Mädels vor!«

Dann kehrten sie in das Wohnheim der Baufirma SU-2 zurück, in dem sie in ihrer Eigenschaft als Malerinnen und Stukkateusen wohnten. Sie legten an der Tür den Haken vor, zogen die Vorhänge zu und fingen an zu trinken, und dazu aßen sie Lebkuchen, Pralinen und Weißbrot.

»Jetzt einen Kerl«, sagte die schwarzzähnige Olka, nachdem sie ein Gläschen gekippt hatte.

»Wirst es aushalten können, sind ja nicht im ersten Kriegsjahr«, kommentierte Manka.

»Singen wir, Trullas«, schlug Alka vor.

Der Mann mit Bildung aber, als dem die ganze Gemeinheit der von ihm begangenen Tat bewußt wurde, beschloß er, noch tiefer zu sinken. Er bestieg den Bus, fuhr zu seiner Junggesellenwohnung und trank den widerwärtigen Wein direkt aus der Flasche, wobei er strengen Blicks die seit langem nicht mehr gewaschenen Vorhänge betrachtete. Vom Wein schlaffte er ein wenig ab und legte sich, ohne sich auszuziehen, aufs Sofa. Und hatte einen Traum. Er träumte, seine verstorbene Mutter, seine liebe, gescheite, gute Mutter, sei Cheflektorin der »Kurzgefaßten Literatur-Enzyklopädie« geworden.

Der Mann mit Bildung brach in Tränen aus. Und das ist sehr schlimm, wenn ein Mann mit Bildung im Traum weint.

Die Mädels dagegen waren vergnügt. Manka stimmte die Gitarre mit dem roten Band, schlug auf die Saiten, und im Chor sangen sie:

> *Hinterm Wald steigt auf ein Flugzeug,*
> *Eine stolze Iljuschin.*
> *Ach, wozu noch lange küssen,*
> *Ist erst mal die Unschuld hin.*

Jetzt erzähl ich mal, wie unser Lagerverwalter gestorben ist.

Direkt beim Feldeinsatz, bei Erfüllung seiner dienstlichen Pflichten, ist ihm der Kopf auf den Tisch mit Balkenwaage und Warenausgabebuch gefallen, in seinem Lagerschuppen, den der Tramp Paramot aus Lärchenstämmen gezimmert hatte. Diesen Paramot, den »Verjubel-Paramot«, kannte die ganze Expedition – war nicht zu überhören, der Kerl, muß man schon sagen. Er verdiente pro Saison an die tausendzweihundert bis tausendfünfhundert, und die verjubelte er innerhalb einer Woche, hauptsächlich, weil er jeden Dahergelaufenen freihalten und mit drei Taxis fahren mußte: im ersten seine Kappe, im zweiten die Wattejacke und im dritten Paramot selbst in höchsteigener Person – blauäugig, dunkelblond und sozusagen mit den Spuren sämtlicher Laster im Gesicht.

## Die Umstände des Todes von Andrej Stepanowitsch

Ja, ja, ein blauäugiger Jüngling, dunkelblond, mit den Spuren sämtlicher Laster im Gesicht, weshalb er sich auch für den Großneffen von Sergej Jessenin ausgeben konnte, dem Dichter.

Letztes Jahr erst, im Herbst, ist Paramot mit einer IL 18 extra von Jakutien nach Moskau geflogen, um ins Schwitzbad zu gehen, in die Sandunowskije bani. Mitgenommen hat der auch zwei seiner Freunde, zwei andere Tramps, den Sprengmeister Achmetdjanow und ein Bürschchen, den Tramp Wolodja Putschko, der dem Paß nach ganze siebzehn war, der Visage nach nicht weniger als fünfundzwanzig.

Die Freunde bestiegen also den rasanten Düsenvogel, der sie ruckzuck zu den Sandunowskije bani brachte, unterwegs kamen sie aber am Restaurant Usbekistan vorbei, und dort verbrachten sie, auf niedrigen Puffs hockend, den Tag, den Abend und ein Stückchen der Nacht, wonach sie sich in Dorogomilowo bei zärtlichen Moskauer Huren wiederfanden, und dort verbrachten sie den Rest der Nacht – tranken, genossen den Körper der Moskauer Huren und fielen in festen Schlaf, um am nächsten Morgen an einer unbekannten Straße in einer unbekannten Toreinfahrt aufzuwachen, selbstverständlich ohne eine Kopeke in der Tasche.

Darauf begaben sie sich zum Jaroslawler Bahnhof, bekämpften mit Wasser aus einem künstlichen Springbrunnenquell ihren Kater und bestiegen dann einen Güterwagen, in dem bereits ein paar Kohlen lagen. So gelangten die Freunde wieder an ihre durchaus freiwilligen Aufenthaltsorte in Sibirien. Achmetdjanow und Wolodja waren stocksauer, ließen an Moskau kein gutes Haar, während Paramot sich nicht bange machen ließ und von einem Ohr zum andern grinste – ihm hatte unheimlich gefallen, daß sein Mädchen Rimma geheißen hatte. So eine hatte er schon lang mal haben wollen. Er dachte sich sogar einen neuen Refrain aus zu einem Lied, das er von klein auf gekannt hatte:

> *Wo übern Fluß die Brücke geht,*
> *Vor dem Berg ein Steinhaus steht,*
> *Ehrlich Volk geht da nicht hin,*
> *Wohnen lauter Gauner drin.*
> *Und aus jeder Wohnung von dem Haus*
> *Kommen über vierzig Leute raus.*
> REFRAIN: *Schöne Rimma!!! Argentina!!*

Diese Worte, die zwar nichts taugten, aber süß, schön und zauberisch waren, brachte er energisch vor, half auch noch nach, indem er die rechte Hand zur Faust ballte, und das war sehr passend, weil Paramot nämlich alles im Leben energisch und ruckartig machte, und seinen Lieblingssatz brachte er folgendermaßen vor: »Was solls! Ist doch längst vorbei! Hundertprozentig!«

Ja, und der Tote, der Lagerverwalter Andrej Stepanowitsch, galt als sein engster Freund, was aber überhaupt nicht der Wahrheit entsprach, weil sie gute Bekannte und Saufkumpane waren, mehr nicht, ihre Herzen hatten untereinander keine direkte Verbindung.

Trotzdem war Paramot sehr bekümmert über den plötzlichen Lagerverwalterstod, und dieser Kümmernis war eine gewisse Menge Schuld wegen dem Hund Botka beigemengt, dessentwegen es zwischen Paramot und dem Lagerverwalter einen Tag vor eben diesem betrüblichen Trauerfall zum Streit gekommen war. Der Hund Botka hatte sich zum Ende des Sommers außerordentlich gut gemacht, obwohl seine Mutter, die Hündin Taiga, ihr Junges bald nach seiner Geburt nicht mehr angenommen hatte, und alles nur, weil man ihr zwei Laika-Welpen untergeschoben hatte, und insofern sie selber eine Laika war, hatte sie die beiden bald mehr lieb als Botka, der der Sohn einer Promenadenmischung war und zu den Laikas nur eine halbe Beziehung hatte.

Andrej Stepanowitsch hatte jenen Morgen mit einer Flasche Moskowskaja begonnen, stand dann neben seinem Lagerschuppen und zielte geduldig in den Himmel, während der Bohrmeistergehilfe Kolja Charlampijew von der Bohranlage SIF-600 in eben diesen Himmel seine eigene Schirmmütze werfen sollte, damit Andrej Stepanowitsch die Treffsicherheit seiner Hand und die Schärfe seiner Augen beweisen konnte. Die Wette war einfach: vier Schrotkörner auf die Mütze, oder der Lagerverwalter muß Kolja einen Liter Wodka rausrücken.

Es krachte ein Schuß, und Kolja bekam den Wodka nicht. Da jedoch erschien Paramot, direkt von der Arbeit, von den Schürfgräben, die er nicht weit weg, fünf Kilometer vom Lager vielleicht, sprengte und abräumte – kam angetrabt und mit ihm, bei Fuß, der obenerwähnte Hundesohn Botka.

»Alarm!« schrie Paramot und erklärte sogleich: »War bloß Spaß, in Wirklichkeit – Entwarnung, Kumpels, aber was solls!«

Gerade wollte Paramot zu der Lügengeschichte anheben, wie er mal mit einem Sprengsatz Ammonal einen Bären in die Luft gejagt hat und wie der Bär dafür fast Paramot in Stücke gerissen hätte, mit sämtlichen Därmen und Blinddärmen, da trat der Lagerverwalter hinzu und sagte, er hätte sich absolut in den Köter verguckt.

»Und wenn du ihn mir, von Freund zu Freund, überläßt, mach ich aus Botka einen hundertprozentigen Jagdhund.«

»Da geht nichts. Hm. Da geht nichts«, erwiderte Paramot gleichmütig. »Ich hab Botka eigenhändig mit Dosenfleisch gefüttert, und ich verwurstle ihn auch, wie mirs paßt, zu Koteletts und Suppe, weil sich mein Herz nämlich arg nach ein bißchen Frischfleisch sehnt.«

»Nimm doch Rindfleisch, ich hab Rindfleisch bei mir im Lager, kannst dir ein ordentliches Stück von absäbeln.«

»Dein Rindfleisch ist blau, Andrej Stepanowitsch, hast es aber nicht angemalt, es ist von allein blau, und fressen kannst es eigenhändig und selber drunter leiden, aber Botka, den vergiß. Den eß ich selber, nicht du. Punktum. Da geht nichts. Alles dicht. Wie im Panzer. Aber was solls. Ist doch längst vorbei. Hundertprozentig.«

Sehr gekränkt war er gewesen, der Lagerverwalter, und nun war Paramot bange, der Lagerverwalter könnte diese Kränkung auch mit ins Grab genommen haben. Darum riß sich Paramot nun sämtliche Beine aus, um wenigstens der Leiche von Andrej Stepanowitsch irgendwas Gutes zu tun.

Paramot hatte als erster Andrej Stepanowitsch entdeckt, als dieser, irdischer Sorgen schwer, den Kopf zum ewigen Nickerchen aufs Warenausgabebuch gelegt hatte. Paramot hatte gesehen – da steht doch die Lagertür offen, und drinnen ists stockfinster, weil rundherum alles weiß blinkt und blendet vom Schnee, der am Abend zuvor gefallen war.

So trat Paramot in den Lagerschuppen, wo der Lagerverwalter schon auf dem Warenausgabebuch in ewigem Schlummer lag, und daß es ewiger Schlummer war und nicht ein Rausch, war schon allein daraus ersichtlich, daß die Augen des Lagerverwalters gläsern glänzten und grau waren und hervortraten, während sein Gesicht völlig weißgelb geworden war.

In der Tiefe, im Halbdunkel des Schuppens, waren die verschiedensten Eßvorräte zu sehen – Kisten mit Dosenfleisch, Zucker, Mehl, Salz, Essig, Pfeffer und Schokolade, bloß den Wodka konnte Paramot nicht erspähen, den hatte Andrej Stepanowitsch so geschickt und unauffindbar versteckt, daß er ihn selber oft ganz woanders fand, als er hätte sein müssen.

Paramot bekam es plötzlich mit der Angst zu tun.

Nicht vor dem Toten, sondern davor, daß sie ihn, einen Menschen außerhalb von Ort und Zeit, wegen Mord durch Erwürgen vor Gericht stellen könnten, des Wodkas wegen oder aus irgendeinem anderen Anlaß.

»Und dann kannst tausend Jahre bei der Zwangsarbeit schuften, für nichts und wieder nichts.«

So ging er wieder und kam zu mir in mein Zelt, außerdem wollte er von mir was zu trinken haben, und sei es Eau de Cologne, aber ich hatte kein Eau de Cologne für ihn, worauf Paramot mir steckte, unser Lagerverwalter sei gestorben, und ich glaubte ihm aufs Wort, brauchte mir nur seine Visage anzuschauen, darum ging ich zur Expeditionshilfsarbeiterin Lida aus Irkutsk, Eau de Cologne holen, sie gab auch was her, bloß kein Eau de Cologne, sondern Parfüm, »Moskauer Feuer«, und dieses »Moskauer Feuer« überließ ich dem bis ins Mark erschütterten Paramot.

Selber ging ich zum Lagerschuppen, wo schon jene seltsame Geschäftigkeit begonnen hatte, Hin und Her, Verhandlungen, Weinen und wieder Geschäftigkeit, wovon Beerdigungen, Hochzeiten und Geburten immer begleitet sind – die ersten mittleren und letzten Ereignisse des Lebens.

Des weiteren mußte der Leichnam zur Zentrale transportiert werden, wozu über Funk der Fahrer Stepan mit seinem GAS-51 angefordert wurde, und bei der Anforderung wurde ihm aufgetragen, zugleich eine Kiste Moskowskaja mitzubringen für die Totengedenkfeier draußen im Feld.

Paramot war vom Parfüm »Moskauer Feuer« kein bißchen blau und nicht mal nachdenklich geworden, dafür ging er ungewöhnlich flink daran, aus Schnittholz einen Sarg zusammenzunageln, und wies den Gedanken weit von sich, sein Freund könnte ohne Tara auf dem Lastwagen überführt werden, gerade wie ein Stück geschlachtetes Vieh.

Und die Köchin Olga Iwanowna, eben die, die sie mittlerweile mit kahlgeschorenem Kopf aus Jakutien verbannt haben, wegen unzüchtigen Lebenswandels, wohin weiß aber keiner, die backte drei Riesenberge Pfannkuchen und kochte einen Eimer voll Wackelpudding aus der Tüte.

So hoben wir die Becher zu Ehren des Lagerverwalters Andrej Stepanowitsch Golikow, der sich durch nichts, also, durch absolut gar nichts von anderen Menschen unterschieden hatte – gelogen hatte er, war immer auf irgendwas Unwichtiges stolz gewesen, nach Jakutien war er vor Urzeiten verschickt worden, wegen des Erzählens von Witzen, und nach der Rehabilitierung hatte er sich hier eingewöhnt, hatte die verschiedensten kleinen Läden geführt, bißchen geklaut nebenbei, bißchen getrunken, uns um einen Rubel übervorteilt, auch schon mal um zehn – dieser gewöhnliche Mensch lag nun also in dem unschönen Sarg, den Paramot, der zu allem zu gebrauchende Tramp, für ihn zusammengenagelt hatte, lag in dem Sarg unter Tannenzweigen und regte sich über nichts mehr auf.

Daß es zu dem Zeitpunkt geschneit hatte, davon schrieb ich schon, aber als der Sarg zugenagelt wurde, konnte man auf zehn Meter kaum noch was sehen, weil eine neue Portion Schnee vom Himmel eintraf, es fegte und wirbelte, flauschige Flocken und Kroppzeug, alles fiel durcheinander in schrägem Winkel zur Erde.

Am Lenkrad Stepan, ein gemächlicher, träger Mensch, neben ihm Paramot zur Begleitung – diese Rolle hatte er übernommen, und hintendrauf Andrej Stepanowitsch in der sicheren Kiste.

Der Motor heulte auf, knatterte, dröhnte, die waagrechten gelben Lichtsektoren der Scheinwerfer zogen die Schneeflocken an und setzten sich langsam in Bewegung, parallel zur Erde.

Nun ja. Steil sind die Berge in Jakutien. Der Wind bläst ständig bergab. Sie fahren. In Tränen aufgelöst, erzählt Paramot dem gleichgültigen Stepan von Andrej Stepanowitschs Vorzügen.

»Verstehe«, erwidert lustlos Stepan, dem alles egal ist, achtundachtzig, den man mit nichts hinterm Ofen vorlockt, der alles weiß und versteht, was rundherum abläuft und womit er nicht im mindesten und nicht mal in Gedanken zu tun haben möchte. Da ist Paramot anders, im übrigen wiederhole ich mich, denn ihn kennt ihr ja schon ziemlich gut.

Auf ihrem Weg kamen sie an eine ganz schön verantwortungsvolle Steigung, die der Lastwagen mit Ach und Krach schaffte. Es sah aus, als würde er nicht fahren, sondern stillstehen, so steil war die Steigung.

Oben dann stellten sie den Motor ab, tranken einen Schluck Wodka, schauten nach – da war der Sarg verschwunden, rausgefallen wohl wegen der Steilheit.

Worauf sie, kräftig fluchend, durch den Schneesturm den Berg runterstiegen und den Sarg im Schneegestöber fanden, bloß auf der anderen Seite vom Bach.

Sie schleppten ihn wieder den Berg rauf, den Sarg, schweißgebadet, und als sie ihn auf den Lastwagen warfen, da schaute Paramot genauer hin, und in seinen Augen, die sich immer mehr weiteten, größer wurden und größer, spiegelte sich ein gelber Mond.

»He, Stepan, der Sarg da, sieht aus, als wärs gar nicht unsrer«, sagte Paramot und erstarrte.

Stepan spuckte aus und zerrte Paramot ins Führerhaus, aber Paramot fing an sich loszureißen, sich den Kragen aufzureißen und wilde Schreie auszustoßen im Mondenschein, welcher die weiße, unschöne Erde beleuchtete.

Und es schien, als wäre im Schneesturm zu hören, wie jener riesige, leblose Mechanismus knirscht und klopft, von dem die Erde gesteuert wird:

*U-uch, e-ech, tuk-tuk-tuk, u-uch, e-ech ...*

**Irgendwas stimmt da nicht**

## Rußlands Vergnügen

Ein schlechtes Ende nahm für den Alten diese mehr als merkwürdige Geschichte mit dem Selbstmord. Morgens hatte er noch in der Zeitung gelesen, daß der Alkoholismus bei uns schon ein wenig zurückgehe und die Hauptaufgabe jetzt darin bestehe, statt der Halbliterfläschchen Viertel- und Achtelfläschchen auf den Markt zu bringen – das hatte er gelesen, war von der Herzensgüte des Artikels zu Tränen gerührt gewesen, und gegen Abend süffelte er sich mir nichts, dir nichts wieder einen an.

Dies vergrätzte seine Frau, die alte Marja Jegipetowna, die ganze zweiunddreißig Rubel Rente kriegte und ab und zu was zum Waschen annahm von den Untermietern der Nachbarin, einem schmallippigen jungen Pärchen, das sein erstes Jahr in der zivilen Luftfahrt abdiente.

Die Luftfahrer waren vollauf mit ihrer Liebe beschäftigt, gingen in Restaurants, in Konzerte und fuhren Taxi, deshalb verlangten sie von der Wäscherin die Hemden schneeweiß, den Kragen makellos gestärkt, damit die schwarze Krawatte wie ein Dolch ins schneeige Weiß fuhr und der Umwelt von der Flottheit, Exaktheit und Kraft des jungen Mannes kundtat. Wenn die Luftfahrer das Bündel mit der frischen Wäsche bekamen, trällerten sie:

»Er hat mich betö-ö-ört, der geflügelte Bu-u-ursche!«

Den Alten brachten zwei Zechkumpane heim. Sie lehnten ihn gegen die Tür, klopften kräftig ans Fensterchen und rannten davon, da sie ein deftiges Gespräch mit Marja Jepigetowna befürchteten und zudem den brennenden Wunsch verspürten, noch irgendwo Geld aufzutreiben und weiterzutrinken, weil sie nämlich jung waren wie die luftfahrenden Untermieter, arbeiteten – der eine als Dreher, der andre als Sanitärinstallateur – und nach endgültiger Berauschtheit strebten, damit ihnen vor gar nichts mehr grauste.

Als Marja Jegipetowna die Tür aufriß, fiel der Alte nicht um, wie zu erwarten gewesen wäre, sondern rannte mit weit ausgebreiteten Armen vorwärts, wie der Hahn, dem auf dem Hackklotz der Kopf abgehackt wurde, im allerletzten Moment vor dem Fallen und postumen Zittern vorwärtsrennt.

So rannte er, fiel dann auf den selbstgewebten Läufer und schlief ein. Im Schlaf schnarchte er und fluchte, Speichelblasen platzten ihm in den Mundwinkeln.

»Du altes A…«, sagte die Alte zu ihm, als er zu sich kam, »Drecksack alter, Alkoholiker, bist stinkbesoffen, du Schwein …«

»Belfer mich nicht an«, versetzte der Alte mürrisch, aber zurückhaltend. »Hab nicht dein Geld versoffen, die anderen haben mich eingeladen …«

»So, so, die anderen! Komisch, wenn ich rausgehe, bietet mir keiner was an, aber dir – tagaus, tagein …«

»Auf dich haben sie grad gewartet, alte Prostitierte« – der Alte bekam des letzte Wort nicht recht heraus, deshalb wiederholte er noch einmal – »ja, ja, alte Prostituierte!«

Die Alte kannte ein Mittel. Sie löste die spärlichen grauen Haare, von denen die ausgekämmten immer im Kamm steckten und am vergilbten Email des Waschbeckens klebten, und sie heulte, sie seufzte, sie wehklagte; ihre Jugend rief sie sich ins Gedächtnis und bedauerte, daß sie nicht den NÖP-Gewinnler Grigori Strujew geheiratet hatte, sie schlug mit ihrem Kopf gegen die Knaufe am alten Eisenbett, und die Nachbarin warf sich auf das Geheul eilends ein Vigognewolltuch über und kam auf dem Trampelpfad durch den Schnee gerannt: »Ach, Marja Jegipetowna, Ärmste, Herrgott aber auch, ist das ein Kreuz …«

»Was brüllst du, was brüllst du denn«, fing der Alte langsam und trübselig an. »Ich hab dir nichts Böses getan, hab ich dich vielleicht je geschlagen?«

»Hast du, hast du, wie solls denn gehn ohne Schlagen?« trumpfte Marja Jepigetowna lebhaft auf.

»Nu, hab dir eine Lehre erteilt, aber ein einziges Mal bloß. Hast mich so weit getrieben.«

Er winkte ab, spuckte aus und trollte sich nach draußen, weil die Nachbarin die Arme um die Alte legte, ihr was ins Öhrchen flüsterte.

Der Alte hängte sich mit der Brust über das Gartentörchen und stierte dumpf auf die funkelnden Schneeflocken. Vorbei, längst vorbei war die Zeit, da er sich noch an was erinnern, mit was rechnen, auf was hoffen konnte.

Wenn er den Kopf gehoben hätte, hätte er den Mond erblickt, vielleicht auch den künstlichen Sputnik »Luna«, dessen Nadelspitzchen den schwarzen Himmel ritzte, ohne die Sterne zu treffen.

Aber plötzlich fiel ihm ein, daß er noch eine Flasche »Moskowskaja« gebunkert hatte, wo bestimmt noch drei Deziliter drin waren.

Durch die Schneehaufen schlug er sich bis zum Schuppen durch, wo sie früher ein Stück Vieh gehalten hatten, solang es früher noch erlaubt gewesen war, sich in der Stadt was zu halten, und wo jetzt nicht mal eine Maus mehr hauste.

Wie ein Hund wühlte er sich durch die Schneehaufen, seine Zähne klapperten am Flaschenhals, es gluckerte. Och, tat das gut.

Erst dauerte ihn die Alte ja. Friedlich und geknickt kehrte er ins Haus zurück, drehte sich eine mit Machorka, aber die Alte hatte sich schon wieder aufgerappelt, hatte Oberwasser bekommen, roch die frische Fahne – und die Leier ging von vorne los.

»Mund halten! Mund halten!« brüllte er und donnerte mit der

Faust auf den Tisch. »Hast mich zugrund gerichtet, Rabenaas, hast mich mit deinem ewigen Gezeter so weit getrieben, daß ich zum Strick greifen könnt! Und das tu ich jetzt auch! Geh doch zum Teufel seiner Großmutter!«

»Tus doch! Tus doch! Nur zu! Geh selber zum Teufel seiner Großmutter!«

Wieder entfloh er nach draußen. Berauschtheit strömte ihm durch die Adern. Vergnüglich wars. Er riß das Wäscheseil runter und – ab in den Schuppen.

Als er aber alles hergerichtet hatte – Schlinge, Hockerchen und Haken –, da war er das Sterben leid.

»Äh, nein«, sagte der Alte laut.

Er schnitt das Seil in zwei Teile. Das eine wickelte er sich um den Gürtel, aus dem anderen machte er eine Schlinge für den Hals und hing nun an der Wand wie eine große, zerknautschte, zerzauste und nicht nur einmal verlorengegangene Puppe.

Ja, ja, auch Sie hätten gesagt, daß er dahing wie eine Puppe, inmitten von alledem, was ringsum so alles ablief und immer noch abläuft.

Er hing da und wartete auf Schritte, auf Lärm, um den Kopf zur Seite fallen zu lassen, die Zunge rauszustrecken und Glotzaugen zu machen.

Es war soweit. Die Alte, der das Herz stehenblieb beim Anblick der offenen Schuppentür, zögerte, trippelte unschlüssig, während die vor Neugier vergehende Nachbarin in die Schuppenfinsternis schaute und ein solches Geheul ausstieß, daß schon eine halbe Stunde später nahe beim Haus das Motorengeknatter eines dreirädrigen Milizmotorrads zu hören war. Und durch das Geknatter und durch die Schneehaufen bahnte sich den Weg zum Schuppen, wo sich schon die verschiedensten Gestalten versammelt hatten, der Einsatzgruppenleiter Lutowinow.

Die Erste Hilfe war noch nicht eingetroffen.

Die Pistole wurde gezückt, und der gelbe Lichtkreis der Miliztaschenlampe chinesischer Produktion heftete sich auf das Gesicht des Selbstmörders.

Kühn, ohne Zaudern, trat der Einsatzgruppenleiter zur Leiche, aber da legte ihm die Leiche mir nichts, dir nichts die Arme um den Hals, obwohl das, wie ich schon eingangs gesagt habe, zu nichts Gutem führte.

Dem Milizionär, dem Ärmsten, wurde es schlecht, sehr schlecht. Die für den Selbstmörder eingetroffene Erste Hilfe brachte ihn ins Krankenhaus. Er stöhnte und kotzte, wurde mit Spritzen gepikst und kriegte das schwarze Röhrchen des Sauerstoffkissens zwischen die Zähne gesteckt.

Der Alte bekam fünfzehn Tage. Lutowinow selbst bat darum mit schwacher Stimme seine Kollegen, als diese, weiße Krankenhausmäntel über den blauen Uniformen, dem Kranken Schokolade, Reinetten und Apfelsinen brachten, die mit speziell dafür genehmigten öffentlichen Geldern gekauft worden waren.

Der Alte bekam fünfzehn Tage.

Morgens führen sie den Opa zum Eishacken auf den Friedensprospekt, abends sperren sie ihn ins Kittchen. Er hat schon zwei neue Freunde. Der eine singt ständig: »Ist sie auch krumm und bucklig, Geld hat sie dumm und dusslig, und dafür lieb ich sie, o ja ...«

Und der andere lispelt:

»Sag mir, wen du zusammenscheißt, und ich sage dir, wer du bist!«

Marja Jegipetowna ist mal zu Besuch gekommen. Brachte Fleischpiroggen in der Zellophantüte. War bekümmert, verhalten, zeigte Bedauern, aber nicht zu sehr. Der Alte hingegen brabbelt manchmal in einer Rauchpause zu seinen neuen Freunden, wenn er mit Spucke den Glimmstengel zugepappt hat:

»Gerecht ist das jedenfalls nicht. Ich versteh ja. War doch früher mal gebildet. Ich versteh ja alles. In den Büchern steht ja schon geschrieben – ›Rußlands Vergnügen‹. Ich versteh ja alles.«

Eine lustige Gesellschaft hatte sich da auf der Datscha versammelt. Wohl einen Geburtstag feiern? Oder einfach um zu trinken. Der Doktor Serjoscha, der verliebte Offizier Potapow und einer, der sich Dichter nannte, aber als Nachtwächter arbeitete, dazu die Dame des Hauses, die schöne Natascha, geschieden. Soweit die ganze lustige Gesellschaft, die sich an einem Sommertag auf der Datscha versammelt hatte, an der frischen Luft, bei Sonnenschein.

## Stiegelitzchen

Man trank. Aß Kartoffeln mit Schmorfleisch, Gurken, Tomaten und Wurst. Man unterhielt sich. Still wars, schön.

Nicht einmal das Mädchen störte. Das kleine Mädchen, das Herzchen, das Töchterchen von Natascha. Olenka hieß sie. Ein adrettes blaues Kleidchen hatte sie an, die kleine Olenka, hatte braune Äuglein und um den Hals ein Pioniertuch. Sie saß natürlich nicht bei den Gästen. Das heißt, erst war sie natürlich dort gesessen, hatte ihren Teller leergegessen und Sprudel getrunken, dann jedoch werkelte sie irgendwo abseits, bei ihren Puppen, Häuschen, Stöffchen und Läppchen.

»Gewiß, ich bestreite es gar nicht. Natürlich haben wir noch einen Riesensaustall, aber ich hoffe, ja ich bin sicher, daß früher oder später alles in die Reihe kommt«, sagte der Offizier Potapow.

Der Doktor schwieg. Sein schönes Gesicht sah abgezehrt aus. Mit saubergewaschenen Fingern knetete er ein graues Brotkügelchen. Es blitzte sein massiver Goldring.

Der Doktor schwieg, der Dichter jedoch feixte.

»Na bitte! So habe ich auch geredet, als ich noch der Plagiator vom Dienst war. Bei der Bezirksleitung. Weißt du noch, Serge, wie damals alle über mich herfielen, ich sei ein Plagiator. Worauf ich zurückgab, falls ich Plagiator sei, dann höchstens ein Plagiator heutiger Zeitungssprache. Denn was alles so geschrieben wird, und das gelte auch für meine hingeschluderten Artikel, sei nichts als ein Gedresch hochtrabender Phrasen. Du weißt doch noch, Serge?«

Doch »Serge« schwieg auch jetzt. Dafür schaltete sich Natascha ein.

»Verstehst du, an dem, was du sagst, ist natürlich was dran. Ich versteh dich ja. Dein gutes Recht. Bei deinem Schicksal, und so … Aber man muß doch an irgend etwas glauben? Ist doch nicht alles so schwarz, wie du es darstellst? Nimm nur mal, was für Artikel die ›Literaturzeitung‹ ab und zu bringt!«

»Die kritisieren sogar Minister«, pflichtete der Offizier bei und sah Natascha ergeben an.

»Ach, Natascha! Bist eben doch ein Dummerchen«, sagte der Dichter. »Oh, pardon!« Er griff sich an den Kopf. »Pardon, Madame, küß die Hand!«

Und wieder feixte er, wobei er flachgehobelte gelbe Zähne entblößte. Schlaffte dann jedoch ab, sackte zusammen, verstummte.

Nun schwiegen alle. Die Hummeln summten, eine Wespe kroch übers weiße Tischtuch, und über den Bahndamm dröhnte ein Zug.

»Ob ich wohl Musik anstelle?« fragte Natascha.

Da erschien Olenka auf der Veranda. Sie machte mit der Hand geheimnisvolle Zeichen.

»Geh spielen, Häschen«, sagte ihre Mama zerstreut.

»Mama!« Der Blick des Mädchens war flehentlich. »Mama, darf ich das vom Stiegelitzchen aufsagen?«

»Tja, dafür ist eigentlich Onkel Tolja zuständig.« Die Mama

lächelte. »Schließlich ist er hier – der Dichter …« fügte sie dezent hinzu.

»Mama, bitte, darf ich? Onkel Tolja, darf ich? Onkel Serjoscha, darf ich?«

»Du darfst, du darfst«, gestattete die Mama großzügig, und alle setzten sich bequem zurecht.

Das Mädchen warf sich in Positur, legte die Hände an die Hosennaht und deklamierte laut:

»Das Gedicht vom Stiegelitzchen. Für Karlsson, der auf dem Dach wohnt.«

»Und es mit den Tauben treibt«, murmelte der Dichter kaum hörbar, doch alle warfen ihm einen strengen Blick zu.

*Stiegelitzchen, deinen Käfig*
*Säubern wir mit frohem Mut,*
*Legen Watte auf den Boden,*
*Das tut zarten Füßchen gut.*

*Stiegelitzchen, liebes tapfres,*
*Du bist unser bester Freund.*
*Alle Kinder sitzen täglich*
*Um dein Haus im Kreis vereint.*

REFRAIN:
*Stiegelitzchen, singst so frisch,*
*Fröhlich und sowje-etisch.*
*Es lauschen dir die Olenka,*
*Die Katja und die Kinderschar.*
*Stiegelitzchen, unser Freund,*
*Stiegelitzchen uns vereint,*
*Stiegelitzchen – wunderbar!*
*Das ist wirklich wahr.*

»Aus!« sagte das Mädchen.

Und wollte davonspringen, doch stürmisch aufbrandender Applaus hielt sie auf.

»Scharf! Das haut einen ja um! Oberscharf!« Der Dichter bog

sich vor Lachen. »Scharf bis dorthinaus!« Er war gerührt. »Und vor allem – unser Stiegelitzchen singt, wie wir gehört haben, sowjetisch! Ja? Stimmt doch, Olenka? Stimmt doch?«

»Tatsächlich, sehr interessant«, sagte der Offizier bewegt. »Hat direkt was Künstlerisches. Natascha, Sie sollten sie in eine Theatergruppe geben. Unbedingt sollten Sie das!«

»Sowieso ist sie kaum noch zu bändigen«, erwiderte Natascha streng. Sie war geschmeichelt. »In eine Ballettgruppe geht sie schon, und für Spanisch hat sie sich auch angemeldet.«

»Und vor allem – sowjetisch singt der Piepmatz! Stimmt doch? Ja, Olenka? Ja?« Der Dichter ließ nicht locker. »Wenn es nun aber kein sowjetisches Stiegelitzchen ist, sondern ein deutsches? Was dann, Olenka? Was dann?«

»Nein, es ist ein sowjetisches!« Die Augen des Mädchens füllten sich mit Tränen. »Es ist ein liebes Stiegelitzchen. Und du bist blöd! Und ihr seid alle betrunken!« schrie das Mädchen, riß sich los und sprang davon.

Natascha wurde rot. »Olenka will überhaupt nicht mehr folgen.«

»Macht doch nichts. Das gibt sich wieder. Sie wächst eben«, beschwichtigte der Offizier.

»Väter und Söhne. Die Akzeleration.« Der Dichter war belustigt. Und zitierte Klassisches: »Bekümmert blicke ich auf unsre Jugend ...«

Der Offizier wurde wütend. »Nun hören Sie doch mit diesen Faxen auf!«

Und der Doktor schwieg noch immer. Da aber zogen, wie es bei uns in Sibirien vorkommt, plötzlich Gewitterwolken heran, da riß der Blitz auf, grollte der Donner, und prasselnd begann es zu regnen.

Unvermittelt brauste der Regen herab, gezielt schlug der Regen zu. Die Sträucher neigten sich.

»Rasch! Jeder nimmt, was vor ihm steht!« befahl Natascha und stürzte ins Haus.

Lärmend und durchnäßt, fanden sich alle mit einemmal im Haus wieder, wo still die Wanduhr tickte, die Katze sich im

Plüschsessel räkelte, still und friedlich war es, in einem Kristall-väschen standen verdorrte Blumen.

»Das nennt man einen Fingerzeig Gottes.« Der Dichter schüttelte sich das Wasser aus den langen Locken.

»Wieso lassen Sie sich nicht die Haare scheren?« fragte der Offizier. »Machen wohl auf Hippie? Sowas, ist total mit Wolle zugewachsen, aber hält sich für einen gebildeten Menschen.«

Der Dichter sah belustigt drein. »Du strengst dich umsonst an. Ganz umsonst. Sie will weder von dir noch von mir was wissen.«

»Was soll das wieder heißen?« fragte der Offizier argwöhnisch.

»Obwohl, vielleicht auch nicht umsonst. Solche wie du, ihr seid immer Sieger. Kapiert? Nicht kapiert? Ach was, Schwager, wir trinken wohl lieber? Hoch die Gläser, hoch die Tassen, hoch die Liebe, tralalala!«

Der Offizier lief dunkelrot an, doch er trank.

»Olenka! Olenka!« rief währenddessen Natascha, die durch die Zimmer streifte.

Die Holzdielen knarrten.

»Wo hast du dich versteckt, kleiner Teufel?«

Mit einemmal stand sie vor dem Doktor. Der Doktor preßte die Stirn gegen das Fenster. Und hauchte auf die Scheibe. An der Außenseite liefen trübe Regenbäche herab.

»Serjoscha, was hast du?« flüsterte Natascha.

Der Doktor schwieg.

»Serjoscha, sag doch, was hast du?« rief Natascha.

»Laß mich in Ruhe, du gehst mir auf die Nerven«, sagte Serjoscha, ohne sich umzudrehen.

Natascha zündete sich eine Zigarette an.

»Olenka ist neuerdings derart garstig«, beklagte sie sich. »Läßt sich überhaupt nichts mehr sagen.«

Da aber erstrahlte die Sonne. Und die nasse Finsternis verzog sich. Die Tür ging auf, und auf der Schwelle erschien ein kleines, buckliges altes Weiblein.

Etwas Merkwürdiges, Gruseliges hatte diese Gestalt an sich. Ich schwörs! Ein kleines, buckliges altes Weiblein mit einem Stock, bis auf die Haut durchnäßt und in einen Bastsack gehüllt. Das Weiblein verneigte sich tief und sprach:

»Ich bin das alte Bettelweiblein. Gebt mir ein Kopekelein, gute Leute, dann weise ich euch den rechten Weg.«

Und plötzlich warf sie den Sack ab, brach in Lachen aus und rannte zu Natascha. »Mama, toll hab ich euch veräppelt, was? Mama, bitte, Mama, sag schon – toll, nicht? Ganz toll, nicht?«

Danach mußte Natascha heftig weinen, während der Offizier die Anweisung gab, das Mädchen mit einem Frotteehandtuch abzurubbeln, und auch zeigte, wie, während der Dichter Wodka um Wodka kippte und der Doktor schwieg und schwieg.

Und es war noch ziemlich hell.

Da in Schweden haben sie neulich wieder die Nobel-
preise vergeben für Malerei, und nicht erschienen ist
dabei einer der Preisträger, von dem ich den Nachnamen nicht sagen will, mit Vornamen jedenfalls
hieß er Witja.

Ganz lang haben sie auf ihn gewartet, die Dollarbündel in der Hand,
aber erschienen ist er trotzdem **Der Polarstern**
nicht. Weder dort noch hier, we-
der hier noch sonstwo – nirgends
ist er jemals wieder erschienen.
Und niemals hat irgendwer von
irgendwem noch irgendwas über
ihn gehört, weil er nämlich trotz
seiner Berühmtheit alleinstehend war, Junggeselle, und völlig
in seinem großartigen Werk aufging.

Zugetragen hat sich aber folgendes mit ihm. In jungen Jahren
hatte er in Sibirien gelebt, wo er Judo betrieben hat und sein
Studium an der Kunstschule.

Eines schönen Abends geht er auf der Hängebrücke über das
Katscha-Flüßchen heim in seine Wohnung, und auf der Brücke
kommt ihm ein ärmlich gekleideter Strolch entgegen. Wobei er
selber auch ziemlich bescheiden gekleidet war, hatte Stiefel aus
Ersatzleder an.

Der Strolch schaut haßerfüllt auf den armen, fast noch halb-
wüchsigen jungen Mann, weist auf seine abgeschabte Skizzen-
mappe und schnauzt ihn an:

»Los, zeig mal her, was du in der Schatulle drin hast, du Pfompf!«

Witja gibt ihm jedoch gar nichts drauf zur Antwort. Er schaut in dem Moment überwältigt zum einsamen Polarstern hoch, der vom Himmel aus der verirrten Menschheit den Weg weist. Eine Erleuchtung hat sich im innersten Herzen des zukünftigen Meisters breitgemacht, und er flüstert vor sich hin:

»Der Polarstern!«

»Zeig die Mappe her, du Misthuhn«, attackiert der Strolch ihn weiter. Aber der junge Mann hört immer noch nichts: Unaussprechliches Sehnen und süßer Schmerz erfüllt sein innerstes Herz. Ein überirdisches Sehnen und ein solcher Schmerz, wie sie nur dann das Herz eines Menschen zu Recht erfüllen, wenn er früher oder später den Nobelpreis bekommt. So daß er dem Strolch erneut nichts zur Antwort gibt.

Drauf zischt der Strolch wie eine Schlange und springt um den Maler herum. Der Maler aber schweigt und sieht ihn nicht.

»Gleich stech ich dich ab! Gleich würg ich dir eine rein!« schreit drauf der Strolch und hebt über dem zukünftigen Preisträger seine unbewaffnete, aber pudschwere Faust. Und bestimmt hätte er dem Kopf des Meisters jedweden Polarstern ausgetrieben, aber eine millionstel Sekunde vor dem Auftreffen der Faust auf Witjas Hirn schreckt Witja auf und will schon schreien, daß man das nicht darf – man darf nicht schlagen! darf nicht totschlagen! darf man nicht! darf man nicht! will er eigentlich rufen. Doch der Körper, tja, der fragt uns nicht. Unser Körper entscheidet selber. Eine millionstel Sekunde vor dem Faustschlag weicht Witja aus und versetzt mit eben seinem Kopf, mit eben seinem denkenden Hirn, dem Strolch einen grausigen Stoß gegen die Gurgel.

Worauf der Strolch umfiel, krampfhaft zuckte und liegenblieb, den leblosen Blick auf den Polarstern gerichtet. Es war ihm aber nicht vergönnt, den Polarstern mit seinem überirdischen Licht zu erblicken. Er fiel um, zuckte und blieb liegen, weil er nämlich tot war.

Oder totgeschlagen. Ich weiß nicht. Der Maler wußte es auch

nicht. Er sah auf die Leiche des ehemaligen Strolchs. Er zog den Kopf zwischen die Schultern und ging still von dannen, heim in seine Wohnung, den Winkel, den er bei einer alten tatarischen Oma gemietet hatte. Mitten unter den Lehmziegelhäusern und im Dreck, am Ufer des stinkenden Katscha-Flüßchens.

Bis weit nach Mitternacht malte er, und am Morgen des folgenden Tages wachte er auf und war äußerlich ein gelassener Mensch, erkundigte sich auch nie nach der Tragödie auf der Hängebrücke. Wozu auch? Solche irrwitzigen Fälle hat es in jenen weit zurückliegenden Jahren sehr viele gegeben, und Gerüchte noch viel mehr. Er wachte auf und war ein gelassener Mensch.

Direkt behaupten will ich das nicht, aber an dem Tag anscheinend begann sein schwindelerregender Aufstieg. Schon klar, daß das natürlich nicht gleich an dem Tag sichtbar war. Jedoch schloß er mit Auszeichnung die Kunstschule ab, jedoch ging es nun mit der Akademie der Künste los, jedoch kamen nun die Diplome, die roten Urkundenmappen, die Auszeichnungen, die dritten Plätze, die zweiten Plätze, die ersten Plätze.

Ja. Er war schon ein bißchen alt geworden, da machte er abends mal das Transistorradio an und hört – mit dem Nobelpreis ausgezeichnet hätten sie den Maler Witja aus der Sowjetunion. Er freut sich natürlich unheimlich und tritt hinaus auf den Balkon seiner Wohnung an einer Straße in Moskau. Tritt hinaus an die frische Luft, damit seine Freude sich wieder legt oder in anständige Bahnen geleitet wird.

»Hab doch auch ich was erreicht in diesem Leben«, sagt er sich bedächtig, und da auf einmal graust es ihn. Beklommen wird ihm und kalt, trotz des Juli-Wetters. Wieder hebt er den Kopf, und wieder erblickt er den Polarstern. Und wieder schaut der Polarstern unverwandt und kummervoll auf seine verirrte Erde. Und wieder krampft sich alles zusammen und tut weh.

»Was ist das? Was ist das?« flüstert der Maler. »Was ist das? Was ist das?« wiederholt er flüsternd und weicht strauchelnd zurück.

»Was ist das? Was ist das?« murmelt er unentwegt. Und dann murmelt er es nicht mehr. Weil er bereits still und schweigend ins Flugzeug gestiegen war und aus Moskau in eine Richtung flog, die Schweden völlig entgegengesetzt war, nämlich nach Sibirien.

Schweigend und still schritt er die Gangway herunter, und still und schweigend und weinend ging er rasch dorthin zur Hängebrücke. Er ging weinend, und die Tränen ließen ihm die Augen verschwimmen. Deshalb konnten seine Augen nichts sehen: weder die Neubauten, die wie Pilze aus dem Boden geschossen waren, noch die Gesichter, die von der Freude über unsere historische Epoche erleuchtet waren, noch unmittelbar die Freuden unserer Epoche selbst sahen die Augen des weinenden Menschen.

Aber dann waren die Tränen zu Ende, und er sah, daß es die Hängebrücke nicht mehr gab und an ihrer Stelle eine neue Brücke gebaut worden war, eine aus Stein.

Die Tränen waren zu Ende. Der Maler wurde kühl bis ans Herz. Ein Weilchen stand er da. Dann legte er seine schönen Kleider ab. Nackt verschnürte er sie zu einem Bündel und versenkte sie im Wasser. Nackt stieg er still in die trüben Fluten des stinkenden Flüßchens. Nackt stand er zitternd da und sagte ein Wort. Und das Wort war – bitte, lacht nicht! – das Wort war »Pfompf«.

»Pfompf« sagte still der Maler und schwamm los.

Ihn hatte – ganz zufällig natürlich – niemand gesehen, weshalb sie ihn dann auch nicht suchten. Seinen verunstalteten Körper fanden dann Fischer aus Turuchansk, aber was hatten die schon mit ihm zu schaffen.

Und wenn ihr fragt, woher ich dann alles weiß, geb ich euch darauf nichts zur Antwort. Ich sag euch was anderes: Niemand weiß irgendwas. Niemand weiß, wer tot ist, wer am Leben ist und wer noch nicht geboren ist. Niemand weiß irgendwas. Uns allen muß man vergeben. Ich mach keinen Spaß. Ich bin noch nicht verrückt.

In warmer Augustnacht saßen sie gleich neben dem Bad in der schwülen Küche an einem Tisch, den ein buntes Wachstuch deckte. Saßen sich vis-à-vis.

»Schauderhaft unbekannt sind die Wege des Herrn für den Menschen!« sagte Garigosow. »Schauderhaft! Heutzutage beutelt es die Leute derart, daß sie schon ihre Umrisse verloren haben, wie bei Vibration. Das ist doch, das ist doch – verstehst du? Das ist doch bitter! Furchtbar ist das! Hätte ich beispielsweise je gedacht, daß sie zu einem solchen Schritt fähig ist?« beklagte sich Garigosow, dessen Bildung von der lokalen Polytechnischen Hochschule stammte, bei seinem Freund Kankrin, dessen Bildung von derselben Hochschule stammte.

## Von Kater Katerowitsch

Worauf Kankrin konzentriert schwieg und schwieg, dann zog er die Nase hoch und entgegnete:

»Bin da absolut deiner Meinung, Bruderherz. Nimm doch nur mal, also, hier sogar, im vorliegenden konkreten Fall, beim vorliegenden Beispiel: Wir haben August, aber die stellen die Heizung an. Es ist heiß? Und wie. Schwül? Und wie. Weshalb? Einfach so. Ist es eben schwül, was solls. Dafür im Winter, nimm doch nur mal den Winter. Im Winter, Bruderherz, im Winter wirds furchtbar blasen und Schneeverwehungen geben, aber glaub bloß nicht, daß du von ihnen erwarten darfst, daß sie die

Heizung dann volle Pulle aufdrehen. Kannst dir aussuchen, was das ist: schlicht und einfach beschissene Mißwirtschaft, oder es ist, es ist generell – weiß der Teufel, was!«

»Ganz recht, wie du die Frage stellst!« pflichtete Garigosow bei. »Ganz recht, wenn auch übermäßig konkret. Begreif doch – und ich denke, du wirst das nicht sonderlich anzweifeln. Begreif doch: An vielem sind wir schließlich *selber* schuld. Klar? Weil nämlich vieles buchstäblich leicht zu beheben wäre, bloß darf man sich nicht beuteln lassen und darf nicht vibrieren, sondern muß sich zusammenreißen oder so, du verstehst. Man muß Herr sein, verstehst du – Herr über sein Schicksal, seine Familie, seine Arbeit und letzten Endes auch über sein Land! Verstehst du?«

»Also, dann schenk ich aber den Rest auch noch ein, ja?« sagte Kankrin.

»Mhm«, sagte Garigosow.

Und es plätscherte, es gluckerte in die grünen Gläschen der restliche weiße Wodka. Die Freunde tranken, ächzten, rochen jeder an seiner individuellen Schwarzbrotrinde und starrten einander aus lebhaften, glänzenden Augen an.

Schwiegen aber. Über diesem Schweigen, das nicht von Mangel, sondern von Überfluß herrührte, verging eine gewisse Spanne zwiefacher menschlicher Zeit. Bis sich in die tropfende Küchenstille neue Laute einschlichen: ein gewisses, vorsichtiges Zappzarapp, ein Rascheln und Scharren und sogar ein eindeutiges Kollern.

»Bist du das?« Garigosow schreckte auf. »Möchtest du was essen?«

»Nein, ich möchte nichts essen«, antwortete Kankrin angestrengt, denn er neigte gerade lauschend den Kopf zum Boden, in Richtung auf den Geschirrschrank, den bemerkenswerte Schnitzereien zierten.

»Sag ich doch«, lallte Garigosow plötzlich aus heiterem Himmel. »Sag ich doch, daß es längst mal an die Seele, ja, an die Seele denken müßte, dieses gebeutelte Individuum unserer historischen Epoche, dieser Mensch, der völlig die Umrisse verloren hat.«

»Ja«, sagte Kankrin.

»Auch die Epoche hat völlig die Umrisse verloren«, lamentierte Garigosow. Einem Menschen mit frischen Kräften wäre auf den ersten Blick klar gewesen, daß ihm einfach seine Portion gehörig in den Kopf gestiegen war und er auf einen Schlag blau war, wie das manchmal vorkommt in nächtlicher Stille bei intimem Kontakt mit feurigen Getränken.

»So ist das«, resümierte Garigosow.

Aber Kankrin hörte ihm gar nicht mehr zu. Kankrin richtete sich plötzlich auf mit einem Ruck, war mit einem Sprung beim geschnitzten Schrank und zog einen sich sträubenden, Widerstand leistenden Kater riesigen Ausmaßes darunter hervor. Am schrecklichen Fell des schuldbewußten Tieres standen die Haare zu Berge, seine Pupille war riesig und brannte in ungutem Glanz.

»Mit einer Tomate hat er gespielt!« petzte Kankrin erregt. »Verstehst du, der spielt unterm Schrank mit einer Tomate. Kater Wa-aska!« sang er. »Kater Wa-aska! Waska muß Dresche kriegen!«

»Ja ... äh ... Dresche hätte der verdient«, bestätigte Garigosow und knackte verächtlich mit den Fingern. »Nacht, Stille, wir unterhalten uns, und er ...«

Garigosow winkte bekümmert mit weichem Händchen ab.

»Ach Waska, Waska! Kater Waska!« Kankrin freute sich noch immer, aus unerfindlichen Gründen. »Kater Waska! Waska muß Dresche kriegen!« bekräftigte er unablässig.

Als der zermürbte Waska hörte, was für eine bittere Wende sein einsames Schicksal nahm, schloß er sogleich heroisch die gelben Augen und bereitete sich ergeben auf die Martern vor. Ich will das jetzt nicht kühn behaupten, offensichtlich wäre er aber durchaus bestraft worden, wenn auch nur leicht, aber vermöbelt hätten ihn die angeschickerten Freunde, wenn – ja, wenn sich nicht folgendes zugetragen hätte.

Es trug sich nämlich zu, daß auf der Küchenschwelle plötzlich die gestrenge Gestalt eines hochaufgeschossenen, krausköpfigen, schlanken Jungen erschien, der schwarze Satinunterhosen und ansonsten seine Pionieruniform anhatte, bestehend aus weißem Hemd und rotem Tuch. Eine Zeitlang schwieg das Kind und betrachtete eingehend die purpurroten Gesichter der vergnügten Zechkumpane. Dann räusperte es sich.

»Pawlik? Ja, grüß dich! Wieso schläfst du denn nicht, Bruderherz? Ich in deinem Alter, ich hab zu dieser Zeit immer geschlafen. Und auch noch mit Pioniertuch! Sieh mal einer an, was für eine wichtige Person zu nachtschlafender Zeit!« Kankrin freute sich gutmütig.

»Meinen Sohnemann haben sie nämlich vorgestern bei den Pionieren aufgenommen, darum kann er sich jetzt von den Reliquien nicht trennen«, erläutert der geschmeichelte Garigosow. Und kommandiert zum Spaß: »Los, los, allzeit bereit, Schlafenszeit, drum hepp! ins Bett, kleiner Depp!«

Da rief auf einmal der Junge, zu Kankrins Entsetzen, mit vor Anstrengung lautem Stimmchen:

»Hör auf zu schreien, Papa! Ich will gar nicht erst davon reden, daß ihr, Onkel Kankrin und du, mit eurem Verhalten unsere Mama aufwecken könntet, die immer so müde von der Arbeit kommt. Aber ich sag euch eins: Laßt euch bloß nicht einfallen, den Kater Waska zu verdreschen. Ich hab den Kater Waska lieb und werde dagegen ankämpfen. Ihr seid erwachsene Leute, seid aktiv am Aufbau unserer Zukunft beteiligt und solltet wissen, daß man das nicht darf! Man darf nicht moralisch die Orientierung verlieren! Man darf nicht einen Kater schlagen, ein Kaninchen treten und Steine werfen auf einen Vogel!«

Und voller Würde riß er Kankrin den Kater aus den Händen.

»So, so … Solche Töne also schlägst du jetzt an?« Garigosow erbleichte. »Solche Töne schlägst du jetzt an? Das darf man nicht? Aber einen Menschen quälen darf man?«

Nun sprang Garigosow ebenfalls auf und ließ einen Hagel unanständiger Flüche auf das Kind niederprasseln, worauf der Pionier voller Würde nichts erwiderte, sondern nur weiterhin stolz, kühn und ehrlich dreinblickte und den Kater an Herz und Pioniertuch drückte.

Eine malerische Skulpturengruppe, zu der sie da erstarrt waren!

Und wer weiß, wie es noch geendet hätte, doch plötzlich knarrten die Dielenbretter, und eine verschlafene, rundliche, vergnügte Frau mittleren Alters kam im Nachthemd in die Küche gestürmt. Sie kniff die Augen zu vor dem grellen Licht und musterte kurzsichtig die Anwesenden.

»Was macht ihr denn mitten in der Nacht für einen Lärm, Genossen?« sagte sie in singendem Tonfall. »Pawlik! Marsch ins Bett, du Strolch, dich will ich hier nicht mehr sehen! Und du, Jegor«, wandte sie sich an Kankrin, »du bist im Unrecht, weil du hier Aufregungen verursachst. Daß ihr ein Fläschchen getrunken habt, dagegen hab ich gar nichts, aber du solltest keine Aufregungen verursachen, weil du dadurch Andrej aufregst und dich selber auch. Du als sein *Freund* dürftest dich wohl kaum darüber freuen, wenn er wieder ins Irrenhaus kommt?«

»Sie wollten den Kater verdreschen«, teilte der Junge mit.

»Den Ka-ter? Ihr habt ja wohl einen Stich!« Die Frau mußte lachen. »Also, diesmal stecken sie euch bestimmt alle beide in die Klapsmühle. Außerdem, Andrej! Lieber Andrej! Du weißt doch noch, was du Pawlik und mir versprochen hast? Weißt dus noch? Nicht zu trin-ken!«

»Hör mal, was machst du hier eigentlich für Zoff?« sagte Garigosow feindselig. »In was für eine Klapsmühle? Die Klapsmühle, die laß du mal aus dem Spiel, ich weiß, wozu du meine Klapsmühle brauchst! Überhaupt hat der Doktor Zarkow-Kolomenski gesagt, ich müßte mit der Trinkerei kürzer treten, und nicht – schlagartig damit aufhören. Wir hatten jeder ein Fläschchen, und die haben wir getrunken. Und den Kater verdreschen wir trotzdem, weil er mit einer Tomate gespielt hat. Vermöbeln werd ich auch Pawlik, weil man so nicht mit dem eigenen Vater reden darf. Und dir hau ich die Hucke voll, weil du dich, während ich im Krankenhaus lag, mit dem Kellner vom Restaurant ›Norden‹ eingelassen hast. Sag nur, das sei nicht wahr!«

»Natürlich nicht!« Die Frau war ehrlich anderer Meinung. »Serjoscha ist einfach ein Bekannter von mir. Im übrigen ein verheirateter Mann. Pawlik hat dich lieb. Und der Kater? Wieso wollt ihr den Kater verdreschen?« wunderte sich die Frau. »Gibt doch absolut keinen Grund, ihn zu verdreschen! Kommt, wir binden ihm lieber ein schönes rotes Bändchen um den Hals und tanzen alle um ihn herum einen fröhlichen Ringelreihen!«

Garigosow und Kankrin erstarrten offenen Mundes.

»Mama, toll!« Der Junge war begeistert. »Anscheinend hast du mit deinem – Onkel Serjoscha auch zwei, drei Gläschen gekippt!«

»Klappe!« sagte die Mama streng und zugleich ernsthaft, denn in diesem Augenblick staffierte sie bereits geschickt Waska mit dem bereits erwähnten Kostüm aus. Der Kater fauchte, doch mit einem Tellerchen Milch bestochen, machte er sich dran, geschickt diese Milch zu schlabbern.

Und sie faßten sich alle bei der Hand und drehten sich zu nachtschlafender Zeit in der stillen Küche um das sich sättigende Tier im Kreis. Die Mama stimmte an:

»Wir singen, wir singen das Lied von Kater Katerowitsch ...«

»Das Lied von Kater Katerowitsch, Kater Katerowitsch«, echoten Garigosow, Kankrin und der Vertreter der kommenden Generation.

So tanzten sie still zu nachtschlafender Zeit in der stillen Küche um das sich sättigende Tier ihren Ringelreihen, diese stillen Menschen eines riesigen Landes. Es war ihnen öd, es war ihnen schwül, es war ihnen wohl, sie waren vergnügt. Kankrin schwang gewagt das Knie. Garigosow stampfte mit den Füßchen.

»Nun sag mal ehrlich, du Aas! Hast du nun mit dem Kellner geschlafen oder nicht?«

»Still!« sagte der Junge. »Still, sonst klopfen die Nachbarn von unten mit dem Schrubber.«

»Denen werden wirs ...« sagte Garigosow.

Es war Nacht, und es erloschen auf der Straße die Laternen. Garigosow begleitete stolpernd Kankrin durch den dunklen Hausgang.

»Wie öd, Bruderherz, wie öd!« flüsterte er heiser. »Wirklich Bruderherz, wie öd! Wozu haben wir bloß mal studiert?«

Aber Kankrin war nicht seiner Meinung und führte in seinen Widerreden eine Vielzahl wohlbegründeter Beispiele an.

Es lebte einmal auf der weiten Welt eine stille, behinderte Frau, und mit ihr lebte auf der weiten Welt ein schlagkräftiger Trommler aus einer Trauermusikkapelle.

Die Frau war mit ihrem Ehemann in der Stadt Karaganda in der Kasachischen Sowjetrepublik wohnhaft gewesen und mit dem Linienbus zur Arbeit gefahren. Und da war auf einem Bahnübergang im Bus der Motor abgesoffen, der Zug aber war schon viel zu nah.

## Der Trommler und seine Frau, die Trommlerin

So raste der Zug in den Bus, machte Kleinholz draus und Eisenschrott. Und die Trommlerin flog hinaus aus dem Bus.

Bei diesem Flug wurde ihr von einem eisenbeschlagenen Stiefel der Schädel eingeschlagen, die Knochen standen heraus, woraufhin sie immerzu irgendwas murmelte, murmelte, murmelte und außerdem nur ein einziges Buch las. Nämlich »Die Bergbewohnerin« von Rassul Gamsatow, wo dieser die neuen Beziehungen zwischen den Menschen in der Republik Dagestan beschreibt und den Kampf um die weibliche Gleichberechtigung dieser Menschen.

Das Buch hatte sie unmittelbar nach der Verwundung am Krankenhauskiosk gekauft. Und trennte sich nie mehr wieder davon. Nach dem Unglück hatten sich viele von der Frau abgewandt, und der erste war ihr eigener Ehemann gewesen.

Der Trommler aber hatte sein Leben lang getrommelt. Er hatte schon an der Front die Trommel geschlagen, und nach dem Krieg hatte er auch die Trommel geschlagen. Er trank heftig. Er trank, trank, trank und trieb es so weit, daß er in einer Trauermusikkapelle landete, wo er hinterm Sarg herging bei Bestattungen mit Musik.

Von ihm wandten sich daraufhin auch viele ab.

Eben damals hatten er und die Frau sich zusammengetan und lebten von nun an in der Sassuchin-Straße in einer Behelfsbaracke.

Winters zog es in der Behelfsbaracke, doch lichterloh brannte der Ofen. Sommers aber blühte bei ihnen im Gärtchen der Faulbaum, und man hatte frische Luft. Der Trommler freilich trank und trank, und die Frau murmelte immerzu.

Eine schöne Frau war sie – schwarzhaarig, schlank.

Der Trommler aber studierte außer dem Trommelspiel auch noch das Problem der Festigkeit der ihn umgebenden Gegenstände. Es bereitete ihm heftigen Kummer, daß es auf der Welt keine festen Gegenstände gibt. Und daß sich, wenn es mal scheinbar einen festen Gegenstand gibt, bestimmt noch ein festerer Gegenstand findet, der den ersten Gegenstand zerstören kann.

»Wenn dem nicht so wäre, wäre dir ja der Kopf nicht von dem eisenbeschlagenen Stiefel kaputtgehauen worden«, sagte er oft zur Trommlerin.

Und die gab ihm recht.

In Anbetracht seiner erfolglosen Suche nach Sinn und Zweck der Festigkeit trank der Trommler mehr und mehr, immerzu. Und einstens vergriff er sich aus lauter Verzweiflung am Allerheiligsten: Er kletterte auf die Trommel und hüpfte darauf. Zum Ausprobieren.

Die Frau aber saß auf dem Bett.

Sie saß still auf dem Bett und las ihr Lieblingsbuch. Leise tickte die Wanduhr. Die Holzwände der Behelfsbaracke waren sorgfältig geweißelt. In der Ecke hing das Handwaschfäßchen und stand der Abwassereimer. Auf dem Boden lagen Matten.

Der Trommler aber hüpfte und hüpfte, dabei war er recht klein und recht dick. Er hüpfte, hüpfte und riß die Trommel mittendurch – seinen Broterwerb, seinen Lebensunterhalt.

Er war darüber sehr betrübt und tat nun etwas, das sich nicht gehört. Er machte nun der Trommlerin Vorwürfe, sie hätte ihm sein Leben ruiniert.

»Wenn du nicht gewesen wärst, dumme Gans, würde ich jetzt im Bolschoi-Theater in Moskau spielen. Ich könnte dich verprügeln.«

Die stille Frau bekam einen großen Schreck. Weil sie schon lange zusammenlebten und er noch nie so geredet hatte mit ihr. Sie nahm ihr Buch und rannte nach draußen.

Draußen aber war es Nacht und brannten schwach die Straßenlaternen, so daß man nur aus heftiger Verzweiflung hinauslaufen konnte.

Der Trommler sah das ein, und er schämte sich sehr. Er ging daraufhin zur Wasserpumpe, wobei er selber dicht behaart war.

Er zog sich aus, übergoß sich mit kaltem Wasser, kehrte ins Haus zurück und schlitzte das Federbett auf.

Mit seinem ganzen Leib wälzte er sich in den Federn und ging dann die Trommlerin suchen.

Er fand sie unterm Haus, in der Spalte zwischen Fußboden und Erde. Sie zitterte vor Angst und blickte aus dem Finstern ins Finstere.

»Was fürchtest du dich denn, dumme Gans?« sagte der gefederte Trommler. »Fürchte dich nicht.«

Die Trommlerin schwieg.

»Fürchte dich nicht, Herzblattchen«, sagte der Trommler, der schlagkräftig war. »Ich habe mich nicht mit Teer beschmiert, ich habe mich auch nicht mit Honig beschmiert. Ich habe mich mit Wasser übergossen, und es wird dir leichtfallen, mich sauberzuwaschen. Möchtest du mich sauberwaschen?«

»Ja, möchte ich«, antwortete die Frau. Sie kroch unterm Haus vor und murmelte: »Ich möchte, möchte, möchte …«

So kehrten sie ins Haus zurück. Der Trommler umarmte die Trommlerin. Sie machte in einem großen Behälter Wasser heiß.

Goß das Wasser in einen Zuber und wusch nun den Trommler sauber.

Er aber saß im Zuber und machte mit dem Mund Seifenblasen, damit die Trommlerin nicht weinte, sondern lachte.

Onkel Wassja Fetissow hatte paar Tage hintereinander an einem Eilauftrag gearbeitet, und wie er heimkommt, um sich auszuruhen, muß er entdecken, daß die liebe Gattin ihm seine Siebensachen vor die Tür gesetzt hat und ihm persönlich, Fetissow senior, anempfiehlt, er möge sich ein für allemal schleichen.

»Das hat sie von der Schwiegermutter. Da hängt sie ja auch zum Fenster raus, das Aas, aber wer das neben ihr ist, mit dem Schnurrbart, das weiß ich nicht«, sagte Onkel Wassja.

## Zwei verdorrte Finger von fünf ehemaligen

»Das ist, als Ersatz für dich, bei deiner Manka der neue Prätendent«, sagte Fetissows ganz zufällig danebenstehender Nachbar namens Schorkin, ein Arbeiter aus dem Mähdrescherwerk, der gestattete, daß Fetissow seine vor die Tür gesetzten Siebensachen ihm zur Aufbewahrung gab.

»Weiß ich nicht, weiß ich nicht, überhaupt weiß ich gar nichts«, erwiderte Onkel Wassja und ging seines Wegs und schaffte weiter an der Erledigung des Eilauftrags.

Onkel Wassja war Zimmermann. Zusammen mit anderen Werktätigen baute er auf unbebautem Gelände einen neuen Zirkus zum Ersatz für den alten. Onkel Wassja verstand was von seinem Fach. Er hatte paar Tage hintereinander an einem Eilauftrag gearbeitet, war dann heimgekommen, um sich auszuruhen, und muß entdecken, daß die Frau ihm seine Siebensachen vor die Tür gesetzt hat.

Dabei sah Fetissow persönlich nicht gerade nach was Besonderem aus, doch war er ein handfestes Mannsbild, kräftig, breitschultrig und pockennarbig, und verdienen tat er auch nicht schlecht, 105 Rubel im Monat garantiert, und wenn er Glück hatte, kam er mit Prämien bis auf hundertachtzig.

Womöglich war Manka ja in plötzlicher Liebe zu dem Prätendenten entflammt, was durchaus möglich ist, wenn man bedenkt, daß letzterer einen großen schwarzen Schnurrbart besaß.

Womöglich besaß er ja auch mehr Geld als Onkel Wassja? Nicht ausgeschlossen. Nicht mal das ist ausgeschlossen, daß er irgendwo Abteilungsleiter war und ledig und Manka nun heiraten wollte, betört von ihrer schlichten Schönheit und natürlichen Grazie.

So kehrte Onkel Wassja eben auf die Zirkusbaustelle zurück und arbeitete weiter an der Metallkreissäge.

In einem Lärchenklotz aber steckte ein kräftiger Ast, den Onkel Wassja nicht bemerkte vor Kurzsichtigkeit und Kummer.

Die Kreissäge traf auf den Ast und zermalmte ihn mit Gekreisch.

Es ruckte der Klotz, es ruckte Onkel Wassjas Hand, und empor schoß eine Blutfontäne, denn die Kreissäge hatte Onkel Wassja drei Finger abgerissen: den Daumen, den Zeigefinger und den kleinen Finger der rechten Hand.

Onkel Wassja ging in die Knie und wollte im Staub wühlen, aber die Kreissäge wurde abgeschaltet und Onkel Wassja hochgehoben und in ärztliche Behandlung gegeben.

Die Behandlung dauerte den halben Mai, den Juni, den Juli, den August, den September sowie zwanzig Tage im Oktober, wonach Onkel Wassja am 21. Oktober überraschend in der Zimmermannswerkstatt des noch nicht fertiggebauten Zirkus erschien.

Alle Werktätigen umringten ihn einträchtig, er aber brach in Tränen aus und ging erneut in die Knie.

Einige glaubten schon, der Verunfallte habe endgültig den Verstand verloren, womit sie sich jedoch auch diesmal gewaltig irrten. Auf Knien unter der Kreissäge rutschend, gelang es Onkel Wassja, in dem Staub und den uralten Sägespänen zwei von seinen drei abgerissenen Fingern zu finden, den kleinen Finger und den Daumen.

Onkel Wassja drückte die gefundenen Finger gegen seine Brust und schien der glücklichste Mensch der Welt zu sein. Die Finger waren verdorrt, gräulich schwarz. Völlig ausgedorrt waren sie, dennoch konnte man erkennen, daß es echte ehemalige Finger waren.

Die jungen Menschen waren erschüttert von dieser Szene, der dramatischen Wiederbegegnung des alten Arbeiters mit seinen Fingern, und sie schworen, daß sie im Falle eines Wiederfindens des verdorrten Zeigefingers von Onkel Wassjas rechter Hand diesen umgehend seinem rechtmäßigen Besitzer übereignen würden.

Nun bekam Onkel Wassja sämtliche ihm aufgrund der Krankschreibung wegen des erlittenen Betriebsunfalls zustehenden Gelder in Höhe von hundert Prozent seines Arbeitslohns ausbezahlt, worauf er in der Zimmermannswerkstatt auf der Zirkusbaustelle kündigte. Hätte doch der Ärmste die ihm aufgetragene Arbeit nicht mehr mit der früheren Akkuratesse erledigen können.

Nach der Kündigung war er im übrigen gar nicht schlecht gestellt. Er fand nämlich eine Stelle als Nachtwächter im Café »Altrußland« unweit des Kolchosmarkts. Dienst jeden zweiten Tag. Einen Tag hat er Dienst, einen Tag keinen. Abends um acht tritt er an. 6o Rubel Lohn bekommt er, und das ohne alle Abzüge – infolge der minimalen Einkommenshöhe.

Nach der abendlichen Schließung von Cafés und Geschäften, also ab elf Uhr nachts, treibt Onkel Wassja heimlich mit seinem eigenen Wodka Handel, den er tags im Geschäft erworben hat und den er zum festen Preis von 5 Rubel pro Flasche verkauft. *

Pro Abend bringt das Onkel Wassja einen Reingewinn von 20 bis

* Die Handlung spielt vor über 20 Jahren! (Anm. Jewgeni Popow)

40 Rubel. Manchmal ist weit nach Mitternacht noch nicht der gastliche Lichtschein im Fenster des Zimmerchens erloschen, wo Onkel Wassja nächtigt. Und wacht.

Doch damit nicht genug. Onkel Wassja ist ein Mann der Arbeit, von klein auf ans Arbeiten gewöhnt, darum kann er die anderthalb Tage zwischen zwei Nachtwachen nicht einfach müßig und ungenutzt verstreichen lassen.

So hat Onkel Wassja gelernt, Lutscher zu fertigen, Zuckerhähne mit Stiel. Dies erwies sich als sehr einfach. Man bringe auf dem Herd Zucker zum Schmelzen, gebe Speisefarbstoff unterschiedlichster Tönung bei – rot, blau oder indigo – und gieße das Ganze in eine Hahnenform, in der bereits ein eigens zugeschnittenes Stielchen aus Kiefernholz steckt.

Zuckerhähne fertigt Onkel Wassja tags wie auch nachts, wenn er gerade Zeit hat, verkaufen tut er sie jedoch nur tags, in der Gegend vom Kolchosmarkt. 15 Kopeken kosten die Hähne pro Stück, manchmal auch 20.

Seine ehemalige Frau ist Onkel Wassja völlig aus dem Gedächtnis entschwunden, er kennt sie nicht mehr und denkt nicht mehr an sie. Und mag auch nicht, wenn irgendwer sie irgendwie erwähnt. Er hat sich von ihr scheiden lassen für 90 Rubel.

Soll sie doch machen, was sie will – mit ihrer Mutter und ihrem Abteilungsleiter mit dem schwarzen Schnurrbart.

Womöglich ist sie ja schon tot?

Dies interessiert Onkel Wassja überhaupt nicht, denn er hat jetzt eine neue Lebensgefährtin. Höchst patentes Weibchen, bißchen älter als er, Jahrgang 1927.

Sie ist fast mittelgroß. Hat schwarze Brauen, einen üppigen Busen, Flaum über der Oberlippe, hübsche Grübchen und ein Wärzchen rechts vom rechten Auge.

Von Berufs wegen macht sie die blauen Stempel auf das von dörflichen Kolchosbauern zum Kolchosmarkt gebrachte Frischfleisch.

Onkel Wassja hat sie nicht etwa bei der Ausübung ihrer dienstlichen Pflichten kennengelernt, denn Onkel Wassja ist kein Kolchosbauer und hat kein Fleisch zu verkaufen.

Auch nicht im Verlauf von Onkel Wassjas Handel mit Lutschern ist er ihr begegnet, denn seine neue Lebensgefährtin macht sich nichts aus Zuckerhähnen. Sie liebt Onkel Wassja persönlich und durchaus nicht die von ihm gefertigten Hähne.

Gefunden haben sich die beiden im Restaurant Jenissej, eines Sonntags, als Onkel Wassja der Schlagermusik lauschte und bescheiden sein mit eigenen, wenn auch verstümmelten Händen erarbeitetes Geld verjubelte.

Sie war allein an einem Tischchen gesessen. Onkel Wassja war schüchtern hinzugetreten und hatte sie zu einem Glas perlenden Schaumweins eingeladen. Danach tanzten sie.

Dumme Manka! Dumme ehemalige Gattin von Onkel Wassja! Glücklich wäre sie geworden mit Onkel Wassja wie mit einem Prinzen aus Übersee! Sie hätte bloß für Onkel Wassjas offenes Gemüt Verständnis haben müssen, dann hätte er sie auf Händen getragen. Nun aber hat er sie völlig vergessen und trägt seine neue Bekannte auf Händen.

So ist es Onkel Wassja Fetissow also einst ergangen. So hat sich sein Leben gemacht. Er ist zu seiner Lebensgefährtin gezogen und wohnt nun in ihrem Holzhaus unweit der Ziegelei. In seinem neuen Heim gibt es, was das Herz begehrt. Er hat alles. Und was er alles hat. Er hat einen Fernseher mit Bildschirm 50 auf 80. Seine Bekannte ist die reinste Augenweide. Er hat alles.

Bemerkenswert ist jedoch, daß Onkel Wassja die im Staub unter der Kreissäge gefundenen Finger höher schätzt als alle Reichtümer, die er besitzt.

Onkel Wassja bewahrt die Finger in einer eigens versperrten Schatulle auf, und an hohen Feiertagen betrachtet er sie wohlgefällig. Leicht überschattet wird sein wolkenloses Dasein lediglich vom unwiederbringlichen Verlust des Zeigefingers.

Er bittet die jungen Leute inständig, den Finger wiederzufinden, und hat ihnen sogar eine ansehnliche Belohnung in Aussicht gestellt.

Er kommt oft in seine ehemalige Zimmermannswerkstatt auf der Zirkusbaustelle, bittet und bettelt und schaut unter die Hobelbänke und in die Ecken.

Die jungen Zimmerleute würden ihrerseits ja gerne ihrem ehemaligen älteren Kollegen behilflich sein, denn nach wie vor genießt er Achtung in ihren Herzen, zum größten Bedauern aller ist der Finger jedoch verschwunden und besteht absolut keine Möglichkeit, ihn wiederzufinden.

Natürlich wäre es durchaus möglich, daß der Finger aus Unachtsamkeit weggefegt wurde, noch vor jenem Tag, als Onkel Wassja von der Behandlung zurückgekehrt und in die Knie gegangen war und seine zwei verdorrten Finger von den fünf ehemaligen gefunden hatte. So ist es wohl auch. Einige sagen aber, das könne nicht sein, denn der Staub in der Werkstatt werde niemals weggeputzt. Lügen die nun – oder nicht? Was weiß ich. Höchstwahrscheinlich haben auch sie recht. Immer haben alle recht. Jedenfalls, wenn ich ehrlich sein soll, stimmt da was nicht. Irgendwas stimmt da nicht in dieser auf den ersten Blick doch recht schlichten Geschichte. Irgendwas stimmt da nicht.

# Homo futurus

Jedermann dürfte klar sein, was für ein wichtiges Ereignis es im Leben der Werktätigen unserer großen Stadt gewesen ist, als auf dem Flughafen der ruhmreiche Sohn des suarischen Volkes, Genosse Mandevil Machur, begrüßt wurde, welcher nach einem Flug über die Wüsteneien der Gobi und die buddhistischen Klöster Mongoliens und Burjatiens inmitten des tannengrünen Taigameeres niederging und plangemäß auf dem Flugplatz unserer großen Stadt zu landen kam, um für seinen glücklichen Weiterflug über Moskau nach Köln

**Flugzeug nach Köln**

Kerosin zu tanken und auch um selbst ein bißchen was zu sich zu nehmen, ein bißchen von dieser schmackhaften sibirischen Fischsuppe zu kosten, die mit Taimen aus dem Jenissej und Sterlet aus der Angara bereitet wird. Jedermann dürfte klar sein, was für eine Freude es für uns alle gewesen ist, ihn die Gangway herabsteigen zu sehen, den großen, braungebrannten, beherzten Mann in der paramilitärischen Uniform, das Gesicht durchfurcht von tiefen Narben, die er sich in Suariens lang andauerndem Befreiungskampf gegen das Joch von Neokolonialisten und anderen dunklen Mächten der Vergangenheit zugezogen hatte, eines Kampfes, in dessen Verlauf das leidgeprüfte Land sechsmal seinen Namen wechselte, und erst unlängst hatte es unter dem Banner von FREIHEIT und DEMOKRATIE völlige und endgültige

Unabhängigkeit erlangt, kühn die Ketten der ausländischen Monopole und des Großkapitals sprengend und geführt nun höchstpersönlich von dem Genossen Mandevil Machur.

Schon setzten die feierlichen Soldatentrompeten an zu ihrem Lied und zupften die jungen Pioniere, leicht nervös, an ihren roten Treibhaussträußen die Blumen zurecht, schon forderte die Miliz die Menschenmenge auf, nicht zu drängeln, und wollte ein Knirps an der Hand seiner Mutter seinen grünen Luftballon in den blauen Himmel steigen lassen, als plötzlich Tutaryschew, der einen Porzellanteller mit gewaltigem sibirischen Brotlaib und geschnitztem Salzfäßchen ungelenk in seinen Wildlederhandschuhen hielt, den Instrukteur Kudrjasch fragte:

»Wo ist eigentlich Kosoresow? Warum ist Kosoresow nicht da?«

»Vorgesetzte kommen nicht zu spät, sie werden aufgehalten«, scherzte Kudrjasch delikat und blies sich auf die klammen Hände.

»Schweinerei!« sagte Tutaryschew und schritt, ein breites, echt russisches Lächeln auf dem Gesicht, dem berühmten Gast entgegen.

Jedermann dürfte klar sein … Und klar sein dürfte jedermann auch, was für bitteren Verdruß es dem Genossen Kosoresow bereitete, als sie, kaum daß sich der schwarze Wolga vor ihrem grauen Gebäude in Bewegung gesetzt hatte, ein Zack, Batz, Bumm hörten. Das Auto bockte, sackte ab, schlingerte, und seine Windschutzscheibe zersplitterte behend, übersäte in winzigen Würfelchen das gesamte Asphaltpflaster, welches mit einem dünnen Film kleinkörnigen, frisch gefallenen Schnees bedeckt war. Der Fahrer wischte sich mit dem Taschentuch über die blutende Stirn. Kosoresow hatte davor gerade überlegt, daß Lena sich in der letzten Zeit eigentlich fast zuviel herausnimmt, dann noch diese Geschichte mit den französischen Strumpfhosen, die er in Moskau für seine Frau gekauft hatte – eine Kleinigkeit, gewiß, aber ob da nicht so was wie Erpressung dahintersteckt, vielleicht sogar von GANZ OBEN, eindeutig, da ist was nicht geheuer, hatte Kosoresow überlegt, als plötzlich – Zack,

Batz, Bumm, und der Fahrer wischte sich mit dem Taschentuch über die blutende Stirn.

»Schaffen wir es noch?« war das einzige, was Gen. Kosoresow aus dem Fond des Wagens fragte.

»Von wegen, Scheibenkleister, so eine Riesen ...« zischte der Fahrer zwischen den verletzten Lippen hervor. »Miststücker, daß die den Schnee nicht räumen können, bis zur Achse sitzt das Rad fest, ich hätt doch sonst gesehen ...«

»Na, wirst schon zurechtkommen hier«, sagte Kosoresow und verließ den Wagen.

Er trabte zurück zum grauen Gebäude, aber kein einziges Auto stand mehr zur Verfügung.

»Und den Bereitschaftswagen hat sich die Presse geschnappt. Hätt ich das gewußt, hätt ich das gewußt!« sagte eins ums andre Mal der Chef des Wagenparks, ohne Kosoresow in die Augen zu blicken.

»Aber wie ist sowas möglich? Aber wie, frage ich dich, ist sowas möglich?« Kosoresow war auf hundertachtzig. »Ich frage dich: Wie ist sowas möglich?«

Der Chef des Wagenparks schwieg. Kosoresow aber stürzte in sein Büro und setzte mit zornbebender Hand die Wählscheibe des weißen Telefons in Bewegung.

»Hier Kosoresow«, sprach er in den Hörer. »Ich wollte dich fragen, wann bei dir, verstehst du, endlich Ordnung einkehrt?«

»Was für Ordnung, wieso?« erkundigte sich unschuldig der unsichtbare Petja Dworkin am anderen Ende der Leitung.

»Halt den Mund, verstehst du!« brüllte Kosoresow. »Spiel hier nicht die gekränkte Unschuld, verstehst du! Den Schnee läßt er nicht von der Straße räumen und genausowenig die Hubbel und Schlaglöcher reparieren, verstehst du! Willst wohl vor Gericht kommen?«

»Hat es denn geschneit?« fragte Petja. Doch zur Antwort schnaufte Kosoresow so tief und schwer, daß ...

»Ich werde ... Ich werde selbst ...« stammelte Petja. »Ich selbst werde nach dem Rechten ... ich werde alles ...«

»Du! Du!« äffte Kosoresow ihn nach, schickte einen saftigen Fluch, auch noch mit Reim, hinterdrein und legte augenblicklich auf. Schloß die Augen und schob sich ein Validol in den Mund.

Petja dagegen lauschte dem wenigen noch verbliebenen, schrecklichen Tuten und wählte umgehend die Nummer von Skornjakow.

»Folgendes, Skornjakow«, sagte Petja leise. »Du willst wohl dein Parteibuch auf den Tisch legen?«

»Nicht du hast mirs gegeben, nicht du wirst mirs nehmen«, parierte automatisch Skornjakow, vor dem seit gut einer halben Stunde schon zwei wechselseitige Beschuldiger standen, der Schlosser Jeprew und der Sanitärinstallateur Schenopin, die sich gegenseitig vorwarfen, jeder hätte dem anderen die Fresse poliert.

»Wie bitte?!« brüllte Petja. »Unverschämt wirst du auch noch? Weißt du auch, daß mich deinetwegen gerade Kosoresow angerufen hat?«

Skornjakow war nicht wenig erschrocken. »Was ist los, sag schon!«

»Das ist los: Hat es nicht geschneit? Hat es das oder hat es das nicht?«

»Na ja, hat es wohl …«

»Nicht ›hat es wohl‹, sondern natürlich hat es das.«

»Na ja, nehmen wir an, es hat tatsächlich geschneit. Und?«

»Und wenn wir das annehmen, warum wird der Schnee dann nicht geräumt?«

»Wieso ›nicht geräumt‹? Er wird doch geräumt.«

»Wird er das?«

»Das wird er!«

»Und ich sag dir – nicht die Bohne wird er geräumt!«

»Warum?«

»Da fragt dieser unverschämte Kerl auch noch mich, warum!« stöhnte Petja und warf den Hörer auf. Während Skornjakow ob soviel unerwarteter Betrübnis sogar die Augen zukniff.

»Also, was ist, was für Maßnahmen ergreifen Sie gegen diesen

Faschisten?« fragte Jeprew und deutete mit gelbem Fingernagel auf den zerzausten Schenopin.

»Merken Sie sich diesen Ausdruck, Genosse Skornjakow, merken Sie ihn sich mit aller Objektivität«, ließ Schenopin niedergeschlagen verlauten. »Wenn er mir schon in Ihrem Beisein ungeniert ein derart unverschämtes politisches Etikett verpaßt, können Sie sich vorstellen, wie er in alltäglicher Umgebung über die Stränge schlägt.«

»Macht, daß ihr rauskommt, und zwar beide!« blaffte da Skornjakow.

Die Freunde retirierten zur Tür, dabei blickten sie ihn mit unverhohlener Begeisterung an.

»Unsereiner ist doch auch wer«, wollte Schenopin noch greinen. Aber Jeprew knuffte ihn in die Seite.

»Raus! Raus! Hast doch gehört«, zischelte er. »Siehst doch, hier wird ein wichtiges Problem gelöst. Rindvieh …«

Und sie zogen ab. Skornjakow griff sich an den Kopf.

Opa Wanja Pustowoitow dagegen saß still und bekümmert und klein wie ein Spatz hinter seinem abgewetzten Schreibtisch und betrachtete gramerfüllt das direkt vor seiner Nase befindliche Kristalltintenfaß. Opa Wanja überlegte, daß dieses Tintenfaß eigentlich längst hätte weggeräumt gehört, weil nämlich alle Sowjetbürger und so auch er, Opa Wanja, längst mit Kugelschreibern schrieben. Dem Alten war klar, daß Tinte viel schlechter war als Kugelschreiberpaste, da sich in Tinte immer Käferchen ansammelten und die Feder das Papier aufriß. Zugleich mußte er, als ehrlicher und objektiver Mensch, jedoch zugeben und mußte auch darüber nachdenken, daß die Kugelschreiberpaste früher viel besser gewesen und heute viel schlechter geworden war.

»Da kauft man sich eine neue Mine«, murmelte Opa Wanja, »und von vornherein schreibt sie nicht. So daß es vielleicht sogar sinnvoll ist, dieses Kristalltintenfaß auf dem Schreibtisch zu behalten. Womöglich wird die Kugelschreiberpaste einmal ganz schlecht, dann kann man sich frische violette Tinte ins Tintenfaß gießen lassen, kann das Stahlfederchen eintauchen und irgendwo schön seine Unterschrift druntersetzen. Mit den Käferchen muß man einfach besser aufpassen«, sagte Opa Wanja.

Und wollte zu diesem Gedanken die linke Schreibtischtür aufmachen und ein Schlückchen aus der vorsorglich bereitgehaltenen Halbliterflasche nehmen, da klingelte völlig zur Unzeit das Telefon.

Opa Wanja hielt inne, zögerte, schloß die Schreibtischtür mit dem Schlüssel ab und griff erst dann mit weicher Hand nach dem Hörer – hepp!

»Ja, ja, ja«, pflichtete er niedergeschlagen bei. »Völlig richtig. Habe Sie verstanden. Werden wir berücksichtigen. Das ist Ihnen zu Recht aufgefallen. Bin vollkommen Ihrer Meinung. Selbstverständlich, selbstverständlich, die Schuldigen werden streng bestraft. Nein, ich drücke mich nicht vor der Verantwortung. Als Chef der Produktionsbrigade hätte ich dafür sorgen müssen ...«

Doch da ertönte im Hörer ein Tuten. Opa Wanja wartete noch ein bißchen, rein aus Höflichkeit, dann legte er den Hörer sorgfältig in die Ausgangslage zurück. Und streckte das Köpfchen zur Tür hinaus.

»Hole Glafira!« wies er sanft die Sekretärin Sweta Onanko an, die ihrerseits gerade die Zunge herausstreckte und, eine gräßliche Fratze schneidend, vor dem Spiegel ein überflüssiges Härchen aus den schütteren Augenbrauen zupfte.

Opa Wanja hob die Stimme. »Ich hatte dir, glaube ich, gesagt, du solltest Glafira holen!«

»Glafira ist nicht da«, raunzte die Sekretärin, ohne den Blick vom Spiegel zu heben.

Opa Wanja wunderte sich. »Warum nicht?«

»Kommt eben zu spät!«

Vor der Tür rumorte es. Plötzlich trat Glafira ein.

»Du lügst, ich komme nicht zu spät«, erklärte sie noch auf der Schwelle und warf Sweta einen haßerfüllten Blick zu.

»Paß bloß auf, von wegen lügen, paß bloß auf!« sagte Sweta.

»Jetzt aber Ruhe!« Opa Wanja schuf Ordnung. Und gab sich förmlich: »Glafira Polikarpowna, bitte, kommen Sie in mein Büro.«

So traten sie ins Büro. Opa Wanja setzte sich, tippte an den Deckel des Tintenfasses, und das Tintenfaß klirrte. Glafira stand an der Wand gegenüber, unter dem Porträt des glatzköpfigen Führers mit dem Bärtchen.

»Wie kannst du nur, Glafira«, sprach endlich der Genosse Pustowoitow. »Du weißt, wie ich dir vertraue, wie ich euch allen vertraue, bin schließlich selbst einer von euch, aus dem Volk. Und jetzt werde ich also für meine Gutmütigkeit bestraft?«

»Was heißt bestraft, wieso?« fragte Glafira.

»Das heißt, daß Genosse Skornjakow persönlich mich angerufen hat, und nun muß ich einen Bericht verfassen, und du mußt eine schriftliche Erklärung abgeben.«

Glafira machte ein klägliches Gesicht. »Aber ich kann doch gar nicht schreiben!«

»Keine Fisimatenten, Glafira, das mag ich nicht!« Pustowoitow runzelte die Stirn. »Gemäß deinen Angaben im Personalfragebogen hast du eine siebenklassige Schulbildung.«

Glafira wurde endgültig verlegen, und auf einmal heulte sie los, den Wattejackenärmel vors Gesicht haltend.

»Was soll ich denn schreiben, was denn?« schluchzte sie.

»Wie es gewesen ist, das schreib, die ganze Wahrheit. Warum du zu spät kommst, warum du den Schnee nicht geräumt hast, warum du kein Warnzeichen aufgestellt hast. Das alles schreib.«

»Ist mir aber doch peinlich!« seufzte Glafira.

»Was ist daran peinlich?« Opa Wanja wunderte sich. »Hast was angestellt, so schreib. Und ich streich dir die Prämie ...«

»Nicht um die Prämie gehts, sondern, daß es mir peinlich ist, Ihnen als Mann kann ich doch nicht sagen ...«

»Rede!«

»Ist mir peinlich!«

»Rede! Ich könnte dein Vater sein.«

Pustowoitow erhob sich feierlich.

»Gestern sind wir auf dem Kolchosmarkt gewesen, da ist jetzt Jahrmarkt, Ausverkauf ...« begann Glafira und wischte sich die Tränen ab.

»Und?«

»Und haben dort ordentlich Schaschlyk gegessen …«

»Und natürlich gehörig getrunken?«

»Getrunken auch … Und gegen Morgen hat meinen Fjodor die Kraft gepackt.«

»Aha …«

»Und dann haben wir beide einfach nicht kommen können …«
Pustowoitow erstarrte. »Wieso, was heißt hier ›kommen‹?«

»Na ja, wie man so sagt. Vielmehr – ich war schon zweimal gekommen, aber er konnt und konnt nicht.«

»Aber du hast ihm doch sicher gesagt, daß du zur Arbeit mußt?«

»Was sollt ich machen, er war doch völlig wild. Und außerdem, ehrlich gesagt, waren wir zwei schon lang nicht mehr gekommen. Bitte mich deshalb nicht schuldig zu sprechen …«
Und wieder heulte sie los.

»Hör auf!« schrie Pustowoitow.

Die Frau verstummte auch. Und Pustowoitow starrte sie offenen Mundes an. Ernst und verheult stand sie da, dick vermummt, mit Kopftuch, Wattejacke und ebensolchen Hosen, die Hände an der Hosennaht. Es zuckte etwas, ja, ich schwörs, etwas zuckte – sei es im Herzen, sei es im Organismus von Opa Wanja Pustowoitow …

»Na, dann geh«, sagte er. »Und daß mir sowas nicht wieder vorkommt.«

»Ach woher, nie im Leben«, stimmte sie freudig zu und entfernte sich.

»Obwohl, was rede ich da?« fragte sich Opa Wanja, allein geblieben, verwundert. »Die heile Familie ist doch die feste Stütze unserer Gesellschaft, also, von ihrer Position hat die Frau recht. Entspricht ihr Fall jedoch unserer Moral? Ist Glafiras Fall nicht eine Folge davon, daß unter der Jugend sich immer mehr bourgeoiser Sex aus dem Westen verbreitet?«

Genosse Mandevil Machur hingegen schaute gleichmütig zum Fenster hinaus. Dort waren kleine deutsche Häuser mit roten Ziegeldächern zu sehen, die grauen Bänder der deutschen

Landstraßen, kleine Deutsche traten aus Haustüren, kleine Automobile schienen sich kaum zu bewegen.

Was ging dem Genossen Mandevil Machur durch den Sinn? Woran dachte der ruhmreiche Kämpfer für die Bürgerrechte seines Volkes? An die Studienjahre im kalten, arroganten Cambridge? Oder an die Dschungel Suariens, wo hinter jedem Strauch der Tod gelauert hatte? An seine Kampfgenossen, von denen er sich hatte trennen müssen, damit die Revolution am Leben blieb? Oder an diese komischen Russen, die ihn so überaus freundlich mit diesem ihrem, man kann schon sagen, barbarischen Gericht bewirtet hatten?

Opa Wanja trat ans Fenster.

Glafira entfernte sich, setzte gewichtig einen Fuß schräg vor den anderen. Auf dem frischgefallenen Schnee zeichneten sich deutlich die Spuren ihrer neuen Galoschen ab, die sie über die staatlichen Filzstiefel gestülpt hatte.

Mandevil Machur rülpste leise. Sein Sekretär zog ein grellfarbiges Schächtelchen mit Magenpillen aus der Tasche.

»Wir nähern uns Köln, Herr Machur«, sagte er.

Opa Wanja hingegen öffnete nun doch das Schreibtischtürchen, goß sich ein bißchen mehr als ein halbes Glas ein und schaute zur Wand. Von der Wand blickte ihn, liebevoll die Augen zukneifend, das so vertraute Gesicht an.

»Auf Ihre Gesundheit«, sagte Opa Wanja.

Wie ich einmal tief in der Nacht heimkam, wurde ich
blutig geschlagen von Leuten, die ich erst für Radau-
brüder und Banditen hielt.

Auch sie hielten mich nicht für den, für den sie mich
hätten halten müssen.

Ich komm an, da stehen sie im Treppenhaus. In meinem, zwischen Erdgeschoß und
erstem Stock.

Stehen da und sagen:

## Jugendtorheiten

»Hören Sie, Kumpel, haben Sie
was zu rauchen?«

Ich hab was, geb ihnen was. Sie
zünden sich eine an und sagen
noch:

»Hören Sie, Kumpel, haben Sie ein reines Gewissen?«

Im vorhinein lächelnd, will ich scherzen, daß ich kein reines
Gewissen hätte und daß es, meiner Ansicht nach, heute auch
niemanden mehr gebe, der ein reines Gewissen hat.

Aber zu der Witzelei komm ich gar nicht mehr, denn nun krieg
ich vielleicht was in die Fresse, zack-zack, blink-blink, von links
und von rechts.

Tja, und? Ich schweige, schluck es runter. Die sind zu vielen, ich
bin allein.

»Wars das?« frag ich. »Oder gibts noch eine Fortsetzung?«

Zu fünft sind sie anscheinend. Der eine schäumt regelrecht.

»Laßt mich«, schreit er, »den schlag ich zum Krüppel!«

Die andern reden auf ihn ein. Sagen:
»Immer mit der Ruhe, Serjoscha. Keine Angst. Das klären wir gleich. Der kriegt gleich sein Fett, der widerliche Laffe. Keine Angst!«
Serjoscha knirscht bloß mit den Zähnen.
Knirscht mit den Zähnen, und ich wundere mich – warum soviel Erbitterung, Lärm und Geschrei? Statt, daß sie ihr Geschäft still erledigen, mich schweigend ausrauben, entwickeln sie solche Hektik.
»Hast du ein reines Gewissen?«
»Aber ja. Ihr seid auf dem Holzweg, Jungs. Eine Uhr hab ich keine, weil sie mir die schon geklaut haben, direkt vom Arm abgeschnitten. Als wenn die noch jemand nützt ...«
»Schnauze! Du hast also ein reines Gewissen? Und daß Lena Essig getrunken hat, Essigessenz? Mit dir hat das nichts zu tun? Ja? Dich betrifft das nicht, ja? Ah, Mistkerl!«
Wie sie mir jetzt erst die Hucke vollhauen!
›Ach, du heiliger Bimbam‹, denk ich, ›wenn ich mich bloß auf den Beinen halte. Die trampeln mich sonst tot. Machen Gulasch aus mir. Hackfleisch ...‹
»Wofür denn?« schrei ich.
»Du weißt, wofür, das weißt du. Los, Jungs, haut drauf!«
«Das weiß ich nicht, ehrlich, ich weiß es nicht.«
Das Ganze spielte sich, muß ich dazusagen, fast in völliger Dunkelheit ab, denn erstens war es Nacht, und zweitens ist in unserem Treppenhaus immer die Birne rausgedreht. Dunkel wars. Mondenschein.
Tja, sie schlugen und schlugen mich. Vor meinen Augen Sternchen – blink-blink.
Später dann wurden sie die Drescherei leid. Wie ich sehe, daß sie es leid sind, stürz ich zu Boden, lieg da und stöhne, wimmere kläglich. Tut schließlich weh.
Tja, und da beschließen sie, mich mit einem Streichholz anzuleuchten, um zu sehen, ob ich wirklich mein Fett weg hab oder ob mir noch mehr zusteht.
Sie leuchten mich an und sehen, daß ich – nicht der Rechte bin.

Da wollen sie davonlaufen, laufen sogar ein Stück die Treppe runter bis zum Absatz, besinnen sich aber. Machen kehrt, stellen sich hin. Und stehen da.

»Kumpel«, sagen sie, »wie sollen wir es dir bloß beibringen. Uns ist was Schlimmes passiert, eine Torheit, ein Versehen. Wir haben dich verwechselt. Wir haben dich für einen anderen gehalten, für einen Schuft.«

»Ah, den find ich noch, ja, ja, ich find den noch!« knurrt Serjoscha.

»Also, das laß ich nicht auf sich beruhen«, sage ich. »Ich bring euch vor Gericht, Banditen.«

»Kannst du natürlich. Kannst du. Werden wir nicht protestieren dagegen. Wo es nun mal so schiefgegangen ist, müssen wir dafür geradestehen, aber du mußt begreifen ...«

Ich taste mich ab. Taste mich ab und steh auf. Die Zähne sind heil, die Lippe geschwollen, die Flanken schmerzen ...

»Was ist eigentlich vorgefallen? Warum das Ganze?«

»Du mußt begreifen. Wir haben dich nämlich für einen andern gehalten ...«

»Ah, den schnapp ich mir noch!« jault Serjoscha.

»Verstehst du. Der Kerl. Und unsre Lena, aus unsrer Abteilung, unsrer Brigade der kommunistischen Arbeit. Er ist ein Schuft. Wie sich rausstellt, hat er Frau und Kind.«

»Ja?« Ich wundere mich. »In unserem Treppenaufgang soll ein solcher Halunke wohnen?«

»Ja, ja, hier. Haus 14, Wohnung 13. Er sei nicht da, hieß es. Sei auf Achse. Schon wieder. Der Mistkerl.«

›Ach so‹, denk ich, ›ja, dann. Wir haben zwar hier die Hausnummer 16 und nicht 14, aber was tuts, wenn Lena ... Ich hab zwar nie eine Lena gehabt, aber was tuts, wenn Lena ... Gehört sich nicht. Und anscheinend hat hier keiner schuld. Ist doch grauenhaft? Ist das noch die Möglichkeit?‹

»Er versprach, sie zu heiraten. Sie war mit Serjoscha gegangen. Er versprach, sie zu heiraten, und sie gab Serjoscha den Laufpaß. Ah, der Mistkerl!«

»Den krieg ich noch!« sagt Serjoscha. »Keine Angst!«

»Daß der Erdboden solche Halunken trägt! Sowas aber auch! Gebt mir was zu rauchen«, sag ich und leck mir die verletzte Lippe.

Und es überströmte wunderbares blaues Licht die blauen Flecken auf meiner Visage, es begannen die Blutergüsse auszutrocknen und die Schmerzen abzuklingen.

Das Leben wurde erneut wunderschön und erstaunlich. Ich war, stellte sich raus, nicht er. Jugendtorheiten. Am liebsten hätte ich gejuchzt vor Freude am Dasein, ging aber nicht, dieweil es draußen tiefe Nacht war. Dunkel wars.

Selber bin ich ja Wurstmacher. Mache Wurst aus Lunge, Leber, Schweinsrüssel, Stierohren und Kuhschwänzen. Meine Kollegen und ich drehn diese ganzen Ingredienzien durch den Fleischwolf, stopfen sie in saubergespülte Därme rein und verkaufen sie zu extrem günstigem Preis auf der Straße, mit Billigung der Obrigkeit.

## Ein heißes Herz

Na, Sie verstehn schon, das war bildlich gesprochen, ich tu nur so – kleiner Scherz. Ich fühl mich quasi – kleiner Scherz – der alten Zunft der Wurstmacher zugehörig, die ihr Wappen am Tor hatten, was wir leicht nachlesen können in alten Büchern über die Deutschen. In Wirklichkeit bin ich ein einfacher Arbeiter aus der Wurstfabrikation, aus Betrieb Nr. 3, der sich an der Ecke Dostojewskistraße in dem Gebäude befindet, wo ehemals, unterm Zaren, das Bordell war. Dort, wo seinerzeit Frauen gegen Geld Körper und Schönheit verkauften und den einfachen sibirischen Mann zum Trunk verleiteten, in diesen vormals düstren Mauern, wo das Stöhnen des unterjochten Volkes zu hören war, haben meine Kollegen und ich die Fließbandherstellung hochwertiger Wurstwaren in Gang gebracht.

Fleischwurst, diabetische, russische, Odessaer, estnische, kasachische und andere Wurst. Sogar Kalbfleischwurst. Das ist unser Sortiment, alles übrige – kleiner Scherz.

Ich lebe auch gar nicht schlecht. Will jetzt nicht lügen, ich würde Wurst stehlen, ich stehle nämlich keine. Nehm mir bloß ein klein bißchen was mit nach Hause mit. Einzig und allein zur Führung eines ordentlichen Familienlebens, wobei meine Familie, mich eingeschlossen, aus zwei Personen besteht. Und daß meine Klawa angeblich Wurst an die Nachbarn verkauft, das ist beinahe die Unwahrheit! Schließlich verkauft sie sie gar nicht, sondern schenkt sie her oder gibt Reste weg. Und da ist überhaupt nichts Schlechtes dran, denn die Nachbarn schenken ihr auch manchmal was oder zeigen sich erkenntlich. Weil wir nämlich Freundschaft halten in unserem Hof. Und durch die Bank alles Werktätige sind, Leute, die zupacken.

Dussja schuftet in der Wodka- und Likörfabrikation, die Skorodenko, Tante Fenja, im Margarinewerk, Guljajew im Obst- und Gemüsedepot, und bloß der Besrjadin Pjotr müßte streng bestraft werden, weil er nämlich ein Saukerl ist, eine Schmeißfliege, ein Parasit, den die Erde nicht auf sich dulden dürfte.

Tut sie aber. Er hat sogar bei uns hinten im Hof ein halb in der Erde versunkenes Häuschen. Aus dem Schornstein steigt andauernd blauer Rauch, manchmal fliegen auch Explosionen raus. Ich glaub ja, daß er uns bald ganz in Brand steckt, der Schuft. Mir macht das zwar nicht angst. Mein liebes Häuschen ist nämlich versichert, seit 1910, ununterbrochen. Es macht mir nicht angst, es kränkt mich aber.

Er behauptet allen Ernstes, er wäre Erfinder. Aber, verehrte Mitbürger! Jeder, der Verstand hat am Ausgang dieses unseres zwanzigsten Jahrhunderts, muß doch wissen: Ein Erfinder MUSS in einem Konstruktionsbüro arbeiten und nicht bei den Leuten abgetragene Galoschen und andere Lumpen sammeln. Darauf lächelt der nur: »Bin eben behindert, sechzig Prozent, mich unterhält der Staat.«

Es macht mir nicht angst. Es kränkt mich. Es bringt mich in Wut. Bringt mich dermaßen in Wut, daß mich schier der Hemdkragen erstickt. Weil er nämlich ein Saukerl ist und kein Behinderter. Wenn er tatsächlich zu sechzig Prozent behindert wäre, würden ihn ALLE bedauern, und dafür müßt er wenigstens

Ziehharmonika spielen lernen oder so. Und würde sonntags auf dem Trödelmarkt spielen und einen schönen Batzen Geld verdienen, wie das zum Beispiel der blinde Junge Gena gemacht hat, bis er dann von seinem hohen Roß nicht mehr runterkam vor lauter Reichtum.

So aber – ich sag euch offen und ehrlich: Es ist mir nicht um die Wurst leid, die meine liebe Klawa ihm ständig anschleppt. Auch nicht um Dussjas Sprit und genausowenig um Tante Fenjas Fett oder um Guljajews Wassermelonen. Nicht mal um mein Haus ist es mir leid, weil mein Haus nämlich versichert ist, seit 1910, ununterbrochen.

Um die WAHRHEIT ist es mir leid! Es kränkt mich, daß dieser Mensch frech lügt und frech angibt und in unserem Wohnareal schier gar als Heiliger gilt. Er lügt nämlich, wenn er schlankweg behauptet, er hätte schon fast gelernt, wie man aus abgetragenen Galoschen und anderen Lumpen SCHWARZEN KAVIAR macht. Nun stellen Sie sich das mal vor, machen Sie sich mal die Mühe, stellen Sie sich vor: SCHWAR-ZEN KA-VI-AR!!!

Dadurch, sagt er, würden alle schon von kleinen Portionen satt werden, das Geld würde entwertet und der Ackerbau absterben, die wohlgenährten Menschen aber würden sich nur noch mit dem Kosmos befassen, mit Musikmachen, mit Tänzen, Büchern, Bildern und wissenschaftlichem Schlaf. Und all das aufgrund von abgetragenen Galoschen und anderen Lumpen!

Was muß man bloß für ein Idiot sein, um das alles zu glauben! Wo heut doch fast kein Mensch mehr Galoschen trägt! Da muß man ja absolut schwach von Verstand sein, um das alles zu glauben!

Dabei, wie der aussieht – ein gewöhnlicher Stadtstreicher mit Brille. Am liebsten würd ich ihm direkt auf die Brille spucken, geht aber nicht: Er hat studiert. Sag euch, spucken möcht ich, daß mir richtig der Unterkiefer weh tut. Ach, von wegen spucken – kotzen könnt ich, wenn der abgerissene Strolch in seinem schäbigen Mantel schräg über unseren Hof schleicht, auf dem Rücken ewig seinen Leinensack mit ewig den abgetragenen Galoschen und anderen Lumpen. Pfui bah!

Ich bin im übrigen auch ein Mensch mit Bildung sogar. Und ich halte es nicht für ausgeschlossen, daß tatsächlich irgendwer es irgendwann und irgendwo mal lernt, wie man aus Galoschen eben diesen schwarzen Kaviar macht. Irgendwo in Japan oder auch bei uns, an der vordersten Front der Wissenschaft.

Aber doch nicht hier! Nicht in einem Hinterhaus, das halb in der Erde versunken ist, aus dem andauernd blauer Rauch steigt, und manchmal fliegen auch Explosionen raus.

Wie das? Warum das? Weshalb glauben ihm unsere leichtsinnigen Leute? Weshalb stecken sie ihm hartnäckig was zu essen zu, leisten Schmarotzertum und Scharlatanerie Vorschub? Ist doch alles erstunken und erlogen, aber sie geben ihm zu essen. »Gefällt mir eben, daß der Kerl ein Herz hat« – so mein Dummerchen Klawa. »Ein hochbegabter Mann aus dem Volk, russisches Naturtalent« – so der mit allen Wassern gewaschene Glatzkopf Guljajew, ansonsten ein Mensch von höchstem Verstand. Und Tante Fenja, das alte Flittchen, möcht auf ihre alten Tage wohl noch unterm Affenbrotbaum tanzen! Oder »wissenschaftlichen Schlaf« lernen!

Pfui bah! Wie mich das fertigmacht! Ich spür doch, der, der ist ein schlauer und gerissener Feind! Das ist – ein Stich mitten ins Herz ist das! Mitten ins heiße Herz!

Ob ich mal die Wahrheit über ihn aufschreibe, so siebenhundert Zeilen, und den richtigen Leuten zuleite? Damit die sich den Vogel vorladen, am anderen Tischende Platz nehmen lassen und sagen: »Guten Tag, buchstabieren Sie mal Ihren Familiennamen!« Und er – damit er zittert, zittert, zittert! Der Parasit! Das Schwein! Der Scheißkerl! Anzeigen müßt man den! Totschlagen! Fertigmachen!

Doch immer mit der Ruhe. Zittre nicht, Hand, klappre nicht, Glas, an den Zähnen. Wozu wen anzeigen. Geduld, nur Geduld. Und Schweigen. Mit den Galoschen, klar, da bringt er es zu nichts, und ansonsten ist unser Leben durchaus in Ordnung und vielleicht sogar gut. Die Wurst grünt und blüht (kleiner Scherz), die Prämien steigen (die Wahrheit). Bald sind die hundert Eigentumswohnungen unserer Kooperative schlüsselfertig, an deren Bau Klawa und ich prozentualen Anteil nehmen. Das gibt ein Leben mit meiner teuren Klawa! Das Haus verscherbeln wir an zuverlässige Leute, und wir selber steigen auf in den neunten Stock, stellen ein Tonbandgerät in die Loggia und hören uns jeden Tag »Das Lied der Dunja aus Odessa« an. Und vielleicht legen wir uns auch endlich Kinderchen zu. Soll er dann ruhig drunten bleiben, der übergeschnappte Idiot. Dann erst wird mein Herz endgültig Ruhe finden. Geduld, nur Geduld. Und Schweigen.

Unter senkrechten Sonnenstrahlen, die der Ukrainischen Sowjetrepublik gehörten, aalten sich am Kieselstrand Zimmerkollegen aus dem Kursanatorium: der Doktor Zarkow-Kolomenski, der Oberst Schejin und ein gewisser Rjabow, ein Mensch – durchaus nicht ohne.

## Das alte idealistische Märchen

Die Unterhaltung floß träge dahin. Die Worte des Doktors galten in der Hauptsache den Wundereigenschaften einer Arznei mit dem albernen Namen »Mumijo«. Diese Arznei hatte der Doktor letztes Jahr mit Freunden in der Taiga beim Sajangebirge gesucht. Und gefunden. Und jetzt erzählte er davon. Der Oberst ächzte und keuchte zur Antwort. Während Rjabow grundsätzlich schwieg. Er lag ausgestreckt und ohne die Goldrandbrille abzunehmen auf seinem Liegestuhl. Seinem Wesen nach war er schüchtern, furchtsam und verzagt. Fand auch nur schwer Anschluß.

Allmählich, wie das bloß bei Russen so Brauch ist, verlagerte sich die Unterhaltung vom Besonderen aufs Allgemeine. Zarkow-Kolomenski sprach auf einmal über all das Wunderbare, das trotz der Wissenschaft im Leben noch vorkommt.

»Die Wissenschaft ist nämlich der Feind alles Wunderbaren«, behauptete er und strich sich den kurzen und kräftigen Bart. »Wo die Wissenschaft herrscht, ist kein Raum mehr für das Wunderbare. Und umgekehrt!«

»Völlig richtig«, pflichtete Schejin bei. Während Rjabow wiederum schwieg.

»Die Hunde zum Beispiel!« rief der Doktor träge. »Die brauchen keine Arznei! Die suchen sich ihr Kräutlein selbst. Somit sind unsere wissenschaftlichen Forschungsinstitute alle nichts wert im Vergleich zum Geruchssinn eines gewöhnlichen Struppis.«

»Na, ob Sie da nicht ...« keuchte der Oberst. »Das ist ja sogar, he-he-he, gewissermaßen eine Negation Ihrer eigenen hippokratischen Wissenschaft.«

Wie ihr seht, nahm die Diskussion eine interessante Wendung.

»Nö«, sagte auf einmal Rjabow.

Die Zimmerkollegen sahen ihn an.

»Was bedeutet Ihr ›nö‹, junger Freund?« fragte der Oberst angriffsbereit.

»Sie sind nicht meiner Meinung?« wollte der Doktor wissen.

Hierauf wurde Rjabow schrecklich verlegen. Er griff nach seiner Brille, putzte sie, setzte sie wieder auf und erklärte mit zitterndem Stimmchen:

»Wo denken Sie hin! Ich bin durchaus für Sie. Aber auch nicht gegen Sie«, beeilte er sich dem Oberst zu erklären. »Ich, das heißt, wir beide, Doktor, negieren ja nicht jegliche Wissenschaft. Wir heben nur die Polyvariabilität des Daseins hervor, nicht wahr? Schließlich werden die Möglichkeiten des Menschen lediglich zu 0,000001 % genutzt. Der Mensch kann zum Beispiel alles. Er kann sogar – kraft seines Willens, versteht sich – in der Luft schweben!«

»Wie bitte?« wunderte sich der Offizier.

»Aha, fliegen«, erläuterte Zarkow-Kolomenski mit feinem Lächeln. »Unser Freund will sagen, daß der Mensch von allein und ohne alles fliegen kann, wenn sein Geist das möchte. Das ist allerdings ...« – er legte eine Pause ein – »das alte idealistische Märchen.«

»Genau, genau«, bekräftigte der Oberst.

»Nicht fliegen«, erlaubte sich Rjabow zu präzisieren. »Nur in der Luft schweben.«

Der Doktor lächelte. Der Oberst bekam bei diesen Worten schrecklich Lust auf Bier. Er schluckte trocken, während der Doktor sich fast höflich an Rjabow wandte:

»Und ist dies allen einfachen Menschen gegeben oder nur auserwählten Persönlichkeiten?«

Rjabow schlug die Augen nieder. »Weiß ich nicht.«

»Sie selbst könnten uns solch einen wundersamen Fall allerdings nicht vorführen?«

»Doch«, sagte Rjabow leise, »könnte ich.«

Der Doktor lachte. »Möchten das aber selbstverständlich nicht?«

»Ich möchte es nicht, könnte aber. Im übrigen könnte ich es, auch wenn ich gar nicht möchte.« Rjabow war vollends konfus.

Der Doktor klatschte höflich in die Hände.

Darauf klappte Rjabow seinen Liegestuhl halb zusammen, verwandelte ihn in einen Stuhl. Und setzte sich auf den Stuhl. Spannte alle Kräfte an. Und langsam, langsam stieg er auf gen Himmel.

Könnt ihr euch vorstellen, was für ein Schweigen da ausbrach?

Der Oberst schnaufte offenen Mundes. Während der Doktor stotterte:

»Nun, wie? Was ist dort zu sehen?«

Von oben klang Rjabows verzagte Stimme:

»Der Kosmos! Auf tut ein Abgrund sich von Sternen! Weite! Himmlische Wölkchen, ihr ewigen Pilger ... Philosophie! Und außerdem, zeigt sich, ist nebenan der Damenstrand, ganz übersät mit nackten Frauenkörpern.«

»Wirklich ... ganz und gar ... nackten?« Dem Oberst stockte der Atem.

»Splitterfasernackten«, rief Rjabow noch genauso verzagt.

»Und alle ... ehem ... Reize zu sehen?« Der Doktor lebte auf.

»Schon ...«

Der Oberst wurde plötzlich aktiv. »Du, Rjabow, hör mal! Nimm uns mit!« Und zum Doktor gewandt: »Sag wenigstens du ihm, Doktor, daß er uns mitnehmen soll!«

»Rjabow!« rief der Doktor. »Hörst du?«

»Geht nich«, antwortete Rjabow verzagt und unentschlossen.

»Also, Rjabow, hätten wir gewußt, daß du so ein gemeiner Hund bist«, sagte der Oberst bitter.

»Wirklich«, bekräftigte frostig der Doktor.

»Stimmt aber, geht nich«, erwiderte Rjabow kläglich. Kam jedoch ein ganzes Stück weiter runter.

Doktor und Oberst sprangen hoch und krallten sich an ihm fest. Eine solche Überbelastung hielt der Stuhl nicht aus und fiel runter, an die Stelle, wo er zuvor gestanden hatte. Fiel also runter und ließ die versammelten Strandgäste, die unfreiwillig zu Zeugen des Obenbeschriebenen geworden waren, endgültig vor Verwunderung erstarren.

Die Zimmerkollegen kullerten, mit Ausnahme von Rjabow, über den Kieselstrand und fügten sich einigen körperlichen Schaden zu. Der Doktor scherzte bitter, als er sich das hervorquellende Blut abwischte:

»Da hätten wirs! Handgreifliche Tatsachen!« Unter dem Auge des Obersten bildete sich ein Veilchen. Während Rjabow schwieg. Er saß still auf dem Stuhl, und man brauchte ihn nur kurz anzublicken, um klar zu sehen – dieser Mensch war durchaus nicht ohne. Solche Leute sind gefährlich für die Gesellschaft, und sobald sie irgendwo in der Öffentlichkeit auftauchen, muß man sie sofort ihre Papiere vorzeigen lassen! Solche Leute sind gefährlich für die Gesellschaft! Solche Leute würde man am besten grundsätzlich von der Gesellschaft isolieren, irgendwo weit weg!

Was dem stillen Ingenieur Jewlampjew mal für eine Geschichte passiert ist, als er an einem freundlichen Juliabend auf den Asphalt seines steinernen Stadtviertels hinaustrat, um ein bißchen durchzuatmen in der kühlen Frische, die erhellt war vom überirdischen Glanz des fernen Mondes, um sich zu entspannen nach einem Arbeitstag, der vergangen war im Gezänk mit dem dreisten Vertreter des Auftraggebers, und um sich auf eine zauberhafte Julinacht mit seiner jungen Frau Sina einzustellen, einer technischen Zeichnerin, die gerade das

## Der stille Jewlampjew und der Homo futurus

Bett hergerichtet hatte, nun auf dem weißen Leintuch eine Patience legte und zum Abschied zärtlich zu Jewlampjew gesagt hatte: »Geh bloß nicht zu weit, Grischenka, ich mach mir sonst Sorgen um dich ...«

Lächeln mußte Jewlampjew über die Schlichtheit und Zärtlichkeit seiner Lebensgefährtin, und es schwirrten ihm äußerst treffende Antworten auf einige unverschämte Repliken dieses ungehobelten Pigarjow durch den Kopf, als ihn auf einmal eine weiche, mit dem Wetter harmonierende Stimme unterbrach:

»Hätten Sie nicht Lust auf ein Bierchen, Genosse?«

Jewlampjew zuckte zusammen, doch völlig umsonst: Vor ihm stand ein höchst friedlicher Mensch in einem Trenchcoat aus

Gabardine, und auch er lächelte Jewlampjew an – mit dem gutmütigen Lächeln eines ältlichen Mundes.

»Aber dafür ist es eigentlich schon zu spät«, antwortete Jewlampjew, schob die Brille hoch und deutete auf den ihm vertrauten, bei Hitze tagsüber stets umlagerten Bierkiosk unter freiem Himmel.

»Nicht doch!« Das Lächeln des Trenchcoats wurde noch breiter. »Für einen anständigen Menschen ... Ich hätte ein bißchen was ... Habe mittags drei Liter genommen, aber ich allein, was brauch ich soviel?«

Er zog Jewlampjew in den Mondschatten des Bierkiosks und holte rasch aus dem Gestrüpp ein großes Glasgefäß mit diesem dem Volk so liebwerten Getränk.

»Nein, nicht doch, ist schon spät«, sträubte sich Jewlampjew verhalten.

Bald jedoch kapitulierte er, bezwungen von der unaufdringlichen Höflichkeit des Zufallsbekannten und dem harmonischen Funkeln eines sauberen Trinkglases, dessen Anblick allein jeden voreiligen Gedanken an mutmaßliche Infektionsherde im Keim erstickte.

»Und für das Ganze erstatten Sie mir ein Rubelchen und achtunddreißig Kopekchen. Achtundachtzig Kopekchen die Materialkosten und das halbe Rubelchen für meine Mühe, viel brauch ich ja nicht«, so plätscherte munter die gastfreundliche Stimme.

»Aber natürlich. Hier ein Rubel fünfzig, bitte, natürlich«, sagte der aus unerfindlichen Gründen noch immer verstörte Jewlampjew.

»Und hier zwölf Kopekchen Wechselgeld«, antwortete der Bieropa freundlich.

Jewlampjew winkte ab. »Das brauchts doch nicht.«

»Doch, das brauchts!« Der Mensch im Trenchcoat wurde plötzlich bitterernst und sogar, wie das öfter vorkommt, ein ganzes Stück größer. »Ich will nur, was mir zusteht, andernfalls – geben Sie das Bier zurück. Bin doch nicht irgendein Spekulant!«

Der völlig aus dem Konzept gebrachte Jewlampjew steckte das

Kleingeld in die Sakkotasche und schlug, nun schon völlig eingeschüchtert, dem skrupulösen Unbekannten vor, das abendliche Gelage mit ihm zu teilen.

Was dieser liebenswürdig annahm:»Das ist etwas anderes!« Und ohne unnötige Ziererei leerte er nacheinander zwei oder drei Gläschen. Auch Jewlampjew trank.

»Sie wollen nun natürlich zu gern erfahren, wer ich bin«, sagte der Unbekannte auf einmal.»Streiten Sie es gar nicht erst ab, junger Mann, ich kann Ihnen die Frage an den aufrichtigen Augen ablesen. Aber zunächst will ich … Lassen Sie mich einmal Sie charakterisieren. Also … Sie sind natürlich Akademiker und verdienen wahrscheinlich einen unvorstellbaren Haufen Geld.«

»Na ja, von wegen unvorstellbar …« Der leicht beschwipste Jewlampjew mußte lächeln.»Hundertzwanzig Rubel und manchmal zum Quartalsende noch eine Prämie.«

»Gerechter Gott! Schrecklich! Sie sind ja – Millionär!« Der Unbekannte schüttelte sich.»Und was machen Sie Wahnsinniger mit einem solchen Haufen Geld?«

»Wie – was?« Jewlampjew war verblüfft.»Ich geb es aus. Im übrigen bin ich verheiratet«, fügte er aus irgendwelchen Gründen hinzu.

»Versteht sich«, pflichtete der Unbekannte bei, auch er – unklar, weshalb.»Aber Ihre Gattin dürfte wahrscheinlich entsprechend verdienen. Diese Berge von Geld – wozu brauchen Sie die?«

»Wie – wozu?« Jewlampjew fühlte Unmut aufsteigen.»Nun, essen, trinken, Bücher kaufen … Läßt sich etwa alles aufzählen? Hab noch nicht mal die Schulden von der Hochzeit zurückgezahlt.«

»Eben, so ist es«, meinte der Unbekannte bekümmert.»Solche riesigen Summen ziehen unweigerlich ebenso unvorstellbare Ausgaben nach sich.«

»Und Sie?« fragte Jewlampjew ärgerlich.

Der Unbekannte lächelte geheimnisvoll.»Und ich?«

»Ja! Sie! Wie leben Sie? Was machen Sie?«

»Wie ich lebe, was ich mache, sag ich Ihnen, und Sie werden mir absolut nicht glauben. Ich sags Ihnen, und Sie werden mir absolut nicht glauben, weil ich nämlich völlig ohne Geld lebe.«

»Ach was, ganz absolut ohne?« stichelte Jewlampjew.

»Ja, ganz absolut. Ich sehe an Ihrem Lächeln, daß Sie mir mißtrauen, und darauf erwidere ich Ihnen, daß ich absolut ohne Geld lebe und sogar ausgesprochen richtig lebe so, sauber und gut.«

»Wär interessant zu erfahren, wie!« spöttelte Jewlampjew weiter.

»Werden Sie auch gleich erfahren. Beginnen wir mit dem wichtigsten, dem täglich Brot sozusagen. Wenn Sie Ihren Hunger zu stillen wünschen, sausen Sie beispielsweise zur Gaststätte ›Gemütlichkeit‹ und verspeisen dort einen trockenen, magengeschwürträchtigen Broiler. Ich nicht. Ich setz mich still und leise in der Diätgarküche an mein Lieblingstischchen beim Fenster, und dort bekomm ich prompt ein fettarmes Süppchen, 9 Kopeken das Tellerchen, gekochten Kohl, wirtschaftlich von Vorteil, da nur 5 Kopeken, ein Gläschen Tee ohne Zucker, 1 Kopekchen und ein Stückchen Brot umsonst. Macht 15 Kopekchen insgesamt. Ohne Schmu, zudem nützlich für die Gesundheit.«

»Und Sie sind satt?«

»Bin ich. Und kriege kein Magengeschwür.«

Jewlampjew gab sich noch nicht geschlagen. »Aber Geld ist das trotzdem, auch wenns nur dreizehn Kopeken sind.«

»Sogar fünfzehn, nicht nur dreizehn. Aber was ist das, unter uns gesagt, schon für Geld? Das ist – Himmelsstaub, kein Geld. Gehen wir weiter. Nach der täglichen Nahrung bekomme ich beispielsweise Lust auf geistige Nahrung. Und was tue ich? Ich gehe beispielsweise in ein Buchgeschäft, wo eine Person vor dem Kauf bedeutsam wunderbare Reproduktionen durchblättert, beispielsweise von eben jenem westlichen Picasso, ein Buch zum Preis von 160 Rubel. Darauf bau ich mich hinter ihm auf und schau mir sie auch alle an, bereichere meinen Gesichtskreis. Und mein Auge wird feucht, es wird feucht, und mein Gesicht strahlt vor geistiger Freude. Können Sie meinen Gedanken folgen?«

»Ich folge Ihnen, folge allen Ihren Gedanken«, sagte Jewlampjew. »Aber die Familie. Aber auch Sie haben doch bestimmt familiäre Verpflichtungen?«

»Ich bin nicht verheiratet«, sagte der Unbekannte.

»Na, dann, letzten Endes – die Frauen, oder so?« Der zartbesaitete Jewlampjew verhedderte sich.

»Also! Ei-jei-jei! Daß Sie sich nicht – ei-jei-jei!« Sein Gesprächspartner drohte ihm mit dem Finger. »Geradezu unmoralisch ist das doch irgendwo – die Liebe, die Anwesenheit einer Frau in Abhängigkeit zu setzen vom GELD! Begreifen Sie denn, was Sie da deklarieren?« warf er Jewlampjew vor.

Jewlampjew schwieg.

»Dann will ich Ihnen noch was erzählen. Von der Kleidung will ich Ihnen was erzählen. Ich konnte mich davon überzeugen, daß man selbst Kleidung, so seltsam das klingen mag, absolut nicht kaufen muß. Weil heutzutage alle neue Kleidung kaufen – und wohin tun sie die alte? In den Altkleiderladen, aber wer kauft sie dort? Die Trödelmärkte wurden ja geschlossen. Und so geben sie sie mir. Nun schauen Sie doch nur, was ich für einen soliden Nachkriegs-Trenchcoat anhabe, was ich für eine Mütze aufhabe, die 1964 aus der Mode kam, und was ich für spitze Halbschuhe an den Füßen habe, die heute niemand mehr trägt!«

Er drehte und wendete sich heftig vor Jewlampjew. Jewlampjew aber schwieg.

»Doch das ist nicht das allerwichtigste«, sagte der herumwirbelnde Hansdampf, und sein kluges Gesicht näherte sich Jewlampjew. »Das ist nicht das allerwichtigste, was mir das Rückgrat stärkt. Das allerwichtigste, was mir das Rückgrat stärkt, ist der Umstand, daß ich sozusagen das Urbild des Menschen der Zukunft bin, ein Homo futurus, wenn man das so ausdrücken kann.«

»Also, jetzt ...« sagte Jewlampjew.

»Nicht ›also jetzt‹, sondern so ist es. Schließlich hat bald niemand mehr Geld. Sie lesen doch Zeitung und gehen auf Politversammlungen. Sie können natürlich sagen, daß ich was durcheinanderbringe, daß ich was nicht richtig verstehe. Darauf antworte ich Ihnen, daß ich alles richtig verstehe und nichts durcheinanderbringe. Nehmen wir mal an, es gibt bei uns eines Tages alles im Überfluß. Aber das heißt doch nicht, daß wir uns alle an Broilern überfressen, Magengeschwüre einhandeln und tagtäglich zwischen Samt und Brokat wechseln müssen. Heißt es doch nicht? Und wenn es das nicht heißt, so bin ich das Urbild des Menschen der Zukunft. Oh, man wird sich an mich erinnern, und wie man das wird! Wird sich erinnern, daß es mal einen ersten schrulligen Alten gab, der kein Geld hatte in jenen finsteren Zeiten, als alle noch welches hatten. Oh, erinnern wird man sich!«

Und er hob seine überzeugten Hände gen Himmel.

Der stille Jewlampjew aber unterbrach ihn jäh durch einen strengen Griff an seine Schulter.

»Vielleicht möchtest du gern was in die Fresse«, schlug er ganz spontan auf einmal vor.

Der Unbekannte war beleidigt. »Wofür das denn? Für meine Gutmütigkeit?«

»Nicht für deine Gutmütigkeit, sondern für meinen Rubel. Komm, ich geb dir einen Rubel, und für den Rubel hau ich dir eins in die Fresse. Möchtest du?«

Der Unbekannte dachte kurz nach und antwortete: »Nein, möchte ich nicht.«

»Wieso denn nicht?« griente blutrünstig Jewlampjew.

»Weil damit keinem gedient ist. Weder Ihnen noch mir. Sie geben Ihren Rubel für eine inhumane Tat aus. Und da ich in Ihnen einen Menschen sehe, der die Werke von Fjodor Michailowitsch Dostojewski gelesen hat, steht für mich außer Zweifel, daß Sie sich hinterher gräßlich quälen und mir Ihre christlichen Versöhnungsküsse aufdrängen werden. Mir ist damit aber nicht gedient, wenn ich für ein und denselben Rubel sowohl geprügelt als auch geküßt werde. Geben Sie mir doch eher zwei, ja?«

»Aber nein, nicht doch. Ich bin wohl nicht mehr recht ...« druckste Jewlampjew. »So durcheinandergebracht haben Sie mich mit Ihren logischen Paradoxien, daß es mir sogar – ein bißchen peinlich ist.« Er lächelte schief.

»Ja, sicher«, bestätigte der Unbekannte. »Für Geld einen Menschen schlagen, zur Befriedigung eigener animalischer Gelüste, ist natürlich vortrefflich!«

Beide verstummten.

»Wissen Sie, was?« schlug der Unbekannte auf einmal vor. »Wissen Sie, geben Sie mir doch am besten drei Rubel. Dann wird Ihnen leichter ums Herz.«

»Das wissen Sie genau?« fragte Jewlampjew.

»Hundertprozentig«, antwortete der Unbekannte, ohne mit der Wimper zu zucken.

»Aber soviel hab ich nicht mit, zu Hause hätt ich soviel, nur nicht hier«, sagte Jewlampjew.

»Dann lassen Sie uns doch zu Ihrem Haus gehen, bis dort ist es wahrscheinlich nur ein kleines Stückchen«, mutmaßte der Unbekannte.

»Ja, nur ein Stück«, murmelte Jewlampjew bedrückt.

»Also gehn wir«, sagte der Unbekannte.

Und so gingen sie, gingen über den Asphalt dieses stillen steinernen Stadtviertels, der stille Jewlampjew und der Homo futurus. Tautropfen hatten sich auf dem Asphalt gebildet. Die fünfstöckigen Häuser entschlummerten. Und eine kühle, richtig kühle nächtliche Frische umfächelte sie, den stillen Jewlampjew und den Homo futurus, eine kühle nächtliche Frische, die erhellt wurde vom überirdischen Glanz des fernen und sich über nichts mehr wundernden Mondes.

Dabei haben wir auch Bublik zuerst für einen anständigen Menschen gehalten. Er hatte das zweistöckige
Häuschen mit angelegtem Garten für gutes Geld der
Strohwitwe des Veruntreuers von Volkseigentum
Wassil-Wassiljok abgekauft, der ins Gefängnis gesetzt
worden war, weil er Dachblech,
Bodenfliesen und Zentralheizungs-
radiatoren unter der Hand verkauft          **Der Baggersee**
hatte. Die hatte er auch uns ange-
boten, »von Nachbar zu Nachbar«;
wir hörten ihn zwar an, ließen uns
aber nicht drauf ein, wir zogen den
ehrlichen Weg vor. Wo wir doch seit
Urzeiten in Sibirien wohnen. Und
da soll ich in meiner Heimatstadt so ein Fliesenzeug nicht auf-
treiben? Wär ja wohl gelacht. Und würde zum Teil auch der Poli-
tik von mehr Lebensqualität zuwiderlaufen und dem Prinzip, die
Randregionen unseres riesigen Heimatlands zu erschließen. Wir
sind keine Kulaken oder so, aber auf diese Art leben heut alle,
viel besser als die Kulaken von früher, die Idioten, die den Bogen
überspannt hatten, zu weit gegangen waren, ohne wen mitzuzie-
hen. Wofür sie auch bestraft wurden, sehr streng zwar, aber gerecht.
Doch mein Gott, mein Gott! Herr im Himmel! Wieso mußte es
so kommen? Wieviel harte Arbeit wir reingesteckt hatten! Sams-
tags transportierten wir immer Gasflaschen. Schlauer Bursche,
dieser Kosoresow. Hat sich gekümmert, dankenswerterweise, hat

einen Wagen besorgt, einen Arbeiter … Himbeeren hatten wir – ganze Sträucher, Erdbeeren – ganze Beete. Dieser üppige, prachtvolle Anblick, der das Auge mild werden ließ und das Herz friedlich … Dieser üppige, prachtvolle Anblick …

Und die Hauptsache – der Baggersee. Mein Gott! Der Baggersee! Dieser ständig von kristallklarem Grundwasser frisch gespeiste Baggersee, einfach erquickt hat er uns in unseren schwülen Sommernächten. In seinem sanften Gewässer tollten ausgelassen die Jungens, diese Schlingel. Und unsere Mädchen im Heiratsalter, sie lagen, die Kätzchen, wie die Verkörperung der Jugend auf dem knirschenden Quarzsand. Lernten für ihre Prüfungen oder träumten einfach ihre alltäglichen Jungmädchenträume über ihr künftiges Arbeitsleben, über die Familie, die Ehe, die Erziehung der Kinder und die richtigen Beziehungen zwischen den Geschlechtern.

Und um sie herum wir, die Eltern. Die Frauen stricken was aus Mohair oder erzählen, wer wo Urlaub gemacht hat im Süden oder sich was gekauft hat – was für Neuanschaffungen für die Familie. Im Weidengebüsch tragen Oberst Schestakanow und Professor Burwitsch ein Dameturnier aus. Borkenkäfer-Mitja diskutiert mit dem Physiker Lyssuchin, ob das tschechische Bier tatsächlich einen höheren Alkoholgehalt hat. Der eine löst Kreuzworträtsel, der andre Produktionsprobleme. Und ich, ich schau mir das alles an, und – Ehrenwort! – das Herz geht mir auf und dreht sich mir zugleich im Leib um. Die hungrigen Kriegsjahre kommen mir in den Sinn, als sie mich u.k. erklärt haben und danach, wie ich mal, an einem schwarzen Morgen im Schneesturm, als Nummer 261 mit meinem Ehegespons im Torbogen beim Rotfront-Kino um Mehl anstehe. Mein Bein ist mir abgestorben, überhaupt kein Gefühl hab ich mehr in dem dünnen Filzstiefel; später haben sie es mir massiert, mit Gänsefett eingerieben. Wenn ich mich daran erinnere, Ehrenwort, da möcht ich mit diesen Fingern am liebsten eigenhändig die ganzen Schwätzer und Miesmacher erwürgen, die sich mit Schaschlyk vollgefressen und mit Pepsi-Cola vollgesoffen haben! Diese ganzen Stinktiere sollten mal an meiner Stelle in der

Warteschlange von neunzehnhundertsiebenundvierzig stehen! Das würd ich mir ansehn, was die dann für Töne anschlagen würden, die Rotzlöffel!

Was aber die beiden jungen Männer angeht, dem Anschein nach Künstler, also, die haben uns zuerst sogar gefallen, will unseren Irrtum gar nicht verschweigen, will mich gar nicht rechtfertigen …

Die hat der Regisseur Bublik zusammen mit seiner reizenden Frau, der Sängerin, angeschleppt. Dieser Schuft hat lediglich dazu getaugt, daß er, der Regisseur, solang er dazugehörte, uns oft durch hohen Besuch erfreut hat in unserer »Blödnis« (so nannten wir die Siedlung in der »Ödnis«), durch den Besuch verschiedener Berühmtheiten. Du denkst dir nichts, da kommt der Sänger M. an, ein Handtuch um den Hals und trällert »Heil dir, heil dir!«, oder der Zauberer T. bringt alles zum Lachen, weil er Schestakanows Taschenuhr im Schuh von Borkenkäfer-Mitja verschwinden läßt, oder auf dem Hügel sitzt auf einmal unser berühmter Porträtmaler Sposchnikow und malt ein Porträt des Baggersees vor dem Hintergrund der ihn umgebenden Gegend. Merkwürdig, daß diese gescheiten Leute nicht vor uns den verfaulten Kern dieses Bublik durchschaut haben, zu merkwürdig!

Die zwei jedenfalls waren auf den ersten Blick ganz schlichte langhaarige Burschen. Aber nicht umsonst sagt das Volk, Schlichtheit sei oft schlimmer als lange Finger, auch wenn Bescheidenheit ja eine Zier … Der eine, größere, war so ein blauäugiger Sportler. Der andre war ein Schwächling, südlicher Typ und eher flink. Unsre Mädchen im Heiratsalter waren richtig am Rotieren, wie sie gesehen haben, mit welcher Geschicklichkeit die jungen Männer einen Tischtenniswettkampf austrugen. Und nicht, daß die zwei ihnen irgendein dreckiges Wort gesagt hätten oder eine provozierende dreckige Handbewegung gemacht hätten. Nichts dergleichen! Bescheiden und würdevoll, jawohl, schmetterten sie, die Halunken, ihren weißen Pingpongball. Bis es dann losging.

Und als es losging, schrien alle aufs Mal – hätten sie sich doch gleich gedacht. Von wegen »gedacht«, nicht mal geahnt haben sie es, bevor nicht dieser handfeste und echt schweinische Skandal ausbrach, dessen Folgen unauslöschlich, unumkehrbar, betrüblich und beschämend sind: Schon werden die Datschen zugenagelt, mit Brettern über Kreuz, und überall treiben sich kleine Zwischenhändler rum, rascheln durchs Herbstlaub, die Obstbäume werden ausgebuddelt und abtransportiert, und auf den Gesichtern kein Lebensmut, sondern nichts als müde Verzagtheit, Enttäuschung und Angst.

Obgleich man mit ein bißchen Grips gleich hätte draufkommen können. Die sind ja sogar ARM IN ARM gegangen, ganz zu schweigen davon, daß sie offenkundig, ja, offenkundig unseren Mädchen auswichen.

Die freuten sich auch noch, die Schlingel, daß sie Unfug treiben konnten. Flochten dem Kleineren Zöpfchen wie bei einer Usbekin. Die Lippen malten sie ihm mit grellrotem Lippenstift an, und dann – das ist mir eine, die siebzehnjährige Nadja Schestakanowa! – dann haben sie ihm über seine ziemlich fette, dem Körperbau nicht entsprechende Brust mit Gewalt einen leeren Ersatzbüstenhalter gezogen. Das war vielleicht ein Gelächter!

Wir alle amüsierten uns ebenfalls in dem Augenblick, fälschlicherweise, lachten, hielten ebenfalls diesen ziemlich dreckigen Spaß für relativ gelungen. Amüsierten uns und lachten, bis es dann losging.

Mein Gott! Ich werd es mein Leben lang nicht vergessen. Also, folgende Kräfteverteilung. Der Baggersee. Die beiden am Ufer auf einem Floß, die Mädchen davor, wir sitzen alle im Gebüsch, und der Regisseur Bublik mit seiner reizenden Frau, der Sängerin, ist irgendwie nicht da.

Kaum hatten die Mädchen dem Jüngeren diesen unschuldigen Frauenzierat auf die Brust gebunden, da sprang der Ältere plötzlich auf, wurde blaß, seine blauen Augen trübten sich, und plötzlich versetzte er Nastja einen heftigen Boxhieb direkt auf das Sonnengeflecht, wovon das Kind, ohne auch nur zu japsen, lautlos in den Sand fiel.

Wir alle standen starr, mit aufgesperrtem Mund. Er jedoch stieß, ohne eine Sekunde zu zögern, das Floß kräftig vom Ufer ab, und im Handumdrehn befand sich das Pärchen mitten auf dem Baggersee, wo es in ein widerwärtiges, unflätiges Gezänk ausbrach. Der Lange tobte, während der Kleine darauf nur greinte, aber auch das ordinär. Er streckte dem Langen sogar die Zunge raus, worauf der merkwürdig zusammenzuckte, »Du Hure!« brüllte und dem Kleinen eine Ohrfeige verpaßte. Der fiel auf die Knie und fing an, seinem Genossen die dreckigen nackten Füße zu küssen, über die schon die Wellen schwappten.

Mein Gott! Mein Gott! Herr im Himmel! Der andre gab ihm mit aller Macht einen Tritt, und der junge Mann fiel mit durchdringendem Schrei ins Wasser. Dabei kam das Floß jedoch aus dem Gleichgewicht, kippte und warf auch den anderen jungen Mann ins Wasser. Beide verschwanden, ohne auch nur zu blubbern, in der Tiefe. Dann kamen sie nochmal hoch, aber da sie offenbar nicht schwimmen konnten, gingen sie, wieder ohne zu blubbern, endgültig unter.

Und es brach eine schreckliche Stille an.

Wir alle standen wie vom Donner gerührt. Unsere Mädchen drängten sich wie ein Häufchen erschreckter Tiere um die wieder zu sich kommende Nastja, die Omas und Hausmädchen wachten auf, die Säuglinge begannen zu weinen, die Hunde zu bellen.

Als erster fing sich der Oberst Schestakanow. Mit dem Ruf »Ich hol diese Arschficker raus, die sollen sich vor den Geschworenen des Volkes verantworten!« stürzte sich dieser hervorragende Schwimmer – in seiner Jugend Preisträger bei den verschiedensten Wettkämpfen – ins Wasser und blieb längere Zeit weg. Als er auftauchte, verschnaufte er lange in Rückenlage, wonach er, ohne unnötige Worte zu verlieren, erneut tauchte.

Doch weder der nächste noch alle folgenden Tauchversuche des Obersten Schestakanow im Baggersee brachten irgendwelche positiven Resultate. »Gibts doch nicht«, murmelte der Oberst, aber sie waren verschwunden.

Jemand hatte die Idee und stürzte zu Bublik, der ja sozusagen an der »Bescherung« schuld war. Aber auch der war verschwunden, zusammen mit seiner reizenden Frau, der Sängerin. Durch ihre leere Datscha fegte der Tannenwind, bauschte die Tüllstores, eine umgekippte Kaffeetasse lag auf dem Teppich, hatte ihren Inhalt über eine offenkundig nicht aus unserem Land stammende Hochglanzzeitschrift ergossen, grell orangene Blumen welkten verwaist in schönen Keramikvasen, doch Bublik und seine reizende Frau, die Sängerin, waren verschwunden.

Als wir ein paar Tage danach eine Delegation unserer Leute zu ihm in die »Musikalische Komödie« schickten, teilte uns dort, den Blick zu Boden gesenkt, die Verwaltung mit, Bublik habe bereits auf Nimmerwiedersehn gekündigt und sei in unbekannter Richtung abgereist. Erst später begriffen wir die Verlegenheit dieser ehrlichen Leute, später, als die unbekannte Richtung des Regisseurs Bublik endgültig klar wurde, es waren nämlich die Vereinigten Staaten von Amerika, wohin er praktisch vor aller Augen frech emigriert war zusammen mit seiner reizenden Frau, der Sängerin. Je nun, das ist eigentlich nicht verwunderlich, daß sie in die USA sind – offenbar können sie sich dort leichter jener Unzucht hingeben, der bei uns strenge Grenzbarrieren gesetzt sind. Das ist nicht verwunderlich.

Verwunderlich ist etwas anderes. Verwunderlich ist, daß sie, als dann die Miliz zum Baggersee kam und die Froschmänner eintrafen, absolut niemanden fanden. Wir baten die Froschmänner sehr, und sie bemühten sich auch sehr, suchten Zentimeter für Zentimeter den Grund ab, aber alles war umsonst. Sie waren verschwunden.

Wissen Sie, hinterher haben wir überlegt, vielleicht hätte ja, hols der Teufel, uns das Geld gereicht, vielleicht hätten wir uns doch zu den erheblichen Ausgaben entschließen und den Teich ablassen sollen, um draus klug zu werden, restlos Klarheit zu schaffen, damit es nicht hinterher nach Teufelsspuk und Popenkram stinkt, damit nicht müde Verzagtheit, Enttäuschung und Angst um sich greifen. Aber wir hatten den Zeitpunkt verpaßt, und jetzt müssen wir schlimm büßen für unseren fälschlichen Leichtsinn, für Sorglosigkeit und Selbstüberhebung.

Weil nämlich schon buchstäblich am Tag, nachdem sich alles quasi beruhigt hatte, durch die Siedlung plötzlich der furchtbare Schrei eines Menschen in Todesangst gellte, und dieser Mensch war Gen. Schestakanow, ein Freund des Nachtbadens. Der Ärmste war kurz vor dem Ersticken, seine Augäpfel traten aus den Höhlen, er deutete bloß auf den Abglanz des Mondscheins auf dem Wasser und sagte bloß immer wieder: »Das sind sie! Das sind sie! Dort! Dort!«

Mit einem Glas Wodka abgerieben, kam er zu sich, blieb aber beharrlich dabei, um zwölf Uhr sei ganz von allein ein Floß mitten im Teich aufgetaucht, und auf diesem Floß seien plötzlich zwei Skelette erschienen, die sich traurig umarmt und leise den Schlager gesungen hätten: »Verjage die Schatten des Grams, du hast dein Leben noch vor dir.« Tatsache!

Und obwohl Schestakanow sich schon bald vom Psychiater Zarkow-Kolomenski behandeln ließ, half das keinem. Die Skelette gesehen und gehört haben außerdem Prof. Burwitsch, Gen. Kosoresow, Borkenkäfer-Mitja und seine Schwiegermutter, der Schlosser Jeprew und sein Kollege Schenopin, Angelina Stepanowna, Eduard Iwanowitsch, Juri Alexandrowitsch, Emma Nikolajewna, ich und sogar der Physiker Lyssuchin, den als Mann der Wissenschaft dieses Schauspiel derart erschütterte, daß er gefährlich zu trinken begann.

Man versuchte, sie zu verscheuchen, rief »Ksch, ksch!«, schoß mit der Doppelflinte – nichts half. Die Skelette waren zwar nicht immer zu sehen, aber das Floß fuhr auf jeden Fall ganz von allein, und das Geschrei, das Singen, das Jammern, die geröchelten Schwüre, schmatzenden Küsse und flehentlichen Bitten hörte man nachts ANDAUERND!

Ich bin schließlich kein Schestakanow, auch wenn ich nicht an der Front war, und kein Physiker Lyssuchin, obwohl ich keine Hochschulbildung habe, ich bin ein normaler Mensch, ich trinke auch nicht besonders viel Wodka, jedenfalls – DAS SCHWÖR ICH IHNEN HÖCHSTPERSÖNLICH, DASS ICH DAS GEHÖRT HABE MIT EIGENEN OHREN! »Mein Liebster! Mein Liebster!«, dann ein Röcheln, und was für eins, die Haare stehen einem zu Berg.

Und als alles durchprobiert war – Gewehre, Steine, das Insektenmittel Chlorophos –, da kam dann ein Ende nach dem anderen: unser Ende, das Ende der Siedlung, das Ende des Baggersees. Schon werden die Datschen zugenagelt, mit Brettern über Kreuz, schon treiben sich überall kleine Zwischenhändler rum, rascheln durchs Herbstlaub, die Obstbäume werden ausgebuddelt und abtransportiert, und auf den Gesichtern kein Lebensmut, sondern nichts als müde Verzagtheit, Enttäuschung und Angst.

Was hätten wir Ihrer Meinung nach auch tun sollen? Wir sind gewiß keine Mystiker und keine Popen, aber wir sind auch keine Idioten und bleiben an einem Ort, wo Leichenunzucht lockt, wo Skelette wollüstig im Mondschein blinken, die Leute narren und schrecken und sie direkt in die psychiatrische Anstalt bringen, dabei den Frauen den Mut nehmen, den Männern den Verstand und den Kindern ihre glückliche Kindheit sowie den klaren Blick auf Leben und Arbeit zum Wohle unseres riesigen Heimatlandes.

Mein Gott! Mein Gott! Herr im Himmel ...

In dröger Herbststarre kroch eine rote Straßenbahn einheimischer Produktion auf der Brücke über den gewaltigen sibirischen Fluß Je.

Und in dieser Straßenbahn fuhren viele Leute, die einen von der Arbeit, die andern – nirgendswohin. Leute eben.

## Die Schar Schwäne, die in Richtung Ägypten flog

Vor dem Fenster aber entfaltete sich in voller Pracht die unbeschreibliche Schönheit der sibirischen Landschaft: weiß das Wasser, taubenblau der Fels, grau der Himmel, bunt die Wälder. Vielen Leuten war diese Schönheit allerdings schnurzpiepegal! An alles gewöhnt sich der Mensch, alles auf der Welt hängt ihm mal zum Hals raus, ihm daran schuld geben darf man nicht.

Unter all den Leuten saß am Fenster ein schweigsamer Mann in der Uniform eines Majors unserer Streitkräfte. Dieser Mann schaute lange und aufmerksam zum Fenster raus, dann sprengte er plötzlich die Straßenbahnstille mit dröhnender Kommandeursstimme:

»Seht mal, Genossen! Seht her! Eine Schar Schwäne fliegt in Richtung Ägypten!«

Und klopfte mit dickem Finger an die Wagenscheibe, wobei er eins ums andre Mal sagte:

»Eine Schar Schwäne! Eine Schar Schwäne!«

Und plötzlich taten alle mit! Unglaublich schnell gerieten sie in Bewegung, stürzten sie zu den Fenstern:

»Wo?! Wo?!«

»Dort!« Der Major hob feierlich den Finger. »Dort! Dort! Ja! Das sind sie! Sie steigen schon auf! Sie fliegen schon höher und höher! Schon verwandeln sie sich in blinkende Punkte! Was ist das? Sie sind schon außer Sichtweite! Und offenkundig nehmen sie Kurs in Richtung Ägypten!«

»Ja, wirklich – sie steigen höher und höher! Und – ja freilich, sie verwandeln sich in blinkende Punkte! Und ja, in der Tat – schon sind sie vollkommen außer Sichtweite! Und offenkundig nehmen sie Kurs in Richtung Ägypten!« schnatterten die Fahrgäste durcheinander.

Da brach in der Straßenbahn eine stürmische Fröhlichkeit aus. Einander unbekannte Menschen umarmten sich brüderlich und beglückwünschten sich gegenseitig. In einem Glückswirbel vermengten sich Leiber und Gegenstände, Besitztümer, Persönlichkeiten und einige Kleidungsstücke der Fahrgäste.

Der Major war ernst. Mit strahlendem Gesicht und feuchten Augen stieg er auf den Ledersitz und sagte schlicht inmitten des Freudenfestes:

»Ja, Freunde. So ist das! Wir durften ein einmaliges Ereignis miterleben: Wir wurden Augenzeugen, wie eine Schar Schwäne in Richtung Ägypten flog. Und es ist unsere Pflicht, daß wir im Kreis unserer Familien und Anverwandten davon berichten und ebenso bei unseren Untergebenen und Ranghöheren! Hurra, Genossen!«

Er setzte sich. Die Anwesenden aber bedachten die Ansprache des Majors mit lautem, unermüdlichem Applaus.

»Hurra! Hurra! Hurra!« riefen die Anwesenden.

Der Applaus wollte nicht verstummen. Er schwoll an und ging stellenweise in Ovationen über. Und alle applaudierten, alle applaudierten, alle!

Und nur ein Junge, zehn vielleicht, dem Aussehen nach schmächtig und schwächlich, in Wirklichkeit aber ein zukünftiger Verbrecher, wie aus seinen nachfolgenden Handlungen ersichtlich wird, blickte verdrossen. Verdrossen bewegte er etwas in seinem sich gerade heranbildenden Verstand, rieb er sich die Stirn. Als er zu einem Schluß gekommen war, trat er zu dem Major und sagte leise:

»Onkel Major! Du hast ja wohl einen Dachschaden? Nicht? Oh, leck mich doch …!«

Und alles erstarrte. Der Major aber wandte sich ab und widersprach nicht einmal.

Alles erstarrte. Der Junge streckte den Erwachsenen die Zunge raus, stieg an der nächsten Haltestelle aus und ging seiner Wege.

## Zusätzliche Erkenntnisse über das Leben

Könnte nicht sagen, daß der Besuch beim Freund meiner Kindheit, Knabenjahre und Jugend auch nur die Spur eines unangenehmen Gefühls in meinem Herzen zurückgelassen hätte. Man hat mich sogar aufgefordert, mal wieder zu kommen. Man bewirtete mich mit Gurken, Tomaten, Tintenfisch, Ente gedämpft, Kumscha-Forelle und Kaukasus-Wein.

## Zusätzliche Erkenntnisse über das Leben

Außerdem habe ich mich in beträchtlichem Maß mit zusätzlichen Erkenntnissen über das Leben bereichert.

Denn als das Parkett endlich ausgeknarrt hatte, als Rauschen und Rascheln schließlich verstummt war und die Bettfedern mit Ächzen reagierten, da …

»Veronika! Vera! Schläfst du?« Sascha sagte es vorsichtig zur Küchentür hinaus.

Es erfolgte keine Antwort.

»Sie schläft also«, meinte er befriedigt. Und zog den nebulösen Schluß: »In *ihrem* Zustand ist Schlafen einer der wichtigsten Vorzüge.«

»Vorzüge vor was?« fragte ich.

»Moment mal!« Sascha lauschte angestrengt. »Moment. Geh du raus in den Flur. Und ich rede. Na, hört man was?«

»Ja.«

»Und wenn ich die Tür fest zumache? Na?«

»Nein.«

»Dann ist es okay«, entschied Sascha. War aber immer noch ein wenig unruhig, legte das Ohr an die Gipswand, der ein Kornblumenmuster aufgedruckt war, knipste das Deckenlicht aus und die Schreibtischlampe an, füllte erneut die Kristallgläser und dann:

»Verstehst du, Alter, verstehst du«, begann er mit pfeifendem Flüsterton …

Alexander (Sascha) Morosow, ein junger Mann mit Brille, Alter fünfunddreißig, Junggeselle, wurde von seinem Betrieb für zwei Wochen zum Arbeiten in die Kolchose geschickt. Damit er den Schwerstarbeitern der Kolchose »Roter Leuchtturm« im Dorf Sichnewo helfe, ihr mühsames landwirtschaftliches Tagwerk zu vollbringen – Getreideanbau im Nichtschwarzerdegebiet. Damit es mehr Getreide, Fleisch, Geflügel und Gemüse gebe. Damit das Leben schön und gut werde!

Die Fahrt aus der Stadt war fröhlich, mit Gesang. Untergebracht wurde die Chorgemeinschaft auf Pritschen im Gebäude der wegen des Sommers außer Betrieb befindlichen Schule. Sie sangen erneut, tranken zu Ehren der Ankunft, Schischajew und Koschkin prügelten sich auf dem Flur, und am nächsten Morgen machten sich alle einträchtig an die Arbeit.

Die erste Zeit war es Sascha langweilig. Verschlafen schritt er mit einer kleinen Heugabel hinter so einer orangenen Maschine her, die das Gras abschnitt und in sich reinstopfte, wozu sie an einem Traktor befestigt war. Die Maschine fraß das Gras von alleine, störungsfrei, und der Traktorist war ein hochgewachsener, wortkarger Bursche mit breiten Backenknochen, bestimmt zwanzig Jahre jünger als Sascha. So war es Morosow langweilig. Dann hatte auch noch die Maschine alles Gras aufgefressen, und Sascha wollte wieder nach Hause. Der Gruppenälteste, der Abteilungsleiter Fijurin, sagte jedoch, wenn einer hergekommen sei, um der Kollektivwirtschaft zu helfen, solle er das auch tun und überhaupt, was seien das für spießige Redereien, von wegen keine Arbeit … Keine Arbeit gebe es nur für Dummköpfe, und wenn du gescheit bist, hau dich ins Gras, laß dich bräunen, such im Wald Heidelbeeren. Oder verrückte Wurzeln für Volkskunst aus Holz. Dein Gehalt läuft doch weiter, Spesen hast du doch auch gekriegt, damit deiner Hilfe für die Kollektivwirtschaft aufgeholfen werde? Oder, Sascha? Was brauchst du noch? Du bist einfach ein Esel, Sascha, wenn du von hier fortwillst. Und wohin? In die staubige Stadt, zum krebserregenden Asphalt, zu acht Uhr dreißig hinterm Büroschreibtisch und fünf Uhr vierzig klingelts zum Feierabend ... Pfui bah!

»Stimmt ja eigentlich!« Sascha gab sich plötzlich zufrieden. »Das Wetter ist prächtig, im Wald tollen die Piepmätze, und die frische Luft hier, die könnt man direkt in Konservendosen füllen und nach Japan schicken, damit die dort die Dosen öffnen und sich die Luft einverleiben, wie die Zeitungen schreiben, daß die es angeblich dort schon so machen.«

Morosow fand Gefallen am Barfußlaufen. Aber nicht etwa aus Angeberei, sondern einzig aus dem Grund, weil ihn die neuen Ersatzlederstiefel gehörig drückten, die ihm seine Mutter gekauft hatte in Erwartung von Regenfällen und auch in Unkenntnis der Arbeitsatmosphäre in der modernen Landwirtschaft, wo es heute viel weniger Dreck und Mist gibt als früher, als die großen Geister und Propheten von so etwas erst zu träumen begannen ...

Die Verpflegung war in der Kolchose allerdings nicht besonders gut organisiert, wozu es verheimlichen! Eines dringenden Bedürfnisses wegen kauerte sich Morosow in die staubigen Wermutssträucher am Wegrand, stellte jedoch zuvor die Stiefel an die Böschung. Die Mücken stachen. Es wurde Abend. Ein Karren mit zwei betrunkenen Muschiks fuhr vorbei. Dem Karren hinterdrein rannte ein Idiot. Der Idiot war ebenfalls barfuß, aber nicht aus Notwendigkeit wie Morosow, sondern schlicht aus Idiotie, weil er ein Idiot war. Mit schmutzigen Fersen stampfte er die dicke Staubschicht. Als er am einsam im Gebüsch sitzenden Morosow vorbeirannte, packte der Idiot, ohne abzubremsen, Morosows Stiefel und stürmte weiter, überholte sogar den Karren.

Morosow saß nicht lang in der Hocke. Mit halb zugeknöpftem Hosenladen kam er aus dem Gebüsch geschossen, überholte ebenfalls den Karren und packte die Stiefel. Der Idiot gab die Stiefel aber nicht her. Morosow stieß ihm die Stiefel gegen die Brust, und der Idiot fiel in den Staub, ohne die Stiefel loszulassen. Inzwischen hatte sie auch der Karren erreicht. Die Muschiks freuten sich über die Szene und zwinkerten einander zu.

»Schlagen Sie ihn nicht, Genosse«, sagte der erste Muschik und griff sich nachdenklich ans Ohr.

»Er ist doch ein Idiot, er kapiert sowieso nichts, Genosse«, sagte der zweite Muschik und kratzte sich.

»Stiefel stehlen, das kapiert er«, sagte Morosow, nachdem er die Stiefel nun doch an sich gerissen hatte.

»Ach, woher, ach woher, glauben Sie bloß das nicht, Genosse«, wehrten die Muschiks ab. »Der ist ehrlich. Der hätt sie Ihnen sowieso später zurückgegeben, so ein Idiot ist der, unbedingt hätt er das. Der ist ehrlich. Wär mit rumgelaufen und hätt sie zurückgegeben.«

»Hören Sie mal, halten Sie mich auch für einen Idioten, Genossen?« wollte Morosow loslegen. Doch ohne weiter auf ihn zu achten, trieben die Bauern schon gereizt das Pferdchen an, setzten sie sich schon in Galopp, die Bauern, und stürmten erneut dem Idioten nach, der erneut mit bloßen Fersen trommelte und Kurs hielt auf eine ferne Kirche ohne Kreuz, die größtenteils hinter einem entlegenen Berg verborgen war. Unser Morosow zuckte die Achseln und trollte sich zurück an seinen Stammplatz und bald …

… und bald erhob er sich auch. Sorgfältig knöpfte er diesmal seine schöne Hose zu, neue Jeans aus der Produktion eines der sozialistischen Bruderländer. Die Sonne aber – die Sonne ging schon unter, vergoldete das changierende Smaragdgrün der wogenden Felder, vergoldete sogar die rostigen Kuppeln der fernen Kirche ohne Kreuz, und Morosow war traurig zumute. Traurig blickte der junge Mann auf die üppige Abendnatur, wo alle Blumen schon bestäubt waren, an den Tannen die Zapfen reiften, die Kartoffeln weißlich blühten und nur er, Alexander Morosow, Sascha, Alter fünfunddreißig, fühlt sich immer irgendwie unbehaglich, genierlich, keine Zeit hat er, auch irgendwem auch irgendwas ebenso Angenehmes zu tun, irgendwen mitzureißen, zu erwärmen, zu erfreuen. Die Sonne verschwand völlig hinterm Berg, die goldenen Kuppeln wurden wieder rostig, und vor lauter traurigen Gedanken mußte Morosow leise, aber kräftig hicksen.

Wie in den Bergen von Alatau oder Pamir, wo bekanntlich ein kleines Steinchen einen grandiosen Lawinenknall auslösen kann und die bedrohlichen Elemente über eine schutzlose Stadt hereinbrechen, so löste das Hicksen des jungen Mannes ebenfalls eine Explosion aus, eine biologische jedoch, die über seinen gesamten, von elegischen Gedanken geschwächten Organismus hereinbrach. Morosows Augen fingen unvermittelt zu tränen an, in seiner Nase fings an zu jucken, er nieste, hickste nochmal, dann folgte etwas Ohrenbetäubendes, und plötzlich begriff er entsetzt, daß er sich schlimm getäuscht hatte, als er meinte, es sei schon »alles« gewesen, plötzlich spürte er entsetzt, daß keineswegs mehr alles in Ordnung war in seiner neuen Hose ...

Morosow stöhnte auf, erbleichte, fluchte durch die zusammengebissenen Zähne und hüpfte, ohne die Beine zu spreizen, wie eine Zieselmaus zum lokalen Teich von Sichnewo, in dem dem gnädigen Herrn sein Töchterchen ertrunken war.

Dieser Teich war ganz von Erlen und Riedgras umwachsen, wie bei Turgenew, als der für lange Jahre immer nach Frankreich reiste, um Pauline Viardot ihre Lieder singen zu hören und einen Roman über die heißgeliebte Heimaterde zu schreiben, über jeden Busch drauf, jeden Fußbreit, jeden Grashalm, welcher sich den grenzenlosen unergründlichen patriotischen Weiten harmonisch einpaßte – wie man uns das gelehrt hat in der Mittelschule Nr. 10 der sibirischen Stadt K. und an der Polytechnischen Hochschule derselben Stadt, wo Sascha und ich lange Jahre in allen Wissenschaften unterwiesen wurden ...

»Sascha, Sascha! Sind Sie das, Sascha?« vernahm Sascha plötzlich eine liebliche Frauenstimme. Ohne die Muskeln zu lockern, wandte er sich um. Ziemlich weit entfernt bewegte sich etwas rot und schwarz Gekleidetes, auch blondes Haar war dabei, das ein unbekanntes und für den schwachsichtigen Morosow schlecht erkennbares Gesicht einrahmte. Sascha machte einen Satz und kauerte sich erneut ins dichte Gras. Die Frau wunderte sich. Sie kam näher und drehte verwundert das kleine Köpfchen nach allen Seiten. Jetzt konnte Sascha sie besser sehen. Es war die Stenotypistin Veronika aus dem Schreibbüro, eine von denen, die als »Lachamsel und Betriebsnudel« gelten: Ewig rannte sie mit Schuhkartons aus Sonderzuteilungen durch den Betrieb, tuschelte mit ihren Freundinnen im Flur, haute dort auch die Männer laut um Zigaretten an. Es war Veronika gewesen, die im Bus den Gemeinschaftsgeist weckte, und alle sangen laut: »Meine Adresse ist kein Haus und keine Straße. Meine Adresse ist – die Sowjetunion.« Sascha hielt den Atem an.

»Aber wo sind Sie denn, Sascha? Ich habe Sie gesehen!«

Noch einmal rief die Frau, verunsichert, seufzte dann betrübt und begab sich zum Teich, schritt durchs hohe Gras und zog im Gehen das rote Frotteetrikot über den Kopf.

In diesem Teich war tatsächlich vor über sechzig Jahren das unverheiratete Töchterchen des pensionierten Offiziers Sichnew ertrunken, des damaligen Eigentümers dieser Gegend, und selbst heute noch mochten die Kolchosbauern um nichts in der Welt in dem entweihten Wasser baden, sie bekreuzigten sich und murmelten: »Ist nicht geheuer, der Ort, ist dem gnädigen Herrn sein Fräulein drin ertrunken.« Womit sie nicht wenig die ohnehin schon lustigen Städter belustigten, die im Lauf vieler Sommer unweigerlich anreisten, um der Kollektivwirtschaft zu helfen. Wovon die Städter auch stets mit unverändertem Erfolg nach der Rückkehr im Kreise ihrer Freunde und Freundinnen berichteten, um die Idiotie des Landlebens zu illustrieren. Wozu viel getrunken und gegessen wurde …

Morosow schlich weiter. Der Teich lag öde da. Öde auch deshalb, weil sogar die treuen Helfer der Kolchose abends nicht zum Teich gingen, denn abends war es am Teich völlig dunkel, ekelhaft quakten die Frösche, trieben die Mücken ihr Unwesen, quatschte und glitschte unter den Füßen der zähe Schlamm, der der jungen Sichnewa ewige Ruhe geschenkt hatte. Morosow

wunderte sich sogar – was, zum Teufel, hatte die einsame Veronika hier zu suchen, wieso konnte sie sich für ihre Spaziergänge
keine gemütlicheren Örtlichkeiten aussuchen? Doch da sah er
plötzlich – wenn man den Esel nennt – nahe vor sich einen ent-
kleideten Körper. Morosow erstarrte sogar, denn im Glanz des
schon aufgegangenen Mondes konnte er sehen, wie Veronikas
unerwartet große, weiße, schwellende Brüste ins dunkle Wasser
platschten und aus dem mondigen Gewoge sogar aufzusteigen
schienen, als sie sich auf den Rücken drehte und, geschmeidig
mit ihren kräftigen Armen schaufelnd, ins Dunkel hinein-
schwamm. Sascha sagte sich, daß die Schwimmerin aufgrund des
eigenen Lärms im Wasser nicht hört, was sich am Ufer tut, weshalb er sich seitwärts in die Büsche schlug, ohne sich zu verber-
gen und eine passende Bucht aussuchte, wo er die Stiefel ab-
streifte und unter Naserümpfen und Kopfwegdrehen die Jeans
auszog, die Unterhosen nach links kehrte und still und heimlich
alles in der Bucht auswusch und ausspülte. Allmählich beruhig-
te er sich und kam in unerklärlich gute Stimmung, auch überkam ihn, unbekannt woher und weshalb, eine recht angenehme
Erregung. Seine Phantasie gaukelte ihm irgendwas Unklares vor.
Morosow ächzte und schrubbte mit Ingrimm das verunstaltete
Gewebe.

»Ja, sowas! Jetzt hab ich Sie aber erwischt! Was machen Sie denn
hier, Sie Schelm?« hörte Sascha hinter sich die bekannte Stimme. Vor Schreck zuckte der Ingenieur zusammen und ließ seine
blauen Unterhosen ins Wasser fallen. Mangels jeglicher Strö-
mung schwammen die Unterhosen nicht davon, sie knickten im
warmen Wasser langsam ein und sanken zum Grund. Sascha
wandte sich heftig um.

»Ja, sowas! Ich hab mich also nicht getäuscht, Alexander! Wo
sind Sie denn abgeblieben, warum haben Sie nicht Laut gegeben, schämen Sie sich nicht?« Veronika redete und redete und
kam näher und näher.

Sascha bückte sich, duckte sich, wedelte mit den Armen.

»Sie … Sie … sollten nicht …« stammelte er.

Das Mädchen blieb befremdet stehen. Aber dann brach sie in

verschmitztes Lachen aus, denn sie sah nur seine – wie Flaschenscherben am Mühlrad – im Mondschein blitzende Brille.

»Huch, ich bin ja nackig, bin ja ganz nackig!« juchzte sie und ging ebenfalls in die Hocke.

»Darum gehts nicht«, knurrte Sascha.

Plötzlich richtete sich die Stenotypistin entschlossen auf. »Was machts schon, daß ich nackt bin! Schauen Sie doch, Alexander, schau doch, Sascha, hab ich etwa eine schlechte Figur … Im Westen gibts übrigens ganze Siedlungen, von gebildeten Menschen übrigens, wo alle nackt rumlaufen und niemand findet was dabei … Wozu immer gleich was Schlechtes denken …«

Und kam näher und näher.

Sascha verlor erneut die Fassung. »Was machst du denn!« Er sprang auf, hielt sich die Hand vor.

»Ach so, Sie sind am Waschen?« Das Mädchen brach in helles Gelächter aus. »Ich helfe Ihnen, das kriege ich besser hin.«

Sie wollte sich über Saschas Kleidung beugen, aber er packte sie bei der Hand, riß sie an sich und beide fielen, lachend und keuchend, ins flache warme Wasser. Und da war es zwischen ihnen auch schon bald passiert, direkt im warmen Wasser, im seichten Uferschlamm, geschah zwischen ihnen, was allem Anschein nach zwangsläufig zwischen ihnen geschehen mußte …

Danach gingen sie erneut in verschiedene Richtungen auseinander. Veronika stieß sich kraftvoll ab und schwamm erneut auf den Teich hinaus. Sie plätscherte und trällerte und spritzte. Während Sascha rasch seine Sachen spülte, auswrang, die Jeans in der Luft ausschüttelte und direkt auf den nackten Körper anzog.

»Ich gehe«, sagte er.

»Warte, ich komme mit dir, bin gleich da«, erwiderte sie sofort.

Geschickt kletterte sie ans Ufer, und sie gingen. Morosows Unterhosen mußten auf dem schlammigen Grund übernachten.

»Du zitterst, du bist ja ganz naß, warum hast du bloß deine Hosen naßgemacht, komischer Kerl? Komm, ich wärme dich«, sagte sie.

Sie lagen nebeneinander, hatten sich ins noch warme Heu hineingewühlt und schauten zu den Sternen hoch.

»Du bist zu sonderbar. Ich beobachte dich schon lange. Du bist irgendwie die ganze Zeit traurig. Alle singen, doch du schweigst. Die anderen spielen Volleyball, doch du gehst in den Wald ...«
Sascha schwieg.

Sie berührte ihn zärtlich. »Warum schweigst du?«

»Ich hasse alle«, sagte Sascha.

»Geht doch nicht, daß man alle haßt«, tadelte das Mädchen. Und befand: »Sicher machst du nur Spaß.«

Sie schwiegen beide.

»Sag, glaubst du an Gott?« fragte Veronika plötzlich.

»An Gott? Wieso das denn!« Verblüfft stützte sich Sascha auf den Ellbogen. Doch sie sah ihn ernst an.

»Ich glaube nämlich«, sagte sie schlicht. »Ich glaube, daß uns heute Gott zusammengeführt hat. Ich habe dich hinter dem Karren erblickt, und da wurde mir auf einmal so wunderbar froh ums Herz, und ich bin gerannt, gerannt, gerannt, wie ein kleines Mädchen. Aber glaub bloß nicht ...« Sie wurde rot. »Ich bin überhaupt nicht so draufgängerisch, wie es vielleicht den Anschein hat. Ich hab einfach ... ich hab ... dich unheimlich gern haben wollen!« Sie schlug die Augen nieder. »Ich liebe dich, ich konnte einfach nicht anders. Alle ringsum sind so gleichgültig, so grausam, mit denen könnte ich das nicht so. Ich wollte erst nicht, aber im letzten Moment – verstehst du? – im letzten Moment habe ich plötzlich begriffen, daß ich dich liebe. Ist doch merkwürdig, zu merkwürdig, nicht? Ich habe dich so oft gesehen – du hast Piroggen geholt in der Kantine, hast Leberwurst gekauft, und ich kam nicht drauf, daß ich dich liebe. Mit dem ganzen Labor waren wir in dem Film ›Grand Prix‹, weißt du noch, Yves Montand hat mitgespielt, und ich habe nicht begriffen, daß ich dich liebe. Oder beim Subbotnik – ich habe dir in den Schubkarren geschaufelt, und wir haben beide von nichts gewußt, haben nicht geahnt, was mit uns sein würde. Doch jetzt sehe ich, daß ich dich liebe, und ich glaube an Gott, weil Gott mir meine Liebe gegeben hat und mir dich gegeben hat. Und du, liebst du mich?«
Sascha schwieg.

»Stockfisch!« rief das Mädchen. »Aber nur nichts überstürzen, nur keine überstürzten Geständnisse. Vor allem darfst du nicht das Schlechte glauben, was mir nachgesagt wird. Ja, ich hatte einen Mann – ein völlig dem Alkohol verfallener, grober Mensch. Der hat mit seinen Freunden auch die ganze Zeit über Gott geredet, sie haben gesoffen, gefressen, und ich durfte ihnen das Geschirr waschen, haben sie sich ein Dummerchen gefunden! Aber ich bin kein Dummerchen, und du überstürzt nichts. Zerstöre nicht diesen – Zauber. Wir sind uns ja gerade erst begegnet, und wir haben noch sehr viel vor uns von diesem – Zauber. Ich habe mich dir anvertraut, und ich glaube, daß du mich nicht täuschen wirst. Oh, täusche mich nicht, täusche mich nicht, Liebster! Oh, das würde ich nicht aushalten, ich würde Hand an mich legen, und niemand soll je etwas erfahren. Darum schwöre vor Gott, schwöre vor diesen Sternen, daß du mich liebst.«

»Veronika, warum, ich muß doch jetzt nicht schwören«, sagte Sascha verlegen und griff nach ihr.

Sie stieß seine Hand zurück. »Nein, erst schwöre, sonst ist es aus, dann ist es aus, Schluß und vorbei!«

»Na schön, ich schwöre.«

»Nein, sag ›Ich schwöre bei Gott‹«, beharrte sie.

»Bei Gott?«

»Ja.«

»Bei Gott?« murmelte Sascha und wurde plötzlich böse: »Ach, du kannst mich mal …!«

Das Mädchen verstand nicht. »Was?«

»Kreuzweis!« präzisierte Sascha.

Das Mädchen sah den Geliebten entgeistert an, und plötzlich spuckte sie ihm saftig in die Visage. Sascha überlegte kurz, beschloß, sie auch anzuspucken und tat es. Veronika sprang auf, fing an zu brüllen, krampfhaft zu zucken …

Ich brach in Lachen aus. »Somit habt ihr also aufeinander gespuckt!«

»Leise, sei leise! Warum so laut?« zischte Sascha.

Er ging auf Zehenspitzen hinaus in den Flur, kehrte aber befriedigt zurück.

»Schläft anscheinend«, sagte er. »Hat sich müde gebetet und schläft.«

»Aber ist sie denn tatsächlich gläubig?« Ich war baff. »Erzähl mir unverzüglich davon, ich möchte mich mit zusätzlichen Erkenntnissen über das Leben bereichern.«

»Ja, sieht ganz so aus.« Sascha schlug die Augen nieder.

»Moment, Moment, Freund, womöglich bist auch du *gläubig*?« Sascha trat ans schwarze Fenster.

»Will nicht lügen«, sagte er zum Fenster. »Will nicht lügen – ja, ich glaube. Aber nicht in dem albernen Sinn wie sie. Ich will auch nicht lügen, daß ich sie liebe, da will ich dir gar nichts vorlügen. Durchaus möglich, daß ich sie nicht liebe, aber … aber …«

Sascha wandte sich jäh um.

»Aber – das Kind. Verstehst du, heiraten wollte ich natürlich nicht. Aber, verstehst du, plötzlich hab ich mit durchdringender Klarheit gespürt, daß ein Kind von Vera etwas ganz anderes ist als Vera selbst. Verstehst du, auch wenn es nicht Vera wäre, nicht von Vera wäre, generell, verstehst du, mit einem Kind bin ich nicht allein auf dieser Welt, weil ich mit einem Kind eine FORT-SETZUNG HABE! Ich … ich warte, und das soll dir jetzt nicht lästerlich klingen, ich warte mit Vergnügen auf das Kind. Ich vermute, Freund, daß ich, also – daß ich völlig high sein werde. Du kannst das natürlich nicht verstehen. Aber verstehst du, das heißt – du bist selig. Ich, Alexander Morosow, bin sechsund-dreißig, und auf einmal gibt es mich in einer weiteren Dimension. Ich selber bin wieder Kind und die ganze Welt ist Kind und ich werde nie sterben. Verstehst du, wenn ich einen Sohn habe, einen pummeligen, großkopfigen, pausbäckigen, der Mund bis zu den Ohren – ja, da schneid ich doch jedem die Kehle durch, bloß damit es meinem Kleinen gutgeht. Verstehst du? Gerade du verstehst mich doch? Du MUSST, MUSST mich verstehen! Nie und nimmer glaub ich, daß du mich nicht verstehst. Du mußt mich verstehen. Auch du hast schließlich was, was dir heilig ist, oder? Ja oder nein?«

Doch leider kam ich nicht dazu, Sascha zu sagen, was mir heilig

ist. Denn im Glas der Küchentür, im tabakgeschwängerten Halbdunkel, tauchte nun doch eine rundliche Gestalt auf.

»Läßt du mir endlich mal meine Ruhe, du Saukerl!« kreischte
die Gestalt. »Ich will einschlafen, da fangen die wieder an –
bububu-bububu-bububu …«

»Paß bloß auf, von wegen Ruhe, von wegen Saukerl!« Saschas
Stimme bekam einen unguten Unterton.

Die Frau öffnete den Mund und wollte offenbar anfangen zu
brüllen, zu heulen, krampfhaft zu zucken, doch ich reagierte
augenblicklich und kam eilends hinterm Tisch vor.

»Immer mit der Ruhe, Genossen«, flötete ich. »Tatsächlich, es ist
spät, Zeit zum Heimgehen, also, da hast du, Sascha, nicht recht.
Aber auch Sie, Veronika, sollten ihn nicht so … Eigentlich bin
ich schuld«, säuselte ich. »Seien Sie ihm nicht böse, Veronika,
wir haben uns beide so lange nicht gesehen. Versprechen Sie,
daß Sie ihm nicht böse sind? Abgemacht?«

Sascha schnaubte, während Veronika unter künftigen Tränen
hervorlächelte und zum Zeichen, daß sie nicht böse wäre, be-
schwichtigend abwinkte. So daß ich also nicht sagen könnte, daß
der Besuch beim Freund meiner Kindheit, Knabenjahre und
Jugend Spuren unangenehmen Gefühls in meinem Herzen
zurückgelassen hätte. Im Gegenteil, ich habe mich in beträchtlichem Maß mit zusätzlichen Erkenntnissen über das Leben bereichert, und Veronika lud mich sogar ein, mal wieder zu kommen, »bloß nicht so spät«.

Ja, und? Auf ihre Weise hatte sie recht, diese im großen und
ganzen völlig normale Frau. Und ich freue mich aufrichtig für
Sascha. Mag sogar sein, daß er großes Glück gehabt hat – es
gelingt längst nicht jedem, so leicht und schmerzlos in diese
Sphären zu treten. Früher oder später muß das aber ein jeder,
hört ihr mich, ein jeder, merkt euch das – ein jeder …

Ich wachte auf – weder zu früh noch zu spät. Blieb noch ein bißchen liegen und schaute zur Decke. Zog mich an, rasierte mich und ging raus.

Sonnig wars draußen. Sonntag. Hitze zog auf. Die Schatten brachen. Der Asphalt wurde trocken.

Ein mürrischer Mann mit Sakko, gestreift wie ein Tiger, aber schmutzig, saß am Fuß der Stufen vor dem Lebensmittelgeschäft Nr. 50 und hatte was vor sich stehn. Hätte ihn nicht beachten sollen, doch meine verdammte Begabung, automatisch jedermanns Blick aufzufangen, legte mich wieder mal rein.

## Pilze

Ich schaute, ganz in Gedanken, den Kerl an, und da sagt der Kerl zu mir:

»Der Opa starb in seinem Bette, hättst du nicht ne Zigarette.«

Worauf ich gezwungen war, ihm eine Zigarette der Marke »Rostow-Don« anzubieten, die aus dem Pappschächtelchen.

»Sowas, raucht in Sibirien ›Rostow-Don‹, obwohl, assig sind die ja! Nicht schlecht, Kumpel!« plapperte der Mann mit den Tigerstreifen, ohne jedoch zu erläutern, was seine merkwürdigen Worte bedeuteten.

»Magst du sie nicht, rauch deine eigenen«, sagte ich.

»Eigene hab ich vorerst keine«, erklärte der Mann und stellte sich vor: »Pjotr Stradajew, Arbeiter.«

Worauf er mir sein ganzes Leben erzählte, und dieses bestand aus Kindheit, Betriebslehre, Sowjetarmee, Gummiwarenfabrik und Pilzen.

»Früh steh ich auf! Zu nachtschlafender Zeit!« schrie der nun deutlich aufgeheiterte Stradajew und schielte erregt. »Steig in die Vorortbahn – und ab die Post in den taunassen Wald. Klar? Die Kiefernnadeln kitzeln mich auf der Haut. Ich geh in die Knie, schieb das feuchte Gras auseinander. Und dort, o Wunder, ist ein noch feuchter Pilz! Weiß, mit rotbraunem Schleim. Ein hervorragendes Lebensmittel, Kumpel, das ich – ab die Post – mit dem Messer absäble und – ab die Post – in meinen assigen Eimer lege.«

Ihm zuzuhören war angenehm und nicht ermüdend. Seine Worte waren leicht und prallten größtenteils von mir ab.

»Das Gras schiebst du auseinander, sagst du? Und wozu?« warf ich zerstreut ein.

»Dort ist doch das Wunder! Das Wunder ist dort! Der Pilz! Pilze sind außergewöhnliche landwirtschaftliche Produkte! Nicht Obst, nicht Gemüse, weder – noch, und doch sind sie beides!« fuhr Stradajew zu schreien fort.

Erst da fiel mir auf, daß vor ihm ein Schüsselchen stand aus Email, voll bis zum Rand. Und das daneben war offenbar jener »assige« Eimer. Ebenfalls aus Email, schön sorgfältig mit einem Lappen abgedeckt.

»Ich glaub, die kauf ich«, sagte ich. »Dämpf sie in Butter.«

»Für wieviel gibst du sie denn her?« ertönte plötzlich eine markige Stimme.

»Zu einem absolut billigen Preis«, wiegelte Stradajew verstört ab, während ich mich umdrehte und hinter mir einen jungen Milizionär in schöner Uniform entdeckte.

»Gelogen! Los, mitkommen!« verkündete der Ordnungshüter ungerührt.

»Weshalb? Wohin?« jammerte Stradajew. »Hab doch Kinderchen – Swetka, Walerka! Und hab eigenhändig … Die Frucht meiner Hände Arbeit …« greinte er. »Hier, die Genossen zum Beispiel, könnens bestätigen.«

Der Milizionär hatte unterdessen fest seinen Ellbogen gepackt.

Ich tat den Mund auf:

»Stimmt schon, er hat nichts gemacht«, sagte ich.

»Ich hab ja auch nichts gemacht!« Der Milizionär lachte. »Es gibt bloß Vorschriften. Handel treiben muß man an speziell dafür vorgesehenen Orten. Jetzt setzen wir ein Protokoll auf, verhängen ein Bußgeldchen, dann darf er gern abziehen in alle vier Himmelsrichtungen!«

»Ich bin arm«, sagte Stradajew.

»Wieder gelogen. Allein dein Sakko kostet bestimmt einen Dreißiger«, entgegnete der Milizionär völlig zu Recht und schleppte Stradajew ab.

Ich war zunächst ein bißchen in Wallung geraten und hätte sogar zur Rettung Stradajews auf das Milizrevier gehen mögen oder eine Glosse darüber verfassen, daß die An- und Verkaufsorganisationen der Stadt den Ver- und Ankauf von Pilzen schlecht organisierten, weshalb vor Lebensmittelgeschäften diverse Stradajews zu leiden hätten.

Aber nach dem vernünftigen Einwand bezüglich des Sakkos mochte ich ihn nicht mehr retten, und sie entfernten sich, der junge Ordnungshüter und der gewinnsüchtige Stradajew, der, um Mitleid zu erregen, tief gebeugt ging.

»Hab doch Kinderchen! Swetka! Walerka!« hörte man seine Stimme in immer größerer Entfernung.

Zufällig stand plötzlich einer meiner Freunde neben mir. Und rief: »Na! Alter! Hast das gesehen? Ja? Ist doch eine fertige Geschichte! Und wie geschaffen für dich! Na? Schreib! Schreib sie auf!«

Da sagte ich ihm die Wahrheit. Ich brüllte los, wobei ich die Fäuste gen Himmel reckte:

»Geht doch alle zum Teufel! Ich habs ja so satt! So satt! Ich möchte über die Schönheit schreiben und über vergeistigte Beziehungen zwischen den Menschen. Wie jemand ohne Aufhebens jemanden rettet und wie das in höchstem Maße edel ist! Wie ein grauhaariger Lehrer auf ein Ahornblatt blickt und sein wunderschönes Leben vor seinem geistigen Auge vorüberzieht! Und wie Verliebte ein langes Leben haben und an demselben Tag sterben! Geht doch zum Teufel! Geht zum Teufel!«

Der Freund wich zurück und sagte, daß er in letzter Zeit meine Scherze immer weniger verstehe.

Verstehst du sie nicht, dann brauchst du auch gar nicht mit mir zu reden.

»Letztgültigen Erkenntnissen zufolge gibt es keinen Menschen auf Erden, kann es auch keinen geben, der glücklich verheiratet wäre. Jede Ehe ist unglücklich, und eine Dummheit begeht, wer wie der Vogel Strauß seinen Kopf in den Sand steckt und diesen himmelschreienden Tatbestand nicht hinnehmen mag.« So sprach ich mir Trost zu, dieweil ich am 31. Oktober vorigen Jahres meiner letzten Ehefrau davongelaufen war und ihr ein längeres Schreiben folgenden Inhalts hinterlassen hatte (zitiere nach der Rohfassung):

## Wie es mit mir bergab ging

LOVE STORY [1]

»Liebe LE[2]! Nach langem Nachdenken bin ich zu der Ansicht gelangt, daß unsere Beziehung endgültig in eine Sackgasse geraten ist, wodurch unser weiteres Zusammenleben unmöglich wird. In einer Atmosphäre von Geschimpfe, Krächen und mangelndem gegenseitigem Verständnis zu leben ist erniedrigend und entnervend, für Dich genauso wie für mich, andererseits können wir einander nicht ändern und werden es auch nie können.

Ich gehe. Vorerst habe ich für ein paar Monate eine Bleibe, danach wird man weitersehen. Vielleicht ziehe ich zu EF-1[3]. Weiß ich aber

---

[1] Stimmt schon, einen saublöden Titel habe ich der »Erzählung« gegeben, doch leider fällt mir nichts Besseres ein. Mir schwirrt das Hirn, es saust wie eine Maus.

[2] Der Name meiner letzten Ehefrau. Letzten Ehefrau.

[3] Der Name eines meiner Engsten Freunde.

vorerst noch nicht. Demnächst rufe ich EF-2[4] an, dann treffen wir uns, Du und ich, um alles im einzelnen zu besprechen.

Ich will gar nicht klären, wer von uns recht hat und wer schuld ist – wir sind uns lange genug auf die Nerven gegangen, sowieso haben wir es darin erstaunlich weit gebracht, und endlose Klärungsversuche führen letztlich nur dazu, daß wir uns noch tiefer hineinverstricken.

Also laß uns auseinandergehen, bevor es zu spät ist, und als Freunde auseinandergehen, nicht als Feinde. Du darfst mir glauben, daß mir mein (dieser) Entschluß sehr schwer (nicht leicht) gefallen ist, doch sehe ich keinen anderen Ausweg, und wenn nicht gleich, so wirst Du irgendwann, wie mir scheint, gewiß einsehen, daß ich recht getan habe. MN[5]«

Im übrigen bin ja auch ich kein gefühlloses Dreckschwein, letztgültigen Erkenntnissen zufolge! Mich nahm (nimmt) das alles ganz ungeheuer mit. In der Schnellbahn, die mich von meiner ehemaligen Ehefrau (und ehemaligen Wohnung) davontrug ins Ungewisse, zur Wohnung von VVFG[6], woselbst ich vereinbarungsgemäß so lange wohnen sollte, wie dieser auf dem Staatsgebiet Westdeutschlands (der Bundesrepublik Deutschland[7]) für unser Vaterland tätig zu sein hatte – in dieser S-Bahn saß ich am Fenster, den schmalen Ellbogen aufs schmale Fensterbrett gestützt. Übers graue Glas rannen gräuliche Rinnsale. Draußen vor dem Fenster stand alles im Regen. Am Bahndamm tauchte ein Bursche auf. Kurz bevor er vor dem Fenster vorbeigehuscht war, warf er einen Ziegelstein zum Fenster. Und traf sogar, auch wenn er nicht die Scheibe durchschlug, die sich sogleich mit schwarzen Rissen überzog und dann stückweise herausbrach, worauf durchs leere Loch kalter Wind hereinpfiff und dreckiger Regen hereinfiel.

4 Der Name eines andern meiner Engsten Freunde. In der »Erzählung« sind alle Namen unkenntlich gemacht, damit der Leser nicht meint, meine Erzählung sei autobiographisch

5 Mein Name.

6 Vor-, Vaters- und Familienname des Genossen, dessen Wohnung ich für 60 Rubel im Monat angemietet hatte.

7 Im Original deutsch.

**ES FIEL DER REGEN UND EIN CHINESE**[8] Ich wollte mich angewidert weiter weg setzen, aber alle braunen Bänke waren bereits von empörten Fahrgästen besetzt, die lautstark die barbarische Tat des Vorortschwachkopfs besprachen. Ich trat aus dem Waggon, und im Vorraum, umgeben von Kippen und Spucke, versank ich in tiefes Nachdenken.

Ich dachte, daß – Heulkrämpfe, na klar, und Kräche … obwohl, na klar, andrerseits geht es, na klar, nicht nur darum. Sondern darum geht es, nämlich daß ich nicht zu ändern bin und falls SIE mit Familie leben können und mögen, dann leben Sie doch mit Familie, in Wärme und Freuden, ICH jedenfalls werde allein leben und mich mit sexuellen Zufallsbekanntschaften begnügen, diese aber nicht – nein, o nein! – zu fester sexueller Freundschaft (Liebe) werden lassen. Mein Entschluß war endgültig, unumstößlich. Denn ich war durch Leiden zu ihm gelangt, durch Leiden und Qualen, dieweil meine ehem. Ehefrau mir einen Brief meiner EL[9] aus der Tasche stibitzt hatte, der eine totale Kompromittierung meiner Person und meines Körpers enthielt. Und von da an mußte sie tagtäglich (allabendlich, allnächtlich …) schniefen, plärren, widerliche Tränen vergießen. Außerdem warf sie mir vor, ich würde zu wenig Geld verdienen, was die pure Wahrheit ist und mir trotzdem absolut piepegal.

Wie vieles andere auch. Aber NICHT ALLES. Auch für mich gibt es schließlich HEILIGE Elemente, obwohl ich, wie die Verhältnisse liegen, zweifellos ein Sünder bin. Ja, heilige Elemente, ECHT HEILIGE …, deren Wesensmerkmale ich deshalb nicht klar in Worte fassen kann, weil ich nur eine vage Ahnung habe, wovon die Rede ist.

Ach, wie sie mich beschimpft hat! Was für Wörter sie mir an den Kopf geworfen hat! Als sie mir diese **Wörter** an den Kopf warf, hätte ich sie am liebsten umarmt und geküßt (ihre abgearbeiteten, schrundigen Hände – ha-ha-ha! Kleiner Scherz! Ach woher,

8 Beispiel eines logisch-philologischen Nonsens, der hervorhebt, wie verschwommen die Realien des Lebens sind. (Vgl. deutsch: Nachts ist es kälter als draußen.)
9 Meine Ehemalige Liebe. Ich hatte sie ganz ungeheuer geliebt.

Quatsch, von wegen »abgearbeitet« ...), sie umarmt und geküßt oder ihr mit dem Ziegelstein eins übergebraten.

Ja, Heulkrämpfe, na klar, und Kräche. Aber letzten Endes geht es ja schließlich nicht darum. Obwohl – dieses leichenblasse (puterrote), erstarrte (verzerrte, sich auf die Lippen beißende), arrogant schweigende (schreiende) Gesicht, dieser aufreizende ... Gesichtsausdruck ... Körper ... Also, jedenfalls, ich weiß nicht ...

Eines weiß ich allerdings sicher: Es ist dies so ungreifbar wie das mit dem Regen und dem Chinesen. Es ist dies ein Traum, und entsprechend sind auch die Verwandlungen. Deren Irrealität wird noch dadurch hervorgehoben, daß man diese Irrealität erst wahrnimmt, wenn bereits alles vorbei ist. Genauso blicken heute die Völker Afrikas verdutzt in die Vergangenheit zurück – wieso haben wir bloß so viele Jahre friedlich die stinkige Kolonialherrschaft ertragen, waren wir denn total bescheuert? Dabei hätte es nichts weiter gebraucht, als zu dem Engländer, Franzosen, Spanier oder Portugiesen hinzugehen, ihm die Hände festzuhalten und den Ziegelstein auf den Kopf zu hauen. Dann wäre ein für allemal Ruhe gewesen, hätte keiner mehr die Buschmänner beleidigt ... Ja ... So ist das ... Das Gesicht ... Gesicht ... Gesicht ... Und der Körper ... und die Schnellbahn, die S-Bahn, der Wagen, Waggon, der mich (und sich) davontrug ... Mir scheint, daß alles Vorgefallene mit dem Abfall der mittleren statistischen Potenzrate zu tun hat, bedingt durch Alter und Verfall.

Allerdings, was soll das eigentlich? Wie lange noch? Wie viele Sekunden und Zentimeter kann sich meine **Love story** noch fortsetzen – unter den Umständen einer nicht existenten Handlungsentwicklung? Ohne daß sich Leerräume und Kavernen mit dem schwellenden Blut von EREIGNIS, MANNESTAT, DIALOG füllen, mit alledem, was LEBEN heißt und anscheinend das Leben erfüllt? (Das Wort »Leben« sollte **männlichen** Geschlechts sein, Kam mir schon immer so vor ...) Wie lange noch? Wann ist Schluß? Schwätzen können heute alle, und alle machen es 10 000(zehntausend)fach geschickter als du. Treib die Ereignisse voran, los, gib Handlung, Handlung, du »Schriftsteller«! Jedoch – halt! Moment mal! Halt, halt! Bloß keine hölzern volkstümliche und keine kompromißlerisch LITNIVEAULICHE[10] und keine ... sonstwie geartete, sondern durchtränkt muß sie sein, durchtränkt von dieser ... prickelnden Sauce (Soße) der Gegenwart ...

[Mir will oft scheinen, daß die Gegenwart bereits vorbei ist, mir will bisweilen scheinen, daß überhaupt alles vorbei ist. Diese Welt ist irreal, und wer mir nicht glaubt, soll doch auf die Straße hinaustreten und sich selbst davon überzeugen (sowieso wird er sich in Bälde selbst davon überzeugen können, bloß ist es dann zu spät ...).]

Weil nämlich wahrlich und wahrhaftig – nun sehen Sie sich doch wenigstens einmal, schauen Sie sich einmal wenigstens aufmerksam die Menge an, die, sagen wir, abends über den Zentralprospekt unserer Stadt K. schlendert oder, sagen wir, bummelt – unter dem Neon- o.ä. bemühten Licht der nächtlichen Reklame, welches zu einem Besuch im »Ozean«-Laden auffordert. Oder schauen Sie sich die Masse an, die morgens Leerräume und Kavernen füllt: ernste Gesichter und gespenstisches Lächeln, dazu Husten und sinnloses Aufflackern von Freude, wenn du im öffentlichen Verkehrsmittel zufällig Bekannte oder Arbeitskollegen triffst, die du längst schon mit dem Ziegelstein erschlagen möchtest. Von alledem kommt mir unversehens eine Erleuchtung, und ich schwimme ruhig weiter, fortgerissen von der Menge, bis sie (die Menge) mich (den Repräsentanten der Menge) schließlich hinausschwappt, hinein in den Waggon (den Bus, den Obus, die Straßenbahn), fortgerissen, fortgerissen, fortgerissen ... Und in der drangvollen Einheit zusammengepferchter Menschen begreife ich das alles noch und noch einmal – zum 10., 100., 1000. Mal. Ich begreife DAS ALLES und begreife das alles folgendermaßen, daß wenn RATIO, dann TOD und liege ich längst auf dem Friedhof Badalyk, mit vom Körper getrennter Seele, wenn aber IR-RATIO, dann okay,

10 Ein unmögliches Wort, entstanden aus der noch albereneren Wortverbindung »literarisches Niveau«. Daß sich jemand solche Sauereien ausdenkt – »literarisches Niveau«!

alles in Ordnung, liebe Genossen, das Leben geht weiter, liebe Genossen, das Leben geht voran mit Siebenmeilenstiefeln, liebe, LIIIIEBE Genossen! ...

Die Ereignisse ließen nicht auf sich warten, doch sie waren trivialer als selbst dieses Wort »trivial«. Unter obwaltenden Umständen natürliche, explosive Reaktionen von der Art »Ach, ich kann (will) nicht mehr leben«, Heulkrämpfe, nun bereits in einem Kreis gieriger, dankbarer Zuschauer, Telefongespräche, einwöchige Schlaflosigkeit – och herrje, hat mans beleidigt, das Tierchen, hat mans ihm weggenommen, sein süßes Pläsierchen, den Rettich und die Dattel, gewürzt mit Honig und Essig plus Transzendentalem (»meines«, »mein« ... »bist mein? ja? mein?« – »dein, dein ... leck mich doch, schlaf jetzt in Ruhe, Miststück!«) – Nachstellungen, Überraschungsbesuche in den Wohnungen Dritter mit manischem Inspizieren der Ecken und der Bett- und Sofa-Unterräume – vielleicht steckt er dort, der Flüchtling? – Hinterhertelefonieren [11] und ... (und – richtet nicht, auf daß ihr nicht gerichtet werdet. Ärgert euch nicht. Das heißt – ärgert euch, aber ergreift keine aktiven Gegenmaßnahmen. Die haben die Welt zugrunde gerichtet, die aktiven Gegenmaßnahmen und die diese aktiv in die Tat umsetzenden Dummköpfe, bestehend aus den Dummköpfen im engeren Sinne sowie den sich zeitweise dazu transformierenden Klugscheißern [12] ...)
Doch wundersame Verwandlungen wie der abgeschmackte Anblick des Pappelchens mit dem wieder angewachsenen gebrochnen Zweiglein, mit den knospenden grünenden Blättlein (sehnsüchtiger Blick zum Fenster raus: wirds irgendwann mal wieder Frühjahr [13]?) – dies bescheidne Beispielchen seichten Symbolismus plus die real existierenden wundersamen Verwandlungen des Lebens taten konkret das Ihre. Exakt eine Woche nach dem Bruch hatte Mein Engel (LE) sich getröstet, und verächtlich er-

11 »Ein Mädchen steht frierend im Telefonhäuschen, und während sie in den Hörer spricht, laufen ihr in hellen Strömen Tränen übers lippenstiftverschmierte Gesicht.« Zitiere nach dem Gedächtnis. Das Buch ist mir geklaut worden.
12 Kein herabsetzendes Wort, sondern ein Synonym zu »klug«.
13 Nicht Frühjahr, sondern Frühling.

klärte er (sie) Aller Welt (den Freunden und Bekannten), daß ich ihm (ihr) [14] scheißegal sei, daß ich ein 1) Schuft, 2) Gauner, 3) Schwächling [15], 4) Dummkopf, 5) Grobian, 6) Sadist, 7) Masochist u. a. sei. Bis zur Zahl 100. Und daß sie auf mich »scheißt und längst SELBER wegwollte, weil es nicht mehr auszuhalten …« Und daß »ers noch bereuen wird, und wie ers bereuen wird – auf den Knien wird er angekrochen kommen in 1,5 Jahren, auf den Knien, aber dann ist es zu spät …«

So daß also, wie Sie sehen, angesichts der genauen Datumsnennung für das Auf-Knien-angekrochen-Kommen, d. h. der eindeutigen Hoffnung auf meinen nicht letztendgültigen Auszug, die Belagerung des Leerraums sich hinzog und ich gezwungen war, meinen Aufenthalt in der Wohnung des uns schon bekannten VVFG fortzusetzen, des in der Bundesrepublik Deutschland tätigen Bediensteten unseres Vaterlandes.

Im Laufe meines kurzen Lebens habe ich ziemlich viele literarische Werke gelesen, und stets hat mich der Tatbestand irritiert, daß die Personen der Handlung nur das sprechen, denken und tun, was der Autor ihnen im gegebenen, gerade gelesenen Augenblick vorschreibt. Wenn beispielsweise eine Person mal einen Happen essen möchte oder ein anderes Bedürfnis hat, sitzt sie trotzdem fest auf ihrem Stuhl und wartet in dumpfer Anspannung auf das Ende der ihr vom Autor aufgezwungenen Konzeption. Ich will damit sagen, daß ein perfekter Aufbau meiner Ansicht nach eine schlimme – nein, nicht Lüge, eher eine schlimme Nichtübereinstimmung mit dem irrationalen und (zugleich) mechanischen Leben in sich birgt, mit jenem also, das vor aller Augen vorm Fenster draußen abläuft. Und damit will ich sagen, daß parallel (senkrecht) zu der Geschichte meiner letzten Ehefrau sich in der »Erzählung« ein anderes Sujet entfaltet (sich schon entfaltet hat, auf dem Fuß folgt, sich wechselweise durchdringt, sich verdichtet), es entfaltet sich das Sujet meiner Ehemaligen Liebe (vgl. Anmerkung 9 auf S. 194).

14 Zutreffendes unter-, Nichtzutreffendes ausstreichen.
15 Sexuell wie moralisch wie körperlich.

In der pessimistischen und verzweif-
lungsvollen Zeit des endgültigen Zer-
falls von meiner und LEs Ehe war ich in dienstlicher Angelegenheit nach MRS[16] gereist und dort meiner (bezogen auf den Zeitpunkt der Niederschrift dieser Zeilen) Ehemaligen Liebe begegnet, die ich zuvor praktisch nicht gekannt hatte.

Mittels Zeichen, die mir selbst praktisch unbewußt waren, doch
von ihr meiner Ehem. Liebe, absolut exakt gedeutet wurden
(denn von nun an existierte sie parallel zu und in wechselweiser
Durchdringung mit einer ehem. – letzten – Ehefrau), gab ich
ihr zu verstehen, daß ich bereits

    ZU KRIEGEN SEI,

daß ich bereits

    REIF SEI,

daß ich entnervt, körperlich und geistig fertig sei, also

    DAS GLÜCK, IN IHREN ARMEN FRIEDEN ZU FINDEN,

durchaus verdient hätte (dazu der süße Strand von Jewpatorija,
der schwankende Horizont – das Schiff hält Kurs auf Odessa),
daß ich gutmütig, aber müde sei, anständig, zuverlässig und
aufrichtig. Ein Dickerchen. Zottelbär. Zwar mit nicht viel Grütze
im Kopf, na klar, was sich aber durchaus korrigieren lasse und
durchaus aufgewogen werde vom Glück Der Stabilität, Der
Treue sowie von der Freude über Das Liegen In Einem Bette
in Tateinheit mit endlosen Gesprächen zu Themen, die Zwei
Geistig Nahestehenden Menschen gleichermaßen nahestehen,
nämlich meiner Ehem. Liebe und mir.

Und ich, ich Unwürdiger, durfte ich denn von solchem Glück
überhaupt träumen? Von der überwältigenden wechselweisen
Ergänzung in der wohligen Nähe der Vereinigung, ergänzt von
und in Tateinheit mit wechselweisen geistigen Höhenflügen,
nämlich einheitlichen Werturteilen, der Freude über den ge-
meinsamen warmen Blick auf diese kalte und grausame Welt, in
der NUR WIR ALLEIN überleben werden, die wir zweifellos, ja,
zweifellos mit Unserer Liebe bezähmen, die wir kirre machen,
ja, kirre machen werden wir sie,   16 Name einer MittelRussischen
und die zärtliche gestreifte Katze   Stadt.

wird sich an unseren vom Bett herabhängenden nackten Fuß-
sohlen reiben. »Zur Musik von Vivaldi!«[17] und zum Widerschein
der aufflammenden Morgenröte auf spitzgiebligen Ziegeldächern. (Die Landschaft ist mir bißchen beschissen geraten,
macht aber nichts – geht es um die Sache, kommt jedes Wort gelegen, auch wenn es nicht auf der Goldwaage gelegen hat …)
Allerdings war ein Fehler passiert, und die jäh aufgelohte Liebe
wurde nach einer bestimmten Zeitspanne zur ehemaligen, wie
es mit der Liebe so ist, wenn nur der Mensch den Mut hat, sich
nichts vorzulügen.

Mich hat stets gewundert, wieso es den Weibern nicht zuwider
ist, sich die Fresse anzumalen; schließlich werden ihre Malingre-
denzien aus dreckigem Fett, Farbpulver und Lehm zusammen-
gebraut; schließlich, Herrschaften, ist das schlichte Barbarei,
diese ihre ganzen Ohrgehänge, die grünschattierten Lider, die
ausgezupften Brauen. Kommt denn ein Mann – falls er nicht
schwul ist, versteht sich – je auf die verrückte Idee, sich die Brau-
en auszuzupfen, die Lippen rot anzuschmieren und sich einen
Ring durch die Nase zu ziehen?

  Aber eines Tages begriff ich auf einmal – das ist Es, ist ihr Sym-
bol, diese angemalten Weibervisagen von überirdischer Schönheit. Ich verliere die mir teuren Frauen, ich verliere die teuren
Leserinnen, ist mir aber scheißegal! Ich scheiß auf sie im Namen
der Wahrheit[18]! Schließlich muß wenigstens ein Mensch sich mal
ehrlich und offen zu dem Problem äußern, wenn schon kein
einziger Mensch sich traut, ehrlich und in Einklang mit der Lö-
sung dieses Problems zu leben.

Ich sage Ihnen also ehrlich und offen, daß es nichts Widerliche-
res auf der Welt gibt als die Weiber, nichts Widerliches als diese Miststücker, die sich die Fressen
anmalen und ums hoch lodernde
Feuer der Sexualität geschlechter-
dings ihre Tänze tanzen.[19]

Aber das sind ja auch WEIBER …
Die FRAUEN, sehen Sie, die sind etwas ganz, sehen Sie, ganz anderes.

*17* Zitat von einem Dichter, den ich
sehr schätze.

*18* Nicht im Namen der – »Wahrheit« genannten – Zeitung »Pra-
wda«, sondern der allgemein
menschlichen WAHRHEIT.

*19* Bin mir bewußt, daß die Meta-
pher ungeheuer hinkt, kann da
aber nichts dran ändern.

Die Frauen großgeschrieben, versteht sich, unsere guten sowjetischen Sowjetinnen[20], Die Mütter Unserer Kinder ... Außerdem gibt es auf der Welt: 1) Die Liebe, 2) Die Freundschaft, 3) Die Geiger, 4), 5), 6), 7) usw. bis zur Zahl (hab schriftlich nachgezählt) von ungefähr 100. Der Fliederzweig beispielsweise, der zur Maienzeit in der Morgenröte ans Fenster schlägt, figuriert in meiner Aufzählung der humanistischen Werte als Nummer 22 ... Also bis 100, bis 100. Wer bietet mehr?

»WURDE BESTIALISCH AN WEIBERN ZUGRUNDE« las ich mal auf einem Grabmal im Osten als kurzgefaßte Inschrift. Und war zutiefst betroffen von ihrer Farbenpracht, ihrer Lakonie und Kapazitanz, und zum allerersten Mal dachte ich damals, daß Die Wahrheit ihren Ort wohl an der Schnittstelle zweier sprachlicher und materieller Kulturen habe.

Also, kurz gesagt – bald nachdem ich offiziell geschieden war, entdeckte ich immer häufiger, wie mir schien, in den Augen meiner neuen Freundin (Ehem. Liebe) den melancholisch flackernden Widerschein jenes obenerwähnten metaphorischen Feuers, gierig leckende Flammen, sozusagen den Brand Des Verlangens. Des Ewigen Verlangens, daß ich einen Anlauf nehmen, mit Schwung in ihre feuchten, heißen Weichteile eintauchen und ein für allemal darin verschwinden möge. »Nein« (sagte sie zugleich), »nein« (sagte sie ständig), »wir werden arbeiten, dann KÖNNEN wir uns GAR NICHT gegenseitig behindern! Wir werden zu den Sternen hochschauen, und we shall overcome ... we shall overcome ... Wir sind nicht wie die andern, wir sind nicht wie ›die Leute‹ ... Wir können ... 11) Die Vernunft, 12) Die Reinheit, 13) Die Güte ...«

Eines Tages aber brach es aus ihr hervor, sie schrie los, und ihr Gesicht wurde höchstwahrscheinlich[21] total unschön, näherte sich dem Ideal Der Schönheit (19) vom entgegengesetzten Ende. Sie schrie und schneuzte sich trompetend in ihr Taschentuch, und

20 Ein Mistkerl, der diese im Manuskript veröffentlichte »Erzählung« las, konnte sich nicht zurückhalten und schrieb hier eine gereimte, saftige Sauerei an den Rand. Dieser Mensch ist ein ordinärer Schuft. Ich habe im Moment sämtliche Beziehungen zu ihm abgebrochen. Ich bin gegen solche ProvoHaltungen.

21 Wir führten ein Ferngespräch.

von ihren dichten Wimpern floß die Tusche wie der gewaltige sibirische Fluß Je. ins Nordpolarmeer.

»Was denkst du dir eigentlich?« schrie sie. »Wüßte ja gerne, was du dir eigentlich denkst. Denkst du, das ginge ewig so weiter? Hast du auch mal an mich gedacht? Ist dir klar, daß mich jetzt ALLE auslachen und mit dem Finger auf mich deuten? Was hast du mir gesagt? Hast du mir nicht gesagt, wenn ich zufällig schwanger würde, daß ich das Kind dann behalten dürfte?«

»Das sage ich auch jetzt noch«, stieß ich konsterniert hervor, aber sie hörte mir nicht zu und holte erneut tief Luft.

»Ja, ja! Ich WILL heiraten, und wenn du das nicht begreifst, wenn du so tust, als würdest du das nicht begreifen, sage ich dir, ja, ich dir, ichdirichdirichdir – es reicht, brauchst nicht mehr länger so zu tun, als würdest du nichts begreifen. Du begreifst sehr wohl, in was für eine Lage du mich bringst. Ich will aber keine lächerliche Figur abgeben, ich will nicht zu einer geilen Alten werden, die hinter kleinen Jungens her ist ... Das ist erniedrigend! Erniedrigend ist das! Erniedrigend! Ich hab dir selber einen Heiratsantrag gemacht, damals an Silvester. Du denkst wohl, daß ich es nicht mehr weiß, daß ich blau war? Ich weiß aber alles noch und war überhaupt nicht blau. Alle, alle sagen mir, daß es erniedrigend sei, wenn eine Frau die Initiative ergreift, wenn sie es nicht mehr länger erträgt, und zum Dank kriegt sie eins in die Fresse ... Meine Mutter wie auch meine F[22] sagen mir das, sie sagen, ich hätte überhaupt keinen Stolz und sie hätten mich rechtzeitig gewarnt, daß es so enden würde, weil ich nämlich von Anfang an vieles verspielt hätte! Aus! Zwischen uns ist ALLES aus! Zwischen uns ist längst alles aus ... Du bist genauso wie alle andern! Und ich bin nicht dein treues Hündchen Kaschtanka! Du bist genauso wie alle andern. Und ich bin schließlich auch ein Mensch, ich laß nicht zu, daß man so mit mir umspringt, ich ...«

»Ach, du kannst mich!« brüllte ich da, und zornschnaubend, mit bleiernem, sinnlosem Lächeln legte (schmiß) ich endlich den Hörer auf die Gabel, wobei ich im Nu schweißgebadet war und nervös die Finger bewegte. Und

22 Freundinnen.

obwohl ich in den Pausen, zur Ausfüllung von Leerräumen und Kavernen, ihr auch einiges entgegnet, an den Kopf geworfen hatte, war (und ist) dies nicht im mindesten von Bedeutung.[23]

Wie sich später herausstellte, nahm sie etwa eine Stunde nach unserem »Gespräch« 50 Schlaftabletten, über welchselbigen Tatbestand sie sogleich ihre Freundin in Kenntnis setzte. Die Freundin war im Augenblick der Mitteilung gehörig blau und außerdem aufgrund eines kriminellen Selbsteingriffs in die Natur ihres Leibes wenig beweglich. Deshalb telefonierte sie für EL die Erste Hilfe herbei, und als diese Hilfe kam, unterband sie den Suizidversuch mittels wechselseitiger Durchspülung des Körpers der Kranken von oben und hinten. Die Tür hatte meine Ehem. Liebe noch selbst den Ärzten geöffnet, mir dagegen erzählte das alles vorwurfsvoll ein aus MRS angereister mittelrussischer Sonnyboy. Er war ein sehr netter, begabter junger Mann, der gesprächsweise viele englischsprachige und offiziell verpönte russische Wörter benützte. Und nicht, um mich zu verprügeln, war er angereist, angereist war er vielmehr im Auftrag der Freundin meiner Freundin, mit der er in irgendwelchen Beziehungen stand, um mir auszurichten, daß »wir uns alle ein wenig vergessen« hätten, daß »gewisse Leute den Vorfall bedauern« würden und sogar »um Verzeihung« bäten.[24]

23 Diese Entgegnungen waren (Sie können sie selber an den entsprechenden Stellen einsetzen, wenn Sie nicht zu faul dazu sind):
1. Wann hätte ich dir eins in die Fresse gegeben?
2. Haben wir davon je gesprochen?
3. Aha, du hast also von Anfang an nur gespielt?
4. Aha, du redest also mit Dritten über unsere Beziehung?
5. Wie konntest du dann sagen, daß du nichts von mir willst?
6. Wie konntest du dann sagen, daß du mich nicht behindern wirst und ich dich nicht? Und daß wir immer getrennt leben würden, sonst ginge unsere Liebe zugrunde.
7. Begreifst du nicht – wenn wir heiraten und zusammenleben, so heißt das, daß es dann mit unserer Liebe aus ist?
8. Ich war aufrichtig, aber du offenbar bloß berechnend?
9. Du hast doch selber alles kaputtgemacht!
24 O Gott! Wenn ich mir klarmache, daß sie TATSÄCHLICH SOWAS gesagt, d. h. »um Verzeihung gebeten« (!) haben könnte, würde ich am liebsten selber Schlaftabletten schlucken. Und nicht 50 Stück, sondern 100. Und danach niemanden anrufen.

Ich gab dem reisenden Boten nichts zur Antwort, gab ihm aber etwas zu trinken, und als er mich noch weiter befragen wollte, nach irgendwelchen Einzelheiten, sagte ich ihm, das sei eine »kindische Frage« und ob er mich nicht mal ... Der feinfühlige Jüngling verstand und verstummte. Er lobte den trockenen weißen Wermut, mit dem ich ihn bewirtete. Er behauptete, der Geschmack dieses Wermuts erinnere ihn an den Geschmack von Erdbeeren mit Ananas.

Damit könnte ich meine **Love story** nun eigentlich gut und gern beschließen, wäre ich nicht dem Leser noch etwas schuldig. Meine Schuld besteht in der Beschreibung der Dynamik des Prozesses.

**BESCHREIBUNG DER DYNAMIK DES PROZESSES** Ich war frei. Ich war glücklich. Ich war im Kino. Ich lag im Bett. Ich las ein Buch. Ich lächelte. Ich dachte, wie frei ich doch bin und wie glücklich.

Da passierte mir ein kleines Mißgeschick. Ich reckte mich nach dem Aschenbecher und stieß ihn um, diesen hölzernen Aschenbecher in Form einer Souvenir-Ente bzw. eines Schöpf-löffels, leerte ihn direkt ins Bett, direkt auf dessen schneeweißes Leinentuch.

Unter gräßlichem Gefluche scharrte ich die Asche zusammen und verschmierte sie damit nur noch mehr – ein großer grauer Fleck auf der Schneeweiße. Ich zog das Bettuch ab und schüt-telte es auf dem Balkon aus, entdeckte aber auf einmal, daß auch mein Kopfkissenbezug längst nicht mehr der frischeste war. Ich sah um mich, und auf einmal erblickte ich ALLES. Als wäre mir der Film (Schleier) des grauen Stars von den Augen genommen oder mir in die Pupille einer jener scharfsichtigen Apparate eingebaut worden, von denen die Phantasten am Ausgang des 19. Jahrhunderts gerne träumten, als sie das unsrige, das be-drohliche, näherrücken spürten.

Ich merkte auf einmal, daß mein Hemdkragen schmutzig und klebrig ist, obwohl ich das Hemd gerade erst gestern abend gewaschen habe, ich begriff auf einmal, daß ich womöglich, nicht ausgeschlossen, nach Schweiß, Tabak und Urin rieche, obwohl ich heute früh gebadet habe (allerdings war die Seife alle, schon drei Tage kann ich mich nicht aufraffen, ein Stück Seife zu kaufen, weshalb ich mich mit Waschpulver wasche), unterm Bett stinkt eine vergessene Socke, ganz automatisch fehlen drei Knöpfe am einen Hemd, zwei am andern, einer am dritten, auch weiß ich nicht genau, woraus Wurst gemacht wird, ich weiß nur, daß sie aus irgendwas gemacht wird, aber ich weiß genau, daß dies eine absolut schlechte Wurst gewesen ist, die Folge von solcher Wurst sind Magengeschwüre, bloß hatte ich eben absolut keinen Nerv, erneut ins Lebensmittelgeschäft zu gehen, erneut die Warteschlange durchzustehen und für mein Geld was Eßbareres zu kaufen. Auch kann einerseits nicht die Rede sein von einem absoluten Bild der Verwüstung, andererseits liegen im Waschbecken fünf tiefe Teller schon vier Tage ungespült, die Löffel und Gabeln fettig, die Tassen mit Teerändern, und fächerförmig im Zimmer verstreut meine teuren, zerknüllten Kleider. Und – eindeutig, ja, eindeutig rieche ich nach Schweiß, Tabak und Urin, eindeutig rieche ich danach!

Nun geht es letzten Endes nicht um den Urin, meinetwegen auch nach Urin, es geht darum, daß die Welt auf einmal ihren Glanz verlor und zusammenschrumpfte, grau und mickrig wurde meine Welt, und auf einmal dachte ich voller Mißbehagen, daß mein Leben vergeht und ich zweifellos eines Tages sterben werde.

Allein[25]! Ohne meine Liebe! Ohne meine Lieben! Ohne Leidenschaften! Ohne Kinderchen, die am Knie und den Tischbeinen hochklettern! Ohne all das, was den Menschen umgibt, ihm den Kopf verdreht, ihn in Glücksrausch versetzt. Und auf einmal begriff ich, daß wenn ein Mensch 35 ist und er bis dahin erneut keine Ehefrau hat, so ist dies ein schmutziger und unanständiger Mensch. Das ist wie Altwerden oder Zuwachsen des Leibes infolge körperlichen Schmutzes. Das ist wie Staub in der Ecke: un-

25 Achtung! Ich merke, daß meine **Love story** einen Stich ins Abgeschmackte, Moralinsaure bekommt. Soll sie nur, das ist sogar sehr gut!

merklich die Sekunden, Minuten, Stunden, doch schon ist keine Luft zum Atmen mehr da. Du erstickst! Röchelst! Ch-ch-ch! Es fallen einem die Haare aus, man ist müde wie Onkel Wanja, ringsum fährt das Leben Schiguli, wie Blumen erblühen Realität gewordene Glanzpostkarten mit Ansichten von der subtropischen Meeresküste, wo lauter zwei- und dreistöckige Datschen stehen, die Sowjetbürgern gehören, und – oh! – es ertönt diese irdische unirdische Jeans-Musik und schüttelt die aufgelösten Haare bis zum Gürtel. Dazu ein grell geschminkter Mund, eine warme, reine Haut und ein griffiges, kompaktes Hinterteil!

Kurz gesagt – wir hatten uns auf dem Geburtstag eines Arbeitskollegen kennengelernt, denn sie war die Freundin seiner Frau, und beide arbeiteten in einem professionellen Vokal- und Instrumentalensemble.

Dort, auf diesem Geburtstag, wo ich Krabbensalat aß, Truthahn, roten Kaviar und schwarze Pilze und die Torte »Vogelmilch«, da begegnete ich ihr, meinem freien, fröhlichen, schmucken Liebchen, der 29jährigen Madonna mit den aufgelösten Haaren bis zum Gürtel, mit den (neuen) Wrangler-Jeans, dem grell geschminkten, sinnlichen Mund, der warmen, reinen Haut, dem griffigen, kompakten Hinterteil und – womit noch, was wars doch gleich? Mit einem dünnen blauen Äderchen, und das pulsierte (oszillierte) an ihrem braungebrannten Schwanenhals. Einfach zum Küssen, Herrschaften, zum Küssen, schon allein – dieses ihres »Pulsschlägleins« wegen.

Und das tat ich auch. Als alle Anwesenden gehörig betrunken waren, schlossen wir uns beide im Badezimmer ein, zogen uns nackt aus und stellten uns unter die von oben auf uns niederprasselnden Ströme und Strahlen heißen Wassers (lebensspendenden Nasses).

Damit wäre meine »Erzählung« am Ende. Mein Liebchen arbeitete als Pianistin in einem schlichten Vokal- und Instrumentalensemble, schlicht nicht im Hinblick auf Begabung und Berühmtheit, sondern im Hinblick auf die Reinheit der musikalischen Traditionen, die man wahrt, sowie aus Abneigung, in einen billigen, sogenannten »modernen« Stil zu verfallen. Sie spielen Bach, Händel, Beethoven und Revolutionslieder.

Einmal habe ich sie – wir waren noch nicht verheiratet – vor einem Gastspiel in der sibirischen Stadt Sch.[26] zum Bahnhof begleitet. Wir standen auf dem Bahnsteig und sprachen über die Liebe. Aus den Waggonfenstern beobachteten die bulligen Musiker mit geilen Blicken unsere Abschiedsszene, und da sie sich langweilten, unterhielten sie sich ungezwungen. Wobei sie offenbar hinter aufgesetztem Zynismus ein zartes und verletzliches Herz verbargen.

»Wirst du auf mich warten?« fragte ich auf einmal.

Darauf lachte sie leise und befreite sich aus meiner allzu offenherzigen Umarmung. Leises, zauberisches, perlendes Frauenlachen ist aber etwas Widerliches, Widerliches, Widerliches, sage ich Ihnen.

»Ich bin es doch, die wegfährt, und du bleibst hier«, korrigierte sie mich sanft.

»Ja«, murmelte ich und warf einen scheelen Blick auf die kräftigen, behaarten Pranken ihrer Kollegen, die sich zum Spaß mit Fäusten knufften. »Ja«, murmelte ich.

Und beschloß in diesem Augenblick: AUS! Es reicht! Schluß! Habe genug nach Schweiß, Tabak und Urin gerochen! Genug an Welt verloren und Alter gewonnen! Muß auf ihre Rückkehr warten und sie heiraten!

Ungeheuer erregt, begab ich mich am selben Abend noch zur Sretenka, und dort, im 6-qm-Zimmer einer Gemeinschaftswohnung ohne fließend heißes Wasser und mit Wanzenablagerungen an den zerrissenen, herabhängenden Tapeten, bumste ich auf dem eingedellten Sofa (zu betrunkenem Korridorgegröle und Fliegensummen aus dem Radiolautsprecher) eine gute alte Bekannte von mir, wovon ich eine Woche später dann Filzläuse hatte. Ich war gezwungen, die filzlausbefallenen Stellen zu rasieren und die kahlrasierte Haut mit Schwefel-Quecksilber-Salbe einzureiben, wovon das zu Beginn der Krankheit aufgetretene Jucken und Brennen sofort und unwiederbringlich aufhörte.

26 Name der Stadt.

Nach ihrer Rückkehr von dem Gastspiel reichten wir jedenfalls sogleich unsere Papiere beim Standesamt ein und zog ich sogleich zu ihr, in ihr fürstliches 42-qm-Zimmer in einer reinlichen und reichen Gemeinschaftswohnung auf der Marschall-NRSM[27]-Straße. Erst wunderte sie sich ungeheuer, weshalb ich mich KAHLRASIERT hatte, obwohl ich ihr versicherte, das machten jetzt ALLE so, das würde aus sanitären und hygienischen Erwägungen jetzt buchstäblich von ALLEN so gemacht. Sie wunderte und wunderte sich über diese Absonderlichkeit, dann aber – sei es, daß die Haare nachwuchsen, sei es, daß sonst noch was war, jedenfalls, als wir dann auseinandergingen, gingen wir aus absolut anderem Anlaß auseinander und durchaus nicht wegen irgendwelchen abrasierten Haaren.

27 Name eines ruhmreichen sowjetischen Marschalls.

Vollkommen schreib ich. Gut schreib ich. Vollkommen das Schreiben verlernt habend schreib ich. Gefällts dir nicht – lies es eben nicht. Bin nämlich ein sozusagen typischer Fall von Idiot vom Ende der 70er des 20. Im Hirn ein Kuddelmuddel, Käfer und Insekten, viel Dampf, nichts läuft. Geht aber sowieso alles den Bach runter, wie hältst dich dann auf den Beinen? Hast es satt, ewig aufrecht zu bleiben: DORT marschieren sie wieder, im TV zeigt ein Pope Reue, Dissident, wie konnt ich bloß, und tauchst du im Moskwa-Wolga-Kanal aus dem Wasser auf, hast du ein Präservativ auf dem Kopf. Zu meiner Jugendzeit dagegen

## Zu meiner Jugendzeit

*als ich ein blutjunger Mensch noch war*
*und Kartoffeln verkaufen meine Leidenschaft war,*
*gekostet haben sie 2 Rubel der Eimer,*
*ein großer, allerdings nur einer.*
*Kein neuer Eimer, für diesen Zweck,*
*so begann ich meinen Lebensweg.*
*Mit abblätterndem Email, ein großer, grüner, kein kleiner,*
*und gekostet hat es 2 (zwei) Rubel pro Eimer.*
*Soviel Kartoffeln, sie türmten sich bis hoch über den Eimerrand,*
*wobei ich trotzdem oft nur für anderthalb (1,5) R.*
*einen Käufer fand.*

Dafür hab ich gestern bei einer blitzsauberen Alten aus dem Dorf Zapfenwald 21 Kilo Kartoffeln gekauft. Im Obus, auf dem Rücken, hab ich den Sack heimgeschleppt, und wie ich ihn auslade, entdecke ich, daß der Sackinhalt eben jenen 2 (zwei) Eimern entspricht, aber diese zwei Eimer sind mich auf 7 (sieben!) Rubel gekommen! »Was kosten die Kartoffeln, Mamascha?« – »Drei einen Rubel, Söhnchen.« Das heißt, für einen Rubel hat man mir 3 Kilo Kartoffeln verkauft, das heißt, derzeit kosten besagte Kartoffeln 3,5 Rubel der Eimer, ein gar nicht großer, nicht sehr grüner, ohne alles Email …

Es ist nicht schwer auszurechnen, daß

$$3{,}5 : 2 = 1{,}75$$
$$\underline{2}$$
$$15$$
$$\underline{14}$$
$$10$$
$$\underline{10}$$
$$0$$

DER KARTOFFELPREIS AUF DAS 1,75FACHE GESTIEGEN IST!!!
Sehr schön! Vollkommen wunderschön, insonderheit wenn man bedenkt, daß wir ja, wie allseits bekannt, erfolgreich voranschreiten zu:

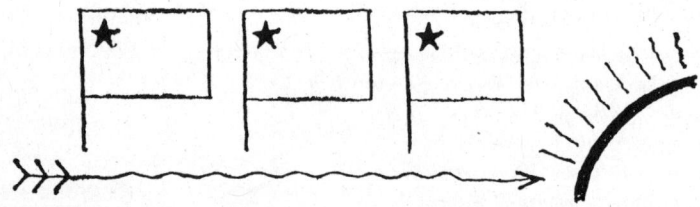

Aber was solls. Ist mir doch egal.
Ist mir egal mit den Kartoffeln.
Spuck ich doch drauf …
Fressen sollten wir weniger davon, sind nämlich, halten zu Gnaden, ganz schön fett geworden, überall Bäuche und Titten,

sowohl bei »M« wie bei »D« … Spuck ich drauf … Mir doch
Wurscht … Besser, wir würden … Besser wäre: Frühstücksspeck,
ein Ei, Grapefruit, Scheibchen Toast mit Parmesan, Täßchen
wunderbaren, duftenden Kaffee. Und zum Abschluß ein Pepsi-
Cola einheimischer Produktion, da werden wir das Ding schon
schaukeln …

Ist mir doch egal … Das Pepsi ist mir egal und die 1,75 genauso.
Weil nämlich – was ist das im Prinzip für ein Unterschied, 3,5 R.
oder 2 R., wenn sowieso alles den Bach runtergeht, und schließlich schreib ich hier keinen »nouveau roman«, sondern will
Ihnen von meiner goldenen Jugendzeit erzählen, von früher,
von damals, als …

Tja.

Erzählen will ich …

Und da ich das will, fang ich wohl auch gleich an – zu heulen, zu
jammern, zu klagen, zu stöhnen …

O über meine Jugend! O Reinheit! Jugendzeit! Armselige
Jugend unserer sechziger Jahre! Wie war doch damals alles gut,
wie war früher alles wunderschön. Das Fleisch kostete 1 Rubel
40 Kopeken das Kilo. In den Geschäften gab es Schweinswurst
gekocht, Rindfleisch, Krabben und chinesische Mandarinen.
Die Schollen ragten über den Pfannenrand. Strahlend hell
schien die Sonne.

Da ging man zum Beispiel so durch die Straßen, und angezogen
waren alle schlecht. Die Sakkos, Kleider, Mäntel und Hosen ge-
wendet, die Schuhe mies, an manchen Füßen die Stiefel auch
gänzlich durchlöchert. Aber das Alter blickte schneidig, aber die
Jugend scherzte, lachte, tanzte den Ines-Foxtrott, weil nämlich
in Moskau die Weltfestspiele der Jugend und Studenten für den
Frieden stattgefunden hatten, die Musik hatte gespielt und
Neger waren angereist gekommen. Eine amerikanische Ausstellung hatte es außerdem gegeben, wo sogar Abstraktes zugegen
war. Ja, diese Jugend … die Brüderlichkeit … die aufgeweckten
Geister … die Physiker und die Lyriker, der Rock 'n' Roll, heimlich auf Röntgenbilder gepreßt, die Forscherstadt Akademgoro-
dok, der Sputnik, die Dichter im Stadion, Jewtuschenko Je. A.–

> *Nicht einverstanden bin ich mit dem Namen »Tauwetter«.*
> *Trotz allem ist's ein Frühling, wenn auch ein sehr früher.*
> *Kein Wunder: unsre Feinde kriegen kalte Füße ...*

Usw. (zitiere aus dem – nachlassenden – Gedächtnis).

DAS HEISST:

ZU MEINER JUGENDZEIT

WAR ALLES VIEL BESSER

ALS HEUTE.

1. Was waren das für Menschen damals! Sie ließen sich eine
Wirtschaftsreform einfallen, um die Industrie vollkommen auf
Touren zu bringen! Volkstümliche Witze wurden erzählt, Schna-
dahüpferl gesungen:

> *Hab verliebt mich in ... (Name eines bekannten Politikers),*
> *Findet bald die Hochzeit statt.*
> *Hab bloß Angst, daß statt nem ... (unanständiges Wort),*
> *Einen Kolben Mais er hat.*

2. Ein Film wurde gezeigt, wo die negativen Helden, das »Un-
kraut«, tolle Jungs, sangen und tanzten, und die Maismaid Ku-
kurusa war eine vollkommen sexappealige Schönheit ... Wunderschön war sie! Ach! Was für Hoffnungen ... was für Pläne!
Die Kosmonautin Tereschkowa, der Physiker Landau, Nikolai
Mamai, der Held des Bergbaus ...

HYPOTHESE:

Alles bloß deshalb, weil – Jugend, Jugendzeit eben. Weil die aus
den Lagern kamen. Zurückgeholt wurden. Und überhaupt war
damals alles viel einfacher. Für Dichter und Schriftsteller zum
Beispiel war es vollkommen unnötig zu lügen. Weil die aus den
Lagern gekommen waren. Zurückgeholt worden waren. Und
demnach würde auch weiterhin alles laufen wie geschmiert:

> *Und ewig wird das Moskau vom Jahr 17 gelten,*
> *Und nimmermehr das Moskau vom Jahr 37 ...*
> JEWTUSCHENKO JE. A (UNGENAU)

FOLGLICH:

Warum also, fragt sich da, Genossen, lügen und Ausflüchte machen, wenn sowieso – »nimmermehr«? Schreib, was war, schreib, was ist, schreib die Wahrheit, nur die Wahrheit, nichts als die Wahrheit – daß ehrliche Kommunisten von Stalin und Berija, diesen Schweinen, eingesperrt wurden! Jetzt aber kehren die ehrlichen Kommunisten nach Hause zurück und ihren GLAUBEN, stell dir vor, haben sie nicht verloren, weil nämlich – »nimmermehr«, weil die Partei mutig und ehrlich dem Volk die ganze Wahrheit gesagt hat über die in der Vergangenheit vorgekommenen vereinzelten Fehler, die mit dem Personenkult um I. W. Stalin in Verbindung standen, als ehrliche, der Partei voll und ganz ergebene Kommunisten, Menschen mit reicher revolutionärer Vergangenheit, Menschen, die eigenhändig diese Sowjetmacht geschaffen hatten, von Stalin und Berija beim Wickel gepackt wurden und – ab nach Kolyma, wo es minus sechzig Grad hat, oder an die Petschora, wo es minus fünfundfünfzig hat. Gehört sich nicht! Eine Schande! Ein Verbrechen! Aber sie haben, stellt euch vor, auf ihren eisigen Pritschen dort trotz allem *geglaubt*, haben illegale kommunistische Parteizellen organisiert und sich von den verfluchten Wlassow-Leuten und den noch nicht abgeschlachteten Trotzkisten distanziert. Und erst recht nach dem 20. Parteitag, als die Partei sie mutig und ehrlich aus den Lagern zurückgeholt hatte und sie erneut ihre alten Parteibücher bekamen – wieso hättest du, Schriftsteller, da lügen, was verschweigen oder dich anpassen sollen? Schreib, wie es ist, ohne was zu verhehlen, mutig, ehrlich! Könntest sogar einen Konflikt einbauen. ZUM BEISPIEL: »Erben Stalins«, die sich noch wo haben halten können, wollen einem ehrlichen Kommunisten die Lagerhaft nicht auf die Parteimitgliedschaft anrechnen, doch mit einemmal stellt sich raus, daß einer der »Erben« ein ehemaliger »Denunziant« ist, der seinen Kindern, Physikern, nicht mutig und ehrlich in die Augen schauen kann, worauf er in die Wüste geschickt wird, dem Kläger aber die Haftzeit voll angerechnet wird, er bekommt eine schöne Pension und eine Wohnung »zehn Minuten zu Fuß zur Metro«.

Schreib, wie es ist, schreib, was du willst, verallgemeinere bloß nicht und trag die Farben nicht zu dick auf, um so mehr, als die Atmosphäre gesund ist, die Stimmung hervorragend, die Jungs und Mädels nach Sibirien fahren, aufs Neuland, und –

LEICHT WIRD DAS HERZ VOM FRÖHLICHEN LIED SO MANCHES MAL.

»Wohin fahrt ihr, junges Volk?«

»Wir fahren in die Stadt K., die am gewaltigen sibirischen Fluß Je. liegt, welcher ins Nordpolarmeer mündet! Hurra! Hurra! Wir werden den Fluß durch einen riesigen Damm absperren, das verschafft dem Land billigen Strom, und der bringt Licht in seine entlegensten Winkel. Wir nehmen den Kampf mit dir auf, Fluß Je.!«

»Toll! Und ihr, wohin fahrt ihr?«

»Wir fahren aufs Neuland. Hurra! Hurra! Ach, wie lang des Weges Strecke bis zum Neuland in der Steppe … Rekordernten werden wir einfahren!«

»Toll! So wie ihr waren wir auch. Wir nahmen Perekop ein, zerschlugen die Antonow-Banden und vollzogen die totale Kollektivierung, nachdem wir die Kulaken als Klasse vernichtet hatten. Unsre Dampflok fliegt voran, hält erst in der Kommune an …«

»Aber vereinzelte Mängel hat es doch auch gegeben?«

»Hat es, gewiß, aber man darf nicht auf sie fixiert sein, schließlich hat die Partei darüber schon die ganze Wahrheit gesagt. Mein Genosse und ich zum Beispiel, wir haben zu zweit 49 Jahre gesessen und uns trotzdem den Glauben bewahrt!«

»Toll! Wir bewundern euch, wir wollen Standhaftigkeit, Mut und Ausdauer von euch lernen! Wir wollen so sein wie ihr, wir werden uns des Ruhms der Väter würdig erweisen!«

(Ach, wie war es früher im Zug doch gemütlich! Man fährt mit der Eisenbahn wohin, freundlich blickt der Nachbar, und der Schlafwagenschaffner im hochgeknöpften schwarzen Uniformrock lächelt. Der Boden ist sauber gefegt, dreimal am Tag serviert der Schlafwagenschaffner Tee, ist streng, aber gütig. Bahnsteigkarten wurden damals verkauft, das Stück zu 20 Kopeken (vor der Währungsreform). Wie gut es war – in der ersten

Klasse reiste der General, in der dritten die studentische Jugend, in der zweiten der Ingenieur. Es gab auch Leute, die in der vierten reisten. Chinesische Thermosflaschen. Gitarren. Lieder. Ein schüchterner Kuß. Wie gut! Wie schön!

SCHLUSSFOLGERUNG:

Früher war A L L E S gut!

A-L-L-E-S!!

WO DU AUCH HINSCHAUST!!!

ob Geburt oder Hochzeit oder Tod oder Nahrung oder Luft oder Gesicht oder Seele oder Denken – alles …)

Früher war alles gut. Ich allein war schlecht.

(Schlecht, gemein, widerwärtig, borniert, jammern, heulen, klagen, reisen, das Böse in seiner Gesamtmenge verringern, ein winziges Sandkörnlein, Katharsis, sauber werden, Katharsis …)

KATHARSIS:

Mein Studienkollege Sascha M., der wie ich an der nach S. Ordschonikidse benannten Moskauer Hochschule für angewandte Geologie studiert hatte, wohnte in Moskau, ich wohnte in der Stadt K., arbeitete allerdings ein halbes Jahr in Murmansk im Bergwerk, was ich dort gemacht habe, weiß ich nicht mehr, im Juni jedenfalls lief ich Ski, ein Ski ging kaputt, und die Skiverleiherin, das Aas, ließ mich für zwei Skier Strafe zahlen, ich war damals wissenschaftlicher Mitarbeiter, erfüllte meine Forschungsaufgaben im mir aufgetragenen Umfang und wollte in die Stadt K. fliegen, über Moskau …

In diesem Murmansk jedoch, wäre anzumerken, ist die Bevölkerung vielleicht nicht sehr zahlreich, im Sommer aber wollen alle auf einen Schlag Urlaub im Süden machen. Alle aus den Gruben, aus den Bergwerken, von allen möglichen Inseln, was weiß ich, wie die heißen, Spitzbergen oder sonstwie. Kurz gesagt, nicht mal Luft holen kann man im Juni im Flughafen von Murmansk, welcher anderthalb Fahrstunden von der Stadt entfernt liegt, und irgendwohin zu fliegen ist vollkommen unmöglich.

Einen halben Tag lang stand ich im Gewühl, aber Tickets gabs und gabs nicht, während die Flugzeuge starteten und starteten, wovon ich meinem Studienkollegen (Sascha in Moskau also) fernmündlich Mitteilung machte, als sich zwischen diesen Starts eine Pause ergeben hatte oder als das Anstehen vollkommen sinnlos geworden war, weiß es absolut nicht mehr.

Weiß nicht mehr …

Ich machte ihm Mitteilung, legte den Hörer auf, seufzte und dachte über mein Leben nach, wieso es so dumm ist. Geld gibts, mich gibts, Flugzeuge gibts, alles gibts – aber losfliegen ist vollkommen unmöglich.

(Davor war ich auch bei der Eisenbahn am Bahnhof gewesen. Dort kam gerade ein Kerl in die Gepäckaufbewahrung, seinen Koffer abholen, aber als er aufgefordert wurde, seinen Namen zu sagen, drehte er sich rasch um und rannte flink davon, weil er nämlich ein Dieb war und die Gepäckmarke einem ehrlichen Menschen gestohlen hatte.

Mit dem Zug kommt man allerdings gleich zweimal nicht los. Züge gibts wenige, freie Plätze kanns gar keine geben. Und da ich schon mal am Flughafen bin, Flugzeuge und Moskau zum Greifen nah, wäre es zu ärgerlich, in genau dieselbe Ungewißheit zurückzukehren, bloß eben die der Eisenbahn …)

Dumm, aber mir fiel ein, daß ein pöbelhafter Kerl mit mir Schlange gestanden hatte. Einer mit Goldzähnen, der nach Zwiebeln roch und die Geldscheine knistern ließ. Wonach er sagte, man müsse mit dem »gläsernen Ticket« fliegen, nämlich sich mit zwei Flaschen Kognak bewehren und dann losgesaust, die Gangway gestürmt!

»Gläsernes Ticket« hat er gesagt und ist nicht mehr da. Folglich ist er abgeflogen, jener goldbezahnte pöbelhafte Kerl, jener Spießer. (Das Spießertum wurde damals erfolgreich bekämpft.)

Doch da – ein Flugzeug aus Moskau. Und da – bin ich schon in den Flugzeugbauch vorgedrungen, als hätte ich dort was vergessen, und zur Stewardeß sag ich leise:

»Junge Frau, nehmen Sie mich mit nach Moskau, der Murmansker Flughafen hat mich völlig geschafft, hänge seit gestern hier rum, bin auf Dienstreise, schreibe eine Dissertation …«

»Hinweg mit Ihnen, hinweg!« stieß die Schöne erregt hervor

und sah mich furchtsam an, doch ich war arm, erniedrigt, gebeugt, und ihre harten, vulgären Gesichtszüge entspannten sich auf einmal, wurden weich, sie zog mich ins Vorderteil des Flugzeugs und sagte klar und deutlich:

»Warte auf den Kapitän.«

»Hier ...« Ich streckte ihr zehn Rubel hin.

»Ja.« Sie steckte das Geld ins Uniformtäschchen und war verschwunden.

Alle waren verschwunden. Ich saß allein auf einem Aluminiumklappstühlchen, hätte nach Schweden fliegen können oder nach Norwegen, schaute zum Fenster raus, wo nichts zu sehen war außer dem schütteren Wald des Nordens und dem polarkreisnahen Grünbewuchs.

Die Besatzung kam. Mit kleinen neuen Köfferchen. Zwei vermieden es, mich anzusehen, der dritte sprach mich an:

»Sitzt schon?«

»Ja«, antwortete ich, da ich spürte: der Kapitän.

»Geh dir ein Ticket kaufen«, sagte er und betrachtete mich prüfend.

»Es gibt keine, überhaupt keine«, eiferte ich mich. »Bin auf Dienstreise. Hab einen Dienstflugschein für zurück, aber der ist aus dem amtlichen Kontingent und ohne Datum, was für die an der Kasse soviel ist, als hätte ich gar kein Ticket. Ich hab der Stewardeß was gegeben«, sagte ich, die Stimme senkend.

»Was du nicht sagst«, hänselte der Kapitän und belehrte mich: »Setz in deinem Wisch das Datum ein und setz auch die Flugnummer ein, bei uns gibts Kontrollen.«

»Und der Stempel, das Amtssiegel?« fragte ich erschrocken.

»Einen Stempel will er auch noch«, versetzte der Kapitän mißmutig und verschwand hinter der Plastiktür.

Sie beförderten mich – weshalb? Die Stewardeß brachte mir die Zeitschrift »Polen« und eine Karamelle – warum? Darum und deshalb nur, weil sie gute Menschen waren, und alles ringsum war gut, ich allein war ein Schuft, ein Schurke und ein Saukerl, trotz meines jugendlichen Alters. Ich ergötzte mich am Anblick der blauen Seen Kareliens, die im Fenster aufleuchteten,-

lutschte das Bonbon und las in »Polen«, wo über die Freiheit was geschrieben stand, ich weiß alles noch.

Und schon hieß es – Moskau. Die Besatzung ging, vollkommen ohne mich zu beachten. Gesittet bewegten sich die Passagiere zum Ausgang. Bei der Stewardeß blieb ich stehen und sagte mit warmer Stimme:

»Danke!«

»Bitte«, erwiderte die Schöne gleichmütig, und ihre langen Wimpern zuckten nicht einmal.

Was war das? Warum knöpften sie mir nicht mindestens zwanzig, fünfundzwanzig Rubel ab? Vielleicht hatten sie mich vergessen? Oder dachte jeder, ich würde mit dem anderen abrechnen? Oder … oder sie waren saubere und ehrliche Menschen, ich dagegen ein Halunke, ein Dreckskerl, verrucht, trotz meines jugendlichen Alters? Ruchlos …

Zutiefst irritiert, rief ich nach einem Taxi, das es nicht gab. Doch sogleich führte der Zufall einen jungen Mann in einem alten Moskwitsch vorbei. Er machte die Wagentür auf und fragte:

»Wo wollen Sie hin?«

»Hier, nicht weit, zum Jugo-Sapad«, sagte ich. (Der Ort, wo die Tragödie ihren Lauf nahm, war der Flughafen Wnukowo.)

»Ich bringe Sie hin.« Der junge Mann legte die Hände aufs Lenkrad, und ich stieg in das Auto, wo alles noch und noch geflickt war, doch alles aufs säuberlichste und akkurateste eingerichtet, und es war unübersehbar, wie der Autobesitzer sein Auto liebte, wie er generell Autos liebte.

»Möchten Sie Musik hören?« bot der Fahrer mir freundlich an.

»Ja. Darf ich in Ihrem Auto rauchen?« fragte ich, weil ich ein Schuft war.

»Bitte, rauchen Sie«, gestattete er mir, weil er ein guter Mensch war. »In der Armstütze Ihres Sitzes ist ein Aschenbecher eingebaut.«

Bald schon erreichten wir das mitternächtliche Moskau. Er brachte mich zum bezeichneten Hauseingang, und da war es mir, zu meiner Schande, auf einmal peinlich, als ich überlegte, ob ich ihm Geld anbieten sollte oder nicht, dieweil ich ein

Schurke war und nicht wußte damals, wie schwer sich ein Mensch, der Auto fährt, seine Kopeken erarbeiten muß. Dennoch beschloß ich, ihm was anzubieten, und beim Aussteigen gab ich ihm anderthalb (1,5) Rubel.

»Lassen Sie mich da nicht ein wenig zu kurz kommen?« fragte der junge Mann müde und traurig.

Mir krampfte sich das Herz zusammen, dieweil in meiner Tasche daneben auch ein Fünfer (5 R.) lag, aber einen Dreier (3 R.) hatte ich nicht. Ein Fünfer war etwas zuviel und ein Dreier auch, aber der Dreier hätte gepaßt, denn sein Service war gut einen Rubel wert – Musik hatte er laufen lassen, rauchen hatte er mich lassen. Anderthalb waren zu wenig, doch den Fünfer konnt ich ihm nicht geben. Eingesackt hätt er ihn, meinen Fünfer, nie mehr wiedergesehen hätt ich ihn, meinen Fünfer, dabei konnte man für einen Fünfer damals eine lebendige Gans kaufen.

»Nein, laß ich nicht«, erwiderte ich rüde. »Ich fahre jede Woche und zahle immer soviel. Das kostet es hier. Das sind fünfzehn Kilometer, einen Zehner pro Kilometer.«

Der junge Mann sah mich stumm an und fuhr bekümmert davon, blieb jedoch für immer und ewig als Vorwurf in meinem Herzen zurück, dieweil seither bestimmt fünfzehn Jahre vergangen sind, ich mich vollkommen verändert habe, aber bis heute an die spannungsvolle und beschämende Szene erinnere, wie der traurige junge Mann davonfuhr, ohne die mir zur Verfügung stehenden 5 Rubel bekommen zu haben, obgleich er sie durchaus hätte bekommen und aufs Sparbuch legen können, wäre ich nur gütiger, aufgeschlossener oder betrunkener gewesen. Ein Drecksack bin ich! Ein Aasgeier!

Ich fuhr mit dem Lift nach oben. Es schlug Mitternacht.

(Kann mir vorstellen, welchen Haß ich in dem jungen Mann ausgelöst habe. Schließlich gehörte er damals höchstwahrscheinlich vollkommen anderen Kreisen an, las andere Bücher, hörte andere Platten, pflog vielleicht sogar mit Berühmtheiten Umgang, denen er nächtens beim Trinken von dem pöbelhaften Kerl erzählte, dem er begegnet war, einem ungehobelten Geizkragen, borniertem Konformisten, einem Spießer ...)

Es schlug Mitternacht. Der einzige Trost ist, daß er höchstwahrscheinlich *schlechter* geworden ist in den Jahren dazwischen, ich womöglich *besser* geworden bin; mag sein, daß wir im Edelmut nunmehr gleichziehen, er denudiert ist, ich emporgestiegen bin, und jetzt traben wir Nase an Nase der Ewigkeit zu; mag sein, daß ich sogar *edelmütiger* geworden bin als er, er nunmehr unheimlich viel *schuftiger* ist als ich, obwohl sich nicht ausschließen läßt, daß ich *relativ gesehen* immer noch gemeiner bin als er. Auf jeden Fall, denke ich, ist der Bursche nicht vor die Hunde gegangen, hat sich einen Schiguli gekauft und eine Datscha gebaut (Blick zurück in Nachdenklichkeit – ringsum wie viele schöne Schigulis, wie viele hohe Datschen ringsum!), und am ehesten noch ist er längst in den USA, war schon arg traurig, der Junge.

Er ist in den USA, und auch ich habe mein Teil dazu beigetragen zu diesem ordinären Fall von Emigration, da ich dem Bürschchen meinen Fünfer nicht spendiert habe. Eigentlich aber – der kann mich mal, der Blödmann, war ganz recht, daß ich ihm die anderthalb Rubel gegeben hab – kann ich etwa mein Geld zum Fenster rauswerfen? – er ist jetzt Tellerwäscher in Brighton Beach, und ich darf mich hier an ihn erinnern, mich schinden, darf bereuen, Buße tun, im Büro arbeiten, Schlange stehen …

Wozu, verdammt, brauch ich ihn, den Raffzahn? Wie wärs, wenn er zum Teufel ging?

Ich reise natürlich nirgendswohin, wo soll ich auch hin, aber eigentlich – wie wärs, wenn das alles zum Teufel ging, der Schiguli, Brighton Beach, die Teller, der Rubelfünfer, die hehre Kunst wie die Bouletten à la Schriftstellerhaus?

Genug der Hektik, genug der Träume! Mein Großvater war ein einfacher russischer Pope, mein Herr Papa ein einfacher sowjetischer Mitarbeiter der sogen. »Organe«. Ich kann über ihn nichts sagen. Er starb zu früh, als daß er mir was hätte sagen können. Da versuch einer mal drauszukommen!

Ja, mit Verlaub! Der russische Pope Vater Jewgeni und der sowjetische Mitarbeiter der »Organe«, mein Herr Papa Anatoli, der seinen Herrn Papa, meinen Großvater, verleugnet hat. Wissen Sie, so waren eben die Zeiten, besch…, mein Großvater mußte 1918 *dran glauben*, ein kerngesunder fünfzigjähriger russischer Pope stirbt, unbekannt woran, auf dem Höhepunkt des Bürgerkriegs, und mein Herr Papa verschwieg dann, versteht sich, diesen Umstand in den späteren Fragebögen, indem er dort, versteht sich, als Waise und Adoptivsohn eines Mitarbeiters des Gouvernementsvolksbildungsamtes figurierte, schließlich, die Zeiten …

STIMME VON OBEN: … wißt selber, wie die waren!

Jawohl! Mit Verlaub! Und ich kann nichts über ihn sagen. Er trank. Ging zur »Arbeit«. Hat zu Hause niemanden geschunden. Schauen Sie sich sein Foto an: Er sitzt im karierten Hemd auf dem Sofa, spielt mit dem Kätzchen, und sein Gesichtsausdruck ist, ganz ehrlich, der gütigsten einer. Und *davor* war er Profi-Fußballer (die Zeiten, wissen Sie … Fußball und Eishockey waren ganz nach dem Geschmack jener Zeiten …), natürlich im Sportverein der »Organe«, in der Mannschaft von »Dynamo«.

1936. Ein Gruppenfoto. Mit Fußballschuhen, Trikots und dem Buchstaben D auf der Brust: Kostja Sykow, Manja Majewski, Gunka Zybin, mein Herr Papa und andere.

1959. Er sollte befördert werden, verlor aber im Vollrausch sein Parteibuch. Der Kognak hat mich zugrunde gerichtet, sagte er, hätte wie früher Wodka trinken sollen, dann hätte ich, sagte er, nicht verloren, was dem Herzen jedes ehrlichen Kommunisten so teuer ist, daß es ihn zu Tränen rührt … (dazu den *Dienstausweis*, dazu die Schlüssel vom Safe, merken wir in Klammern an, Hervorhebung von uns …). So hatte er gespielt, gespielt – und ausgespielt. Ich kann uber ihn nichts sagen. Er starb zu früh, als daß er mir was hätte sagen können. Er starb, als ich fünfzehn war, und niemals mehr werde ich über ihn etwas erfahren. Er ging auf Dienstreise, gelangte bis zum Bahnhof und starb. Da versuch einer mal drauszukommen!


Es schlug Mitternacht. Ich klingelte an der Türklingel.

»Wer da?« fragte Sascha.

Ich schwieg.

»Wer da, wer da, wer da?« wiederholte Sascha eins ums andre Mal und öffnete die Tür.

Als er mich erblickte, fuhr er entsetzt zurück. Dieweil ich ihm noch unlängst aus Murmansk mitgeteilt hatte, ich könne nicht fliegen und käme erst morgen, und er hatte den ganzen Abend in dem hirnverbrannten Wälzer »Philosophie der Mystik« von Karl du Prel gelesen, den ihn seine dämliche Freundin lesen geheißen hatte, mit der er damals »zusammen« war.

»Was erschrickst du so?« fragte ich erschrocken.

Sascha schlotterte regelrecht.

»Du hast doch gesagt, du wärst in Murmansk?« preßte er mühsam hervor.

»Hab mich halt ins Flugzeug gesetzt und bin hergeflogen«, spöttelte ich.

»Solche Späße machst du mir nicht mehr, mach mir nie mehr solche Späße ...« (Mit bebenden Lippen.)

»Wieso, was ist schon dabei?« wunderte ich mich, mehr und mehr verärgert.

»Nichts! Daß du ein Schuft bist, weiter nichts!« schrie Sascha kläglich.

RECHT HAT ER!!!

»Was, zur Begrüßung wirfst du mir ›Schuft‹ an den Kopf?!« schrie nun auch ich.

Erbost standen wir uns eine Weile gegenüber und fixierten einander, dann setzten wir uns und tranken. Saschas Vater hatte vor Urzeiten Koltschak zur Strecke gebracht, an der Hochschule der Roten Professoren studiert, Norilsk aufgebaut und war in besagtem Zeitabschnitt meiner Jugend gerade an Krebs gestorben. Sascha selbst hat nach dem Tod des Vaters stark getrunken, sich mit der mystischen dummen Gans eingelassen, Berdjajew gelesen und im Irrenhaus gesessen. Heute ist er eine durchaus positive Figur unserer Epoche. Nachdem er seine Jugendtorheiten überwunden hatte, heiratete er, legte sich drei Kinder zu und kaufte für acht Tausender ein Sommerhäuschen bei der Stadt Malojaroslawez im Gebiet Kaluga. Die mystische Gans schoß auf ihn, dann heiratete sie einen Schweden und fuhr dorthin, wo russische Menschen Teller waschen. Jetzt arbeitet sie bei der Rundfunkstation »Stimme der Heimat«. Ich war auch mit ihr »zusammen«. Awerotschkin hat sich 1956 aufgrund einer Wette mit der Axt einen Finger abgehackt. Jetzt wird er ehrfürchtig als Wadim Nikolajewitsch angesprochen. Er hat eine Stelle als PCI, als Projektchefingenieur, hilft einem Bruderland seine Bodenschätze abbauen und hat mir unlängst erzählt, die heutige Technik sei in der Lage, unmittelbar aus den Kaffeesäcken den Bohnen das Koffein zu entziehen, weshalb aller Kaffee, den wir im Geschäft kaufen, Scheiße sei. Lena Saizewa hat an der Moskauer Werkzeugmaschinenhochschule studiert. In der neunten Klasse deklamierte sie von der Bühne herab: »Einer alter Bolschewikin Enkelin, blaue Augen, frank der Blick und frei. Und in der Versammlung stimmen alle für die Aufnahme in die Partei!« Ein Studienkollege von ihr, Weißrusse, war in sie verliebt, doch sie nicht in ihn, wie sie mir sagte. Sie heiratete den Weißrussen. Jetzt haben die beiden zwei bezaubernde Bübchen, der ältere ist bereits bei den Pionieren aufgenommen worden. Nikolaitschuk gab 1960 im Samisdat die Zeitschrift »Taufrisch« heraus, wofür er von der Universität flog, aber später durfte er weiterstudieren. Er hat ein Preßholzplattenkombinat gebaut und den Weg vom jungen Spezialisten bis zum Chefingenieur dieses einzigartigen Unternehmens zurückgelegt. Heute ist er verantwortlicher Parteifunktionär in Sachen Holzersatz. Applaus für Nikolaitschuk, er hat seinen Platz im Leben gefunden. Molew dagegen nahm im 16. Stock einen Anlauf und sprang aus dem Fenster, es dauerte, bis sie ihn identifizieren konnten. Sardonikow hat gestottert. Um was rauszubringen, mußte er mehrfach »Also nu, also nu..« sagen. Er war Sohn eines Piloten am Polarkreis (und die Mutter eine Schönheit, in Crêpe de Chine) ... Zum Trost meldete er sich zu einem Aktiven Komsomol-Trupp (AKT), wo er, noch minderjährig, Jugendbanden verhörte. »Also nu«, sagte er, »wollen wir gestehen oder weiter leugnen?« Der AKT-Chef bekam wegen Sadismus, Unzucht und passiver Bestechung zwölf Jahre, worüber ein Artikel in der Zeitung stand, welcher jene scharf kritisierte, »die die edle Sache der Wahrung der öffentlichen Ordnung mißbraucht haben«. Der AKT wurde aufgelöst. Gerüchten zufolge hat Sadornikow an einer ganz speziellen Lehranstalt studiert, hat heute bei der allergefährlichsten Organisation eine Stelle und vollkommen aufgehört zu stottern. Er beherrscht Polnisch, Tschechisch und Ungarisch und außerdem noch Paschtu (kann es sprechen und mit Hilfe des Wörterbuchs übersetzen). Galjamow der Jüngere hat an überhaupt keiner Lehranstalt studiert. Mit Haschisch vollgedröhnt, spazierte er durchs Zentrale Telegrafenamt und zeigte jedem, den er traf, gestohlene amerikanische Handfesseln. Schon als junger Mann hatte er in der Armee eine Feldfunkanlage geklaut und sie gegen eine Pistole getauscht, eine TT. Aus den Gefängnissen kommt er gar nicht mehr raus, und wenn er doch mal eine Sekunde draußen ist, lädt er jeden, den er trifft, ins Restaurant ein oder heiratet Verkäuferinnen aus Lebensmittelgeschäften. Kononowitsch las schon als grüner Junge Kierkegaard, wurde mit 32 Antisemit, schrieb das Buch »Die Dynamik der Rasse« und erschlug seine jüdische Frau mit einer riesigen russischen Axt. Der wackre Recke wird nun schon das zweite Jahr in der Spezialirrenanstalt von Kasan behandelt ... Bestimmt wird er geheilt, da machen Sie sich mal, bitte schön, keine Sorgen. Natascha hatte für Nikolaitschuks Zeitschrift Gedichte verfaßt unter dem Pseudonym Nota Nata, ein Moskauer Ästhet hatte sich nämlich so ein Pseudonym für sie ausgedacht. Nota Nata erfuhr auf einmal, daß ihr Julik zu allem anderen auch noch homosexuell war, weshalb sie den Offizier Kosloborodow heiraten mußte. Kosloborodow baute im Vorort Weschnjaki eine Eigentumswohnung mit vier Zimmern und kam im Mai 1980 um, »bei der Erfüllung seiner internationalen Pflicht«. Sie heulten am Zinksarg ... Schon ist Kosloborodows Adoptivtochter Katja groß geworden, schon denkt sie ans Heiraten, das Tollköpfchen. Der Maler Slawa Rayonow erfand eine neue Richtung in der Malerei, den »Rayonismus«, um dann zu erfahren, daß der Rayonismus längst erfunden war. Doch Slawa ließ den Mut nicht sinken und lernte, wie man das Außenwandmosaik »Die Heimat ruft die Jugend« herstellt. Schrecklich reich ist er geworden, lebt in Saus und Braus. Seine Mutter kann nur lesen, nicht schreiben. In Vietnam ist er gewesen.

Der Dichter Benitschamski hat eine Stelle als Wächter im ehemaligen olympischen Dorf. Er kann griechisch lesen und schreiben. Eduard Prussonow hat den Literaturpreis des Leninschen Komsomol bekommen. Kablukowski lebt mittlerweile »drüben«. Leschtschow wurde in den Schriftstellerverband aufgenommen, ich dagegen daselbst rausgeschmissen. Ich habe früher auch sehr stark gestottert, noch schlimmer als Sadornikow, aber dann wurde ich geheilt, als ich auf geologischen Expeditionen riesige Mengen Wodka zu mir nahm, und nicht nur geheilt wurde ich, sondern sogar übermäßig schwatzhaft, was mich auch zugrunde gerichtet hat (oder noch zugrunde richten wird …)

O über meine Generation! O meine Jugend! O diese Zeiten, als der Ministerpräsident im gestickten Ukrainerhemd Lebkuchen, Bonbons und Kupfermünzen unters Volk warf! O diese Jahre, o diese Zeiten, als ich Kartoffeln verkaufte, im Mähdrescherwerk arbeitete, in die Schule ging, studierte, den Literaturclub »Zirbelkiefernwald« der Zeitung »Vorwärts« besuchte, nach Murmansk flog und wieder zurück, Wodka trank, auf Mädchen große Stücke hielt, mit dem Rechenschieber rechnete, die Zeitschrift »Junost« las, im Wald Lagerfeuer machte und mit Nikolaitschuk über einem Felssturz den Schwur tat, »dies alles zu bewahren«. O meine Jugend! Unsere Jugend! Die der Kinder, Enkel und Urenkel jener heroischen Epoche!

Ich lache und weine! Fing erst lustig an, und jetzt weine … weine … weine ich!

Doch »Moskau glaubt den Tränen nicht« und tut recht daran, daß es ihnen nicht glaubt, das gestrenge Moskau. Dieweil es auf der Welt keine Unschuldigen gibt. Hast du überlebt, so bist du ein Schuft. Bist du am Leben, so bist du schuldig. Vor wem weiß ich, weiß ich, weiß ich nicht. Dieweil ich selbst meine Schuld nicht spüre. Ich weiß um sie, spüre sie aber nicht. Schlecht war ich früher schon, jetzt bin ich folglich noch schlechter geworden.

Genug des Jammerns, genug des Greinens. Früher waren die Zeiten gut, jetzt sind sie vollkommen die besten geworden. Dieweil nichts steht, alles sich bewegt, sich bewegt, in die Ewigkeit entschwindet, jenseits des Horizonts versinkt. Alles bewegt sich, nur du allein stehst. Stehst und läßt den Kopf hängen und rätselst, ob es um dich herum noch was gibt oder ob du schon völlig allein bist.

DU *(dich erinnernd)*: Lassen Sie mich da nicht ein wenig zu kurz kommen?

STIMME VON OBEN *(rüde)*: Nein, laß ich nicht! Hab keinen Schiß!

DU *(müde und bekümmert)*: Hab ich auch nicht besonders ... *(Besinnst dich plötzlich und stimmst an.)* Ein Schuft bin ich, ein Schuft! Ein Schuft bin ich, ein Schuft! Und alle anderen Bürger des Sowjetlandes – sind gut ...

STIMME VON OBEN *(befriedigt)*: Recht so, Genosse ...

Hart ist das Leben, hart und grausam! Wäre es doch ein klein wenig weicher, gütiger ... Ich wäre sehr froh. Ich wäre derart froh, daß Sie mich überhaupt gar nicht mehr erkennen würden! Ich würde ein absolut anderer Mensch werden, vollkommen! Sie würden mir begegnen und mich nicht erkennen. Ich sage: »Tag!«, und Sie erkennen mich nicht – so sehr würde ich ein anderer Mensch geworden sein.

Es ist spät. Die Erzählung ist zu Ende.

# Nachwort
## von Rosemarie Tietze

Die letzte Geschichte in diesem Buch ist die Geschichte dieses Buches. Die allerdings ist von epischer Breite. Sie umfaßt nahezu zwei Jahrzehnte, eignet sich somit weniger für eine Erzählung, eher für einen Fortsetzungsroman. Um nicht aus dem Genre zu fallen – ein paar Schlaglichter.

Mai 1979. Ein schöner Frühsommersonntag in Peredelkino unweit von Moskau. Lichtes Grün, die Vöglein zwitschern. Bei Wassili Axjonow sitzen Gäste im Garten der Datscha, und das Gespräch dreht sich um *Metropol*, einen Almanach, den fünf Autoren – neben Axjonow noch Andrej Bitow, Fasil

## Die letzte Geschichte

Iskander, Viktor Jerofejew und Jewgeni Popow – vor wenigen Wochen zusammengestellt und in zwölf Exemplaren, maschinengetippt und handgeklebt, »herausgebracht« haben.

Zur Gesprächsrunde im Garten stößt ein weiterer Herausgeber, Jewgeni Popow. Axjonow stellt ihn als begabten Jungautor aus Sibirien vor, der Erzählungen schreibt. Der Jungautor bringt zwar keine Neuigkeiten mit, wie weit das Strafgericht der empörten sowjetischen Literaturbürokratie mittlerweile gediehen ist, aber er bringt – T-Shirts mit dem Aufdruck *Metropol*.

Die Übersetzerin ist tief beeindruckt. Zum einen,

weil sie neuen Namen nachspürt und das magische Wort »Sibirien« den Autor gleich in ein besonderes Licht taucht. Zum anderen beeindruckt die Contenance der Russen. Trotz der drohenden Gewitterwolken lassen sie sich die Datschenidylle nicht stören und leisten sich sogar die Alberei mit den T-Shirts.

Was sich damals um *Metropol* abspielte, gilt in der Rückschau als der letzte große Literaturskandal der Breschnew-Ära. Die zwei Dutzend Autoren, »offizielle« wie »nicht-offizielle«, wollten ihren Almanach sowjetischen Verlagen anbieten, verlangten aber, daß bei einer Publikation nichts zensiert, kein Jota geändert würde. Die Abrechnung fiel heftig aus. Es gab eine geifernde Pressekampagne (»Pornographie des Geistes«) und schikanöse Vorladungen zum Schriftstellerverband, viele der *Metropol*-Autoren durften zunächst nicht mehr publizieren, einige, wie Axjonow, gingen, mehr oder minder freiwillig, in die Emigration.

Die beiden jüngsten Herausgeber Popow und Jerofejew traf es besonders hart. Sie wurden, obwohl gerade erst aufgenommen, aus dem Schriftstellerverband ausgeschlossen; dort Mitglied zu sein verlieh einem Autor, trotz allem, einen gewissen sozialen und rechtlichen Schutz. Von Popow standen dreizehn Erzählungen in *Metropol* (ein »Teufelsdutzend«, wie es im Russischen heißt), unter anderem *Gaunerin, Vom Kater Katerowitsch, Das alte idealistische Märchen, Der Baggersee* und *Zusätzliche Erkenntnisse über das Leben.* Das sei »jenseits der Literatur«, hieß es, er schreibe ja einzig und allein von »Trunksucht und geschlechtlichen Perversitäten«. Damit war er geächtet. Und als wenig später auch noch ein Erzählband von ihm auf russisch in Amerika erschien, er außerdem an einer zweiten Aktion teilnahm, der *Katalog*-Gruppe, die ihre Werke halboffiziell, in begrenzter Klub-Auflage, herausbringen wollte, da kam es auch zu Haussuchungen, Manuskripte wurden konfisziert, und die Tür fiel für ihn endgültig zu.

Nun war es damals, in den frühen 80er Jahren, durchaus nicht so, daß man in westdeutschen Verlagen gerade auf russische Jungautoren gewartet hätte. Zumal auf einen Erzähler mit solch abstrusen, merkwürdig schrägen Geschichten. Nein, russische Literatur war in jener Zeit kaum unterzubringen. Die Übersetzerin erfand deshalb ein Projekt, das ihr und vier Kollegen das Überwintern leichter machen sollte: die Sibirien-Anthologie. Über mehrere Jahre hinweg traf sich unsere Gruppe alle paar Monate im Europäischen Übersetzer-Kollegium, wo wir gemeinsam unsere Übersetzungen von Erzählungen aus Sibirien redigierten. Zum Zweck der eigenen Fortbildung, zugleich sollte, wenn sich die Zeiten gebessert hätten, ein Buch daraus werden. Und natürlich sollte es Erzählungen von Jewgeni Popow enthalten.

Da uns kein Abgabetermin drängte, leisteten wir uns »ideale« Arbeitsbedingungen, und zu dieser Simulation gehörte auch eine Reise an die Orte der Handlung. Leider war die Bekanntschaft mit der Stadt K. dabei sehr kurz. Es gab in der Sowjetunion nämlich nicht nur verbotene Autoren, sondern auch verbotene Städte, und Krasnojarsk gehörte dazu. Immerhin sahen wir vom Zugfenster aus zahllose Datschen in der Umgebung, mögliche Schauplätze von *Stiegelitzchen* also; immerhin überquerte der Zug den gewaltigen Fluß Je. Aber den Boden der Stadt K. hatten wir bloß zwanzig Minuten unter unseren Füßen, so lange eben, wie die Transsibirische Eisenbahn dort Aufenthalt hatte. Ehrfürchtig spazierten wir in der Morgensonne des strahlenden Frühherbsttages den Bahnsteig auf und ab und wurden prompt von fröhlichen, recht angeschickerten jungen Einheimischen angemacht. So diente selbst dieser Kurzaufenthalt zur atmosphärischen Einstimmung in Popows Welt.

Als es niemand mehr vermutet hätte, änderten sich jedoch die Zeiten. Es kamen Perestroika und Glasnost, immer häufiger konnte bisher Verbotenes in Rußland gedruckt werden, auch im Westen wurde man aufmerksam. Die ersten Schritte ins Freie waren noch zögernd; als der Fischer Verlag im Herbst 1988 einen ersten Vertrag über einen Erzählband von Jewgeni Popow schloß, hatte die beigegebene Titelliste nichts mit einer »Auswahl« zu tun, sondern enthielt einfach bis dato in der Sowjetunion in Periodika gedruckte, also amtlicherseits »freigegebene« Erzählungen – wenigstens ein Fuß in der Tür.

Die Verhältnisse gerieten immer schneller ins Rutschen, bis sich schließlich die Sowjetunion selbst auflöste. Jewgeni Popow konnte zwei Erzählbände in seiner Heimat veröffentlichen, und 1991 erschien in Moskau sogar der skandalöse Almanach *Metropol*. Auf dem Titelblatt sieht man einen – mit dem Schwarz des Einbands verschwimmenden – Oberkörper (es ist der unseres Autors), der ein T-Shirt trägt mit dem Aufdruck *Metropol*. Eben jenes ...

Dem deutschen Publikum wurde Jewgeni Popow dann zuerst mit dem »gewichtigeren« Genre Roman vorgestellt. Nach *Das Herz des Patrioten, Die Wunderschönheit des Lebens* und *Vorabend ohne Ende* nun, als viertes Buch, unser aufmunternder Erzählband *Wie es mit mir bergab ging*. Von Kornej Tschukowski stammt das unter Russen gern zitierte Wort, als Schriftsteller brauche man in Rußland ein langes Leben. Auch als Übersetzer russischer Literatur braucht man ein langes Leben. (Inzwischen sind sogar ausgedehnte Aufenthalte in Krasnojarsk möglich...)

Nun hat die lange Lagerung Popows Erzählungen ja

nicht geschadet. Im Gegenteil, sie haben neue Nuancen dazugewonnen. Im Licht der heutigen russischen Verhältnisse bekommt so manches eine fast prophetische Dimension. Man denke nur an den Wurstmacher mit dem heißen Herz, der vom profitträchtigen Straßenverkauf träumt. Oder an die vergeudeten Talente des buckligen Nikischka. Oder an Onkel Wassja, der sich mit seinen Zuckerhähnen ein hübsches Business aufgebaut hat, trotz verstümmelter Hand. Was früher, zu Sowjetzeiten, als Durchwurstelei am Rand der Legalität erschien, liest sich heute als anarchische Vorschule für privatwirtschaftliche Verkehrsformen. Ganz zu schweigen vom gewieften Funktionär mit der Datscha am Baggersee. Hätten den nicht die Gespenster »geschafft«, sicher wäre er aus der alten Nomenklatura elegant in die neue Wirtschaftsmafia hinübergeglitten.

Weil der Mensch aber Unangenehmes gern vergißt, weil sich in der Zeitgeschichte außerdem rasch die Konturen verwischen, sei dem geneigten Leser zum Schluß vergegenwärtigt, unter welchen Bedingungen die Erzählungen dieses Buchs entstanden sind.

Da sitzt im spätsowjetischen Sibirien, in der Stadt K. (also auch von Moskau aus betrachtet: in finsterster und kältester Provinz), ein Jungautor und schreibt Geschichten. Sein Geld verdient er als Geologe, sommers nimmt er an Expeditionen in der Taiga teil. Und schreibt. An Veröffentlichung ist kaum zu denken; die wenigen Erzählungen, die er in den 60er und 70er Jahren bei Zeitungen und Zeitschriften unterbringen kann, erscheinen oft verstümmelt. Doch er schreibt. Später zieht er nach Moskau, und 1976 nimmt sogar die angesehene Literaturzeitschrift *Nowy mir* zwei seiner Geschichten. Danach ist die Flaute total. Aber er schreibt. Um nicht als arbeitsscheues Element aufzufallen, außerdem muß der

Mensch ja von etwas leben, ist er nun »im Kunsthandel tätig«. Im Klartext: er zieht durchs Land und sucht Betriebsdirektoren oder Stadtverwaltungen neue Gips-Lenins aufzuschwatzen. Das ist wenig beschwerlich und läßt ihm viel freie Zeit. Und er schreibt. Und schreibt.

Fjodor Dostojewskij
## *Verbrechen und Strafe*
Roman

Aus dem Russischen von Swetlana Geier

Band 12997

Unter dem moralisierenden Titel ›*Schuld und Sühne*‹ erschienen, ist dieser Roman der erste, und in formaler Hinsicht vielleicht vollkommenste der großen Romane Dostojewskijs. Raskolnikow entstammt einer verarmten bürgerlichen Familie. In der schrankähnlichen Enge seines Zimmers ist der »euklidische Verstand«, der der Diener des Lebens sein sollte, zum Herrscher geworden. Raskolnikow ist Utilitarist. Um eines naturgemäß unklar gefaßten Begriffs des wissenschaftlichen oder sozialen Fortschritts willen, scheint es ihm erlaubt, eine alte Wucherin, die »nicht besser ist als eine Laus« ist, zu töten und mit dem geraubten Geld sein Studium zu finanzieren. Sein Herz wehrt sich ebenso wie sein Unterbewußtsein gegen die geplante Tat, doch von sozialer Not gedrängt und gefangen in lebensfeindlichen Ideen, wird er zum Mörder. Das Delirium und die grenzenlose Einsamkeit, die dem Verbrechen folgen, lassen Raskolnikow erkennen, daß die Funktionen des »euklidischen Verstandes« nicht die einzige bestimmende Dimension der menschlichen Persönlichkeit ausmachen. Leidvoll, aber bereichert durch die einfühlsame Scharfsicht des Untersuchungsrichters Porfirij und durch die frisch erwachte Liebe zu Sonja Marmeladowa, erfährt er, daß der Weg aus der Vereinsamung nur über Geständnis *und* Strafe führen kann. Auch wenn die »Reue« ihm eher fremd ist, die Liebe errettet ihn schließlich.

Fischer Taschenbuch Verlag

fi 1561 / 5

Fasil Iskander
*Belsazars Feste*
Aus dem Leben des Sandro von Tschegem
Roman

Aus dem Russischen
von Rosemarie Reichert

Band 9504

Fasil Iskanders größtes Werk, ›*Sandro von Tschegem*‹, ist ein
Schelmenroman, der sich aus einer Reihe lose gefügter Episo-
den zusammensetzt. Sie spielen überwiegend in der vorma-
ligen Autonomen Sozialistischen Sowjetrepublik Abchasien.
Die Abchasen sind eines der ältesten Kaukasusvölker; ihre Geschichte geht bis in die Antike zurück. Sie sind notorisch lang-
lebig, betreiben seit Menschgedenken Ackerbau und Viehzucht
sowie den Anbau von Wein, Tabak und Melonen; schon in der
Antike verkauften sie ihren Honig bis nach Konstantinopel.
Sie leben und lebten in Großfamilien, wo ihre Sitten und Bräu-
che jahrhundertelang streng bewahrt wurden: Gastfreundschaft
vor allem, Verehrung von Naturgottheiten und heiligen Bäu-
men, Blutrache nicht zu vergessen und Brautraub. Was wunder, daß der reale Sozialismus sich schwer tat in diesem Landstrich. Dieses Abchasien also bildet den realen Hintergrund
zu Iskanders schnurrigen Geschichten. Das kleine abchasische
Bergdorf Tschegem und seine wilde, urwüchsige Umgebung
sind zu einem Mikrokosmos geworden, in dem sich das Uni-
versum auf zauberhafte Weise spiegelt. Die listige Komik der
Geschichten aus Tschegem half mit, das pompöse Moskauer
Herrschaftssystem zu unterminieren.

Fischer Taschenbuch Verlag

fi 1619 / 5

Viktor Jerofejew
*Die Moskauer Schönheit*
Roman
Aus dem Russischen von Beate Rausch
Band 11410

Die Moskauer Schönheit Irina ist eine provozierende, verfüh-
rerische slawische *femme fatale*, eine Aufsteigerin aus der Provinz, die mit Hilfe ihrer weiblichen Reize die schillernden Hö-
hen ihrer Traumstadt Moskau erklimmt. Sie bewegt sich in der
spezifischen gesellschaftlichen Sphäre, in der sich Geld, Macht,
Kunst und der Einfluß des Westens zu einer sowjetischen Va-
riante des süßen Lebens verbunden haben. Die Handlung er-
streckt sich über wenige Monate im Leben Irinas und endet
mit ihrem freiwilligen Tod. Erzählt wird der Roman von Irina
selbst, einer herrlich skandalösen Chronistin, die ihren Platz
neben den Emmas, Nanas und Mollys der Weltliteratur ein-
nehmen wird. *Die Moskauer Schönheit* setzt neue, aufregende
Akzente in der sowjetischen Gegenwartsliteratur – und dies
nicht nur, was die Brisanz des Themas angeht, sondern vor allem
in bezug auf die kunstvolle Komposition und den kompro-
mißlosen Stil. Vielleicht ist Jerofejew mit der Darstellung der
schönen, lasziven, korrupten Irina der Sprung in den modernen
russischen Roman gelungen.

Fischer Taschenbuch Verlag

fi 1683 / 3

Ossip Mandelstam

*Tristia*

Gedichte 1916–1925

Aus dem Russischen übertragen und
herausgegeben von Ralph Dutli

Band 11874

Wie kaum ein anderer hat sich der russische Schriftsteller Ossip
Mandelstam (1891 – 1938) bemüht, das brüchige Kulturfunda-
ment des nachrevolutionären Rußland zu retten. In den Augen
des Autors erscheint der staatlich dekretierte Geschichtsopti-
mismus als grausames und zugleich schwaches »Zeittier«, die
Sowjetherrschaft als »Joch von Bosheit und Gewalt«. Mandelstam schreibt in seinen Gedichten aus den Jahren 1916 – 1925
gegen das Vergessen, seine Gedichte sind beseelt von einer all-
umfassenden »Sehnsucht nach Weltkultur«. Es sind Gedichte
des Abschieds und der Schuld, auch des Exils. ›Tristia‹ ist zugleich die am stärksten von Liebe durchdrungene Gedicht-
sammlung Mandelstams. Die Frauengestalten in ›Tristia‹ – ein
ganzer Reigen von Musen, sind den Mythen, der Literatur oder
dem Leben entstiegen. Mandelstam verdichtet die Liebe zu einer von Eros und Tod gleichermaßen inspirierten, zärtlichen
Litanei, und dieser (zweisprachige) Band enthält denn auch
einige der schönsten Liebesgedichte der russischen Lyrik.

Fischer Taschenbuch Verlag

fi 1932 / 4

Stanislaw Lem

*Fiasko*

Roman

Aus dem Polnischen von Hubert Schumann

Band 9253

Den Ausgangspunkt der Geschichte, die Lem ins 22. Jahrhundert datiert, bildet der Versuch eines Raumfahrtkommandos, mit einer außerirdischen Zivilisation Kontakt aufzunehmen, doch kristallisiert sich als das eigentliche Thema des Romans bald der fatale Zustand jener fremden Zivilisation heraus. Im Verlauf eines hundertjährigen kalten Krieges und Wettrüstens ist das ganze Planetensystem, in welchem sich auch der Planet Quinta – Ziel des Raumschiffs ›Hermes‹ – befindet, »militarisiert« worden und bildet nun eine gewaltige »Sphäromachie«, in der unzählige hochautomatisierte Satelliten sich gegenseitig in Schach halten. Unwissentlich gerät das Unternehmen Hermes zwischen die Fronten und beschwört durch eine fatale Demonstration der Stärke die kosmische Katastrophe herauf: »*ein Lehrstück über den Wahnwitz von SDI und Star-Wars-Träumen*« (*Die Zeit*).

Fischer Taschenbuch Verlag

fi 1624 / 5